家康の軍師①

青龍の巻

岩室　忍

朝日文庫

本書は書き下ろしです。

家康の軍師① 青龍の巻 目次

序・守山崩れ 13
第一章 於大 23
寅の刻 24
信長との約束 94
離縁 37
万民を助くべし 112
三英傑 59
天下三分の計 135
再婚 74
北の毘沙門天 164
第二章 太原崇孚雪斎 185
善徳寺会盟 186
厭離穢土欣求浄土 266
襤褸を着た家臣たち 206
一人にあらず 291

初陣 226
竹千代誕生 245
妻女山 310

第三章 上杉謙信 337

長蛇を逸す 338
一向一揆 357
将軍暗殺 374
鞍谷御所 390
大毘盧遮那仏 406
足利義昭 427
本圀寺の変 446

家康の軍師② 朱雀の巻

第四章 織田信長

逃げる信長
千草峠
真柄十郎左衛門
遠交近攻
不滅の法灯
魔王信長
一言坂

第五章 武田信玄

女城主
魚鱗の陣
顰像
陣中死
信長の失敗
女地頭の愛
別れの水盃
不死身の鬼美濃
万世一系

第六章 正親町天皇

砂時計と烏頭
焙烙玉
賢い猿
鉄甲船
家康の痛恨
千代の黄金
京の馬揃え
仁科五郎信盛
天目山に死す

家康を巡る人々

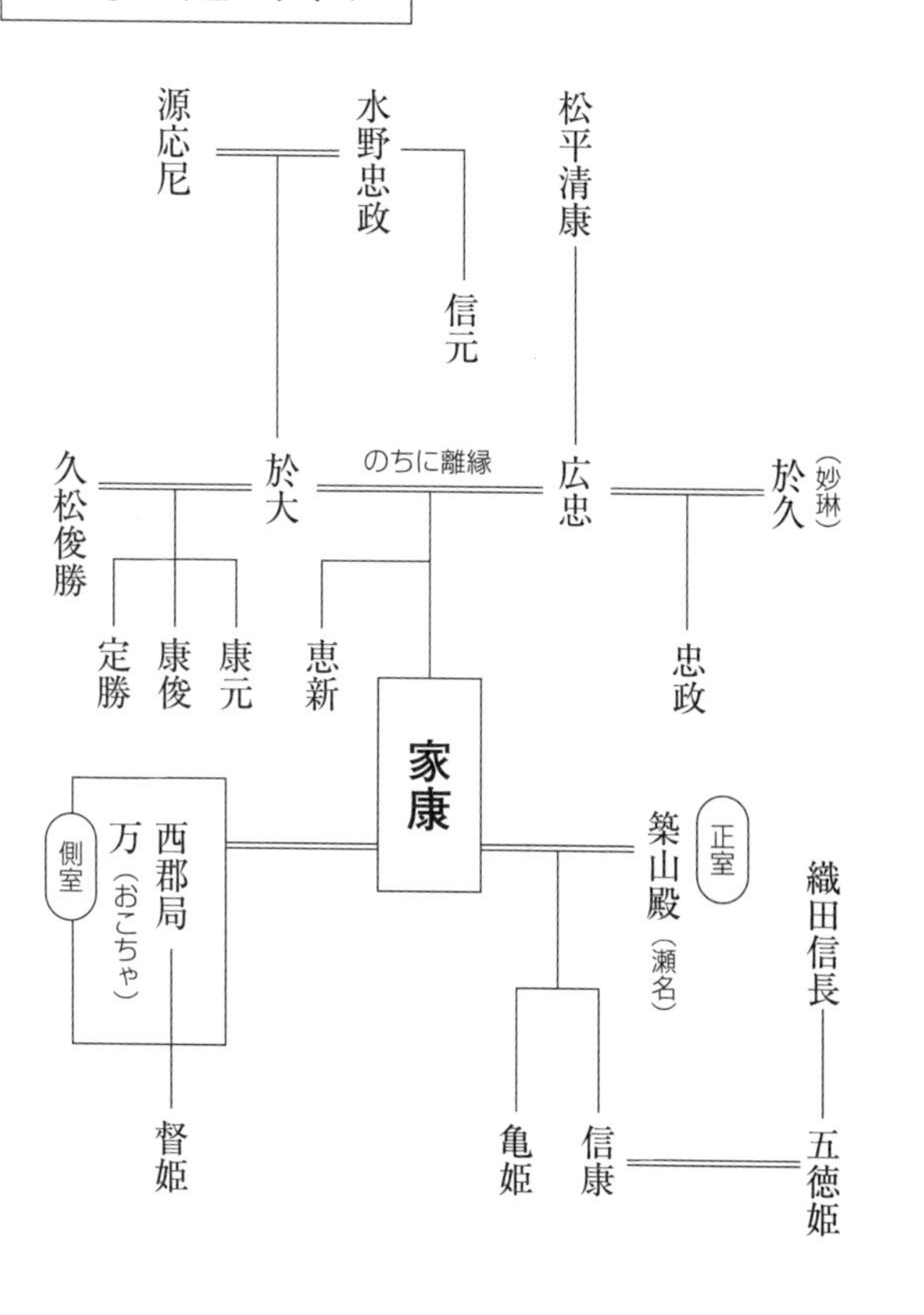

源応尼
水野忠政
信元
松平清康
久松俊勝
於大
のちに離縁
広忠
於久（妙琳）
定勝
康俊
康元
恵新
忠政
家康
側室
西郡局
万（おこちゃ）
正室
築山殿（瀬名）
織田信長
督姫
亀姫
信康
五徳姫

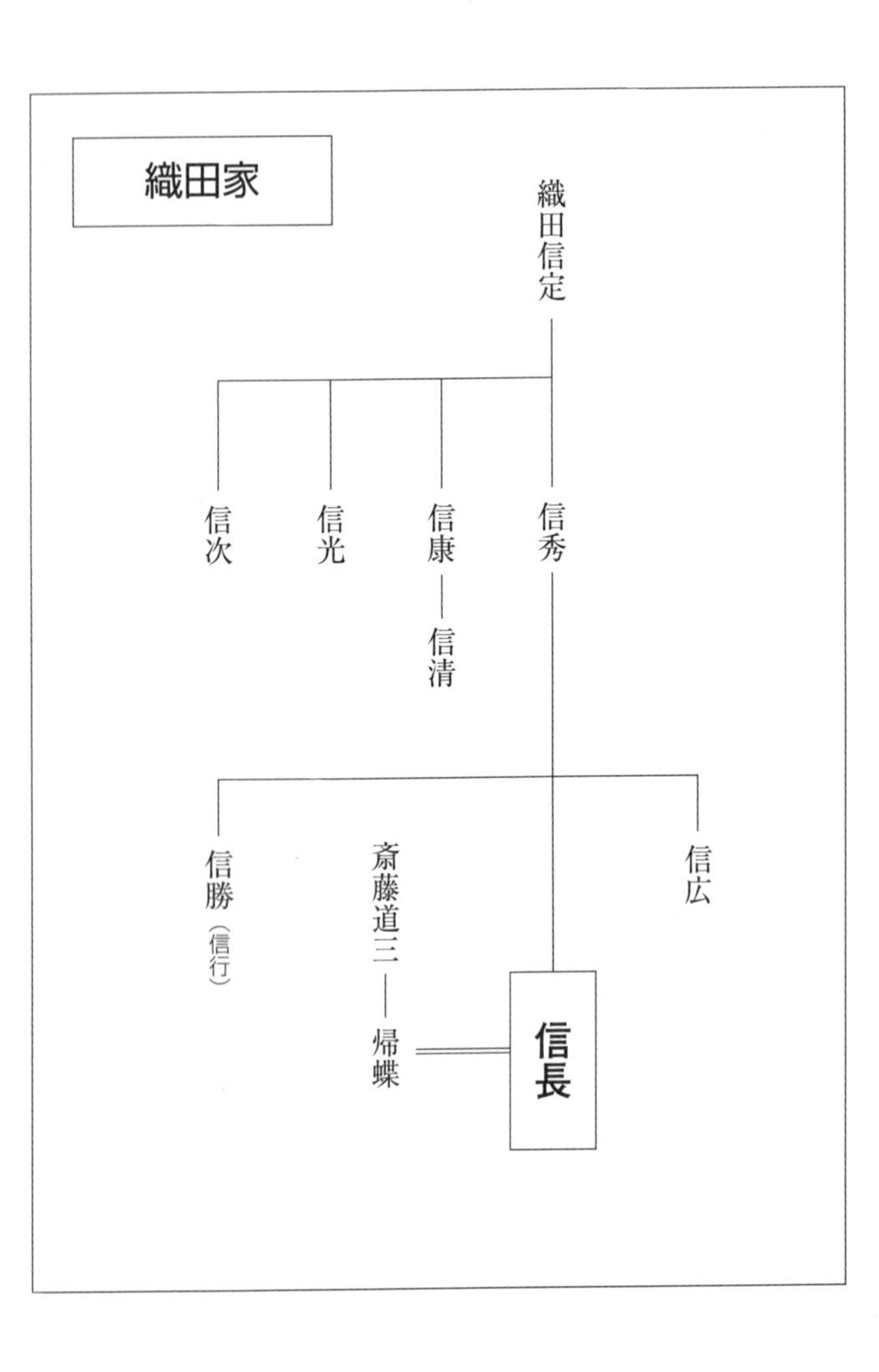
織田家
織田信定
信次
信光
信康
信清
信秀
信勝
(信行)
斎藤道三
帰蝶
信長
信広

三国同盟関係図

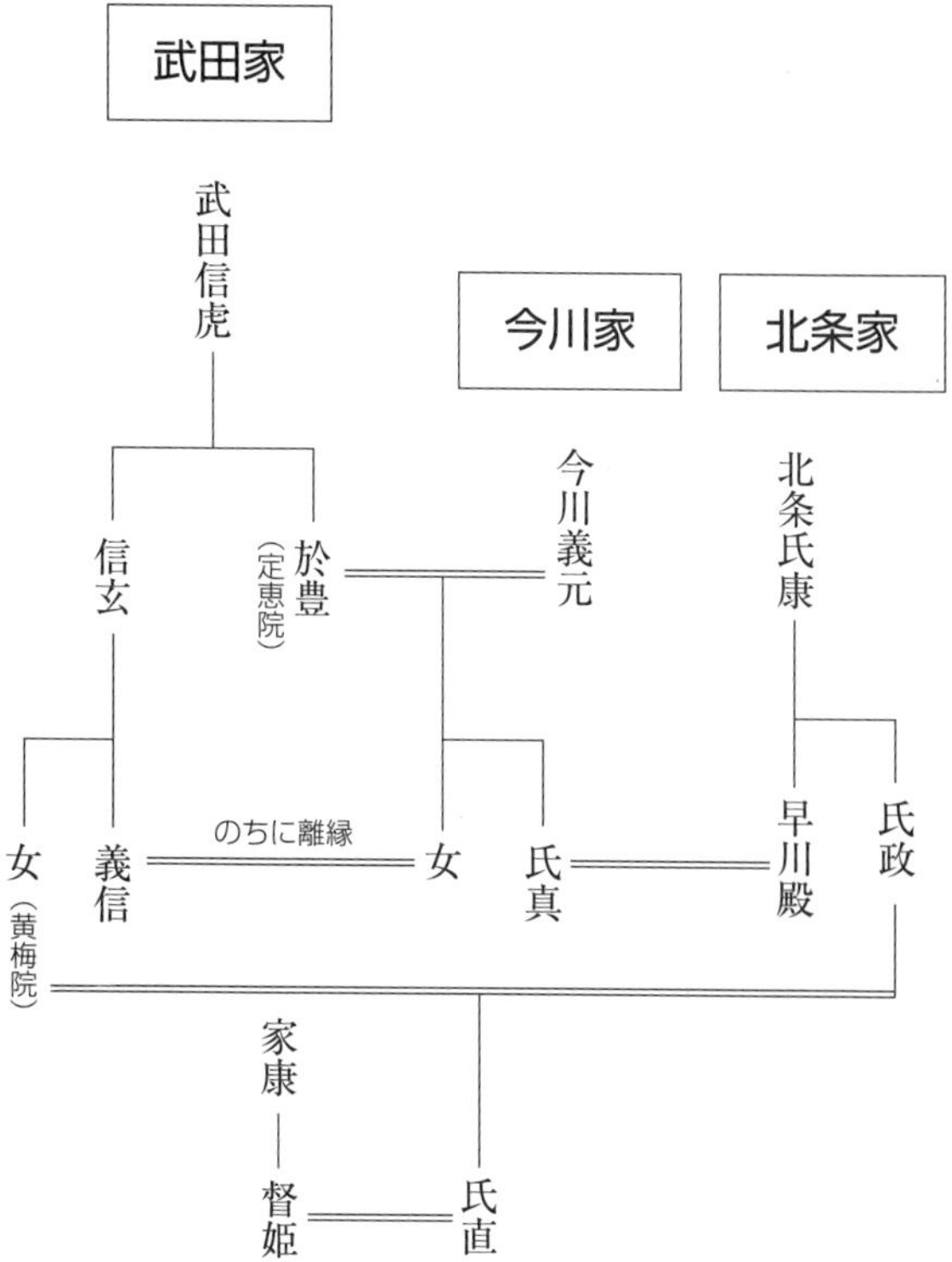

武田家

今川家

北条家

武田信虎

信玄

於豊（定恵院）

今川義元

北条氏康

女（黄梅院）

義信

のちに離縁

女

氏真

早川殿

氏政

家康

督姫

氏直

家康の軍師①

青龍の巻

序・守山崩れ

天文四年（一五三五）十二月五日は寒い日で今にも雪が降りそうな空だった。

松平次郎三郎清康は一万の大軍で、織田弾正忠信秀の弟織田信光が守備する守山城を包囲していた。

尾張の虎と呼ばれる織田信秀は、美濃の斎藤道三との戦いに疲労し、清康が信秀と戦うなら今しかない。

二十五歳の若き清康はそう考えて出陣。

豪勇の将である織田信秀に戦いを挑んだ。

清康は十三歳で安祥松平の家督を相続し、十四歳の時には既に五尺八寸（約百七十五センチ）を超える大男だった。

その清康は三河西郷家から山中城、岡崎城を奪い取り、三河の諸将を切り従えてきた若き智勇の大将だった。既に、一万の大軍を擁する実力をつけている。ところが守山城を包囲した清康軍の本陣で事件が起きた。

「馬が逃げたぞッ！」

「暴れ馬だッ！」

突然、味方に放駒（はなれごま）が出て本陣の外が大騒ぎになった。

何かに驚いて馬が狂い、暴れ出すと取り押さえるのが難しい。

その頃、清康軍の陣中では敵の織田信秀に、密かに通じている内通者がいると噂されていた。

そんな不安を清康軍が抱えている時の騒ぎだった。

「放駒ッ？」

「この忙しい時に馬鹿者どもが！」

「なにをしておるのか！」

本陣の家臣たちが怒って騒ぎだした。

「騒ぐなッ！」

清康が一喝するとピシッと握った鞭（むち）を鳴らして床几（しょうぎ）から立ち上る。

「暴れ馬を取り押さえる！」

「御大将ッ！」

「殿ッ、危険にございまするッ！」

「攻撃を仕掛ける前だ。騒ぎを急いで鎮めなければならん！」

清康は重臣を数人連れて本陣を出た。

「暴れ馬はどっちに行った？」

騒いでいる兵に重臣が聞く。

「あっちへ逃げて行きましたので、厩衆（うまやしゅう）が五人ほどで追って行きました！」

「大手の方だな？」

「はい！」

清康と重臣が守山城の大手門に向かった。守山城攻撃を待つ兵たちが放駒に驚いて、戦支度をしながら騒いでいる。

その時、清康の背後に忍び寄った男が腰の村正を抜くと襲いかかった。

「殿ッ、ご免ッ！」

千子村正は斬れる。振り向いた清康の眉間から唐竹割に深々と斬り下げた。パッと血が飛び散る。

「な、何をするかッ！」

「狂ったかッ、弥七郎ッ！」

重臣たちが刀を抜いた時には、清康が膝から前のめりに崩れ落ちた。重臣が慌てて抱きかかえようとしたが、血みどろの大男の清康の下敷きになる。

「殿ッ！」

「御大将ッ！」

「てめえッ、この野郎ッ！」

まだ十六歳と若い植村新六郎氏明が、いきなり抜刀すると弥七郎の首を刎ねった。

清康を斬った阿部弥七郎正豊はその場で殺され、清康はすぐ本陣に運ばれたが既に息はしていなかった。

傷が深く即死である。

兜をつけていなかったのが致命的だ。

大将を失った松平清康軍は総崩れになって、兵たちが続々と三河に撤退を始めた。

守山崩れである。

この事件以降、安祥松平家は悲運に見舞われ続けることになる。松平清康は家康の祖父だった。

その頃、織田信秀は一万を超える大軍を率いて、弟の信光を救出するため守山城に向かっていた。この時、信秀も清康と同じ二十五歳の若き大将だった。

この事件は端から不審の多い事件である。

大将の陣中死は珍しいことではないが多いわけでもない。だが、陣中で家臣に斬られるというのは滅多にないことだ。

阿部弥七郎が清康を斬った理由は、弥七郎の父阿部定吉が織田信秀と通じていると疑われて、その父親を清康が捕らえに来たと誤解して、斬りつけたというのだがこの理由がまず怪しい。

それにしては、その父親の定吉は捕縛されたがすぐ放免されている。

当然、息子の重大な不始末に連座して父親の定吉も、斬首は免れないところだがそうはなっていない。

親子の連座というのはこの頃の決まりのようなものだ。

この謎を解くには尾張の織田信秀と組んで、三河の覇権を狙う桜井松平の信定の存在を抜きには考えられない。

松平信定は織田信秀の妹を妻にしていた。

三河には松平家を名乗る家が十四家あるとも十八家あるともいわれ、領地や住んでいる場所などによって竹谷松平、五井松平、長沢松平、大給（おぎゅう）松平、藤井松平、岩津松平、三木松平などがある。

清康の安祥松平も信定の桜井松平もそんな松平の一家で、三河松平の祖といわれる松平親氏の末裔であった。

その親氏は時宗の遊行僧で徳阿弥といった。

徳阿弥は三河松平郷に流れて来て松平家の婿養子になったと伝わる。つまり、三河の松平家はすべてその親氏を祖とする分家であり一族である。

そんな松平家の中でも勢力争いがあって、安祥松平の清康が若くして力をつけ、勢いに乗って領地を拡大した。

当然、それをおもしろくない松平家もいる。

その一人が清康と不仲の桜井松平の信定であった。

尾張統一を目指す織田信秀と組んで、三河の覇権を握りたいのが信定だった。

その謀略が陣中での松平清康の暗殺だったという。

その清康は信秀と対立している小田井城主の、織田藤左衛門寛政（とおまさ）をも支援していたともいう。藤左衛門家は清洲三奉行の一家で信秀の母いぬゐの方の実家でもあった。

尾張と三河は隣国であり、両国の人の交流は複雑である。

この桜井松平の信定という男は野心家で信頼できない。この後、娘を守山城の織田信光に嫁がせるが、その信光は妻と密通した坂井孫八郎に殺害される。偶然の事故なのかそれとも謀略なのか。

織田家の尾張統一もなかなか複雑で厄介なのだ。

この清康事件の時、信長は二歳で家康はまだ生まれていない。

松平信定の謀略は清康の陣中死でまんまと成功した。

清康の嫡男広忠は岡崎城にいたが、まだ十歳と幼くこの父親の暗殺という大混乱を収める力はなかった。

こうなると三河は混迷するに決まっていた。

この安祥松平の大騒動に、すかさず乗り込んできたのが大叔父の信定で、城を占拠すると清康の家臣団の反対を押し切って、清康の後継者である松平広忠を岡崎城から追放して実権を握った。

ここまでは信定の思惑通りだった。

だが、岡崎城の家臣団も三河の各松平家も土着の豪族たちも、そう易々と信定の指図には従わない。信定にはそれだけの人望がなかった。

結局、この後、信定は安祥松平の横領に失敗して岡崎城から撤退することになる。

岡崎城から追い出された広忠を助けて従ったのが、清康を殺した弥七郎の父阿部定吉だったのだからなんとも不思議なことだ。

息子の不忠を親の定吉が償うということだったろうか。

このことから、定吉は清康暗殺事件に加担していなかったと考えられる。信定は弥七郎を騙して事件を起こしたのだ。

この後、阿部定吉は広忠に忠誠を尽くし、広忠の亡き後も主人のいない岡崎城を、家康が元服するまで守り続けることになる。

岡崎城から追い出された広忠は、定吉の機転で三河東条城の吉良持広のもとに一旦身を寄せた。

この時、広忠はまだ竹千代と名乗っていたが、ここで元服して、匿ってくれた持広の広の字を拝領して松平次郎三郎広忠と名乗った。

わずか十歳ではいかんともしがたい。

吉良持広は広忠が三河にいては危険と考え、より安全な自分の所領である伊勢の神戸に逃がした。

一方で広忠の三河復帰のため駿河の今川義元に救援を求めた。

吉良家は今川家と同じように、足利将軍家に連なる名門で親しくしている。

だが、天文八年（一五三九）十月二十二日に頼みの持広が死去すると、持広の養嗣子吉良義安が尾張の織田信秀と通じた。

そのため、広忠は伊勢にはいられなくなり、定吉に守られて仕方なく三河に逃げ戻ってくる。広忠を守りながらの阿部定吉の逃避行はつらいものになる。

行き場のない二人は密かに三河へ舞い戻ってきた。

だが、岡崎城には入れず長篠の領民を頼って隠れ住んだ。

定吉が広忠の岡崎城復帰を願うため、駿河の今川義元のもとに赴くとその後を追って広忠も駿河に現れた。

そのまま二人は駿河に留まり、翌天文九年（一五四〇）に義元の計らいで二人は三河幡豆室の、吉良持広の家臣富永忠安の牟呂城に移される。

この広忠の三河帰還を安祥松平の譜代の家臣たちが待っていた。

三河に戻って来た広忠は、翌天文十年（一五四一）秋に尾張知多の緒川城の城主、水野忠政の娘於大と結婚する。

水野家は尾張知多の豪族だが緒川城にほど近い、三河碧海刈谷城とその辺りにも大きな領地を持っていた。

尾張と三河の両方に領地を持つこの地方の有力豪族だった。

刈谷城には於大の兄の水野信元が入っている。

松平清康と水野忠政は友好関係にあり、十六歳の広忠と十四歳の於大の婚姻は、両家の関係をより深めるものであった。

守山崩れで父清康を失った広忠には、有力豪族の水野家を後ろ盾にすることは先々力強いことでもある。

だが、清康を失った安祥松平家はまだまだ不安定だった。

その松平広忠は譜代の家臣たちの働きで、天文十一年（一五四二）五月三十一日に牟呂城から岡崎城に復帰することができた。

この時、十五歳の於大はまだ体の異変に気付いていなかった。

於大は懐妊していたのである。

第一章　於大

寅の刻

　天文十一年（一五四二）十二月、年も押し詰まった暮れの二十六日深夜、三河岡崎城の本丸の奥御殿で、寅の刻になり十五歳の於大は、激しい陣痛に見まわれて騒然となり、城内は深夜にもかかわらずザワザワと落ち着かない。

「まだなのか？」

「殿！」

　御殿の廊下を行ったり来たり、十六歳の広忠はウロウロと身の置き所がない。

「殿、そこでは寒くありませんか？」

　傍の小部屋から広忠より一つ年上の近習、本多忠高が歩き回る広忠を見かねて声をかける。

「うむ、もう生まれる頃ではないのか？」

「殿、殿が騒いでもどうにもなりませんぞ！」

清康の家臣で長老の内藤清長がジロリと廊下の広忠を睨んだ。

藤原道長の末裔という清長は四十二歳で、お産は病気じゃないから心配するものじゃないという。

若い者たちにそんなことをいって落ち着き払っている。

その傍では清長の甥の内藤正成が眠そうに大欠伸をした。

正成は清長の弟の忠郷の息子で広忠の近習だ。この正月が来ると十六歳になる。

その部屋には酒井忠次、米津常春、酒井正親、大久保忠員など、岡崎城の譜代の家臣たちが男子誕生を願って数日前から集まっていた。

「ンギャーッ！」

夜の静寂を切り裂く赤子の泣き声だ。

「ん、生まれたぞ！」

「生まれたか……」

広忠がズルッと体の力が抜けて廊下にへたり込んだ。

途端に本多忠高が転がるように小部屋から飛び出した。そこへ産所から出て来た侍女とぶつかりそうになった。

「ど、どっちだッ！」

「男、男の子にございます！」

「間違いないかッ、あれがあるのだなッ！」

「はいッ、間違いなく、和子さまのものを拝見いたしました！」

「そうか見たか、よしッ！」

忠高も力んでいた力が抜けて、腰が抜けたように広忠の傍に這って行った。

「殿、お聞きになられましたか？」

「うむ、聞いた……」

広忠が腑抜けのように何度もコクコクとうなずいてニッと笑った。

「お世継ぎさまにございます。竹千代さまのご誕生にございます！」

「そうだ。竹千代だ、竹千代でよい……」

清康も広忠も幼名は竹千代である。安祥松平家の嫡男はみな竹千代と命名される。

「殿、おめでとうござりまする！」

年長の内藤清長が挨拶した。

すると部屋にいた者たちが廊下に顔を出して、「おめでとうございまする！」と唱和してニッと微笑んだ。やったぞという気分である。

不幸続きの安祥松平家にとって、広忠と於大の婚姻に続いての男子誕生は、この上もない慶賀で誰の顔からも笑みがこぼれた。

その喜びが一段落すると家臣たちは三々五々に帰り始めた。

そんな中で部屋の隅に、もう五十歳を越えた長老の鳥居忠吉がポツンと仏頂面で座っている。

その傍には長男の忠宗が、父上はうれしくないのかという顔で忠吉を見ていた。

部屋には他に広忠の近習の酒井忠次と、内藤正成の若い二人が帰りそびれて大欠伸をしている。

竹千代が生まれて半刻ほどして事件が起きた。

初産で疲れ果てた於大が再び産気づいたのである。産所から飛び出してきたのは広忠の侍女の於久だった。

鳥居忠吉たちのいる部屋の前を於久が走って行った。

「今のは於久殿だな。何事だろうか？」

酒井忠次が廊下に出ようと立ち上がった。

「小五郎、出るな！」

鳥居忠吉が怖い顔で忠次を叱った。

「父上？」

「いいから、静かにしろ！」

どうしてだという顔の忠宗も父親の忠吉に叱られた。

何かある。小部屋は静まり返った。

寝所に引き取った広忠は寝衣に着替えて横になろうとしていた。

そこへ於久が慌てて入って来た。

於久はもう老女で四十歳を越えていたが、広忠が十五歳になった時に女を教えたのが於久である。

その広忠が於大と結婚してから、於久は広忠の寝所に入ったことがない。その於久が突然現れて平伏する。

広忠がびっくりして飛び起きた。

「於久？」

「殿、お方さまが再び産気づきましてございます！」

「何ッ、まことかッ！」

「はい、双子かと思われます？」

「於久ッ！」

「間もなく生まれるものと思われますが？」

「於大は無事なのだな？」

「はい、生まれた子はいかが取り計らいましょうか？」

「うむ……」

広忠が夜具に安座して考え込んだ。

この頃、双子は畜生腹といって嫌われた。多産の犬猫の眷属（けんぞく）だといわれたからだ。生まれても運の悪い子は殺されることもある。

「みな帰ったのか？」

「はい、ただ鳥居さまだけは残っておられたかと？」

「鳥居の爺か、他は誰も残っていないのか？」

「みなさまお帰りになったか、城内のどこかで寝ているものと思われますが？」

「於久、鳥居の爺にここへ来るよう言ってくれ。それに於大がお産で死なぬように気を遣ってくれ、頼む！」

「はい！」

於久がサッと立って寝所から消えた。

「双子か……」

広忠はまったく考えていなかったことだ。

だが、生まれてくる子が男であれ、女であれ双子となれば城の中には置いてはおけない。かといって殺すのはあまりにも無惨だ。

あれこれ考えていると寝所に鳥居忠吉が入ってきて平伏した。その忠吉を困った顔で広忠が睨んだ。

「爺……」

「殿、双子でございましょうか？」

「ど、どうしてわかった？」

「お方さまのご様子からそうではないかと思っておりました」

「そうか、それでどうすればいいのだ？」

「お生まれになったのは竹千代さまのみにございます」

「殺すのか？」

「はい、同じ日に生まれたのが男二人であれば、いずれお家は真っ二つに割れて家督争いの火種になります」

「ならぬッ、殺すことは許さぬ！」

「男でも？」

「駄目だッ。殺すことは断じて許さぬぞ、そんな酷いことは許さぬ！」

広忠が気色ばんで忠吉を睨みつけた。

「それでは城外で？」

「城外で殺すのかッ？」

「いいえ、城外に捨てまする」

「爺ッ、そなたは！」

怒った広忠が立ち上がると枕元の太刀を握った。

「斬りますか？」

「斬るッ！」

二人が睨み合いになった。

「何んとしても？」

「殺すことは相ならぬ！」

「男の子であれば家督相続の時に、間違いなくお家が真っ二つに割れますぞ。お家が潰れますが。それでも殿は？」

「構わぬッ！」

「短慮な。情けない……」

「何ッ！」

広忠が太刀を抜こうと柄(つか)を握った。そこに於久が飛び込んできた。

「と、殿、間もなく生まれまする！」

二人のただならぬ様子に驚いたが、於久は慌てて寝所の入り口で平伏した。

「生まれる……」

広忠がつぶやいた。

於久は大給松平家の松平乗正(のりまさ)の娘で、この前年に広忠の子を密かに産んでいた。その子の名を勘六といい嫡子ではないため、於久の実家の大給松平家で隠すように育てられている。

後の松平忠政で竹千代こと家康の異母兄になる。広忠が於久を愛した証(あかし)であった。

「於久ッ、爺が生まれてくる子を殺せというのだ！」

叱られた子が母親に訴えるようにいう。

「まあ、殺すなどと……」

「於久殿、子はすぐ大きくなる。男の双子ではお家騒動の種じゃ。そうであろうが？」

鳥居忠吉が怖い顔で於久をにらんだ。

於久はわが子の勘六も広忠の子だと思うがそれは後回しだ。今は生まれそうな於大の心配と生まれてきた子の扱いだ。

「鳥居さま、そうではございますが、女の子かも知れません」

「女の子でも城には置いておけぬ！」

「殿、それならば生まれてくる子を、わらわが貰い受けることはできませぬか？」

「於久……」

「できませぬか？」

「爺……」

広忠が迷いながら鳥居忠吉を見た。於久の助け舟だと思う。

「於久殿が育てるのか？」

「はい、生まれてくる子が男でも女でも……」

「爺、殺すことは許さぬぞ！」

「なるほど、それならわからぬこともない。但し、このことは秘密にしてもらいますぞ。それに男子であれば出家させて、どこぞの寺に入れるということであればなんとか……」

「僧侶か?」

「はい、僧籍に入れば家督には関係なくなります」

「よし、わかった。於久、頼むぞ!」

「畏まりました」

三人の間で秘密の話がまとまった。

二人目が生まれそうなのだから急くことだ。広忠が於久と忠吉の考えに同意して、太刀を刀架にもどすと寝所から飛び出した。

「於久殿、それがしの気持ち、わかっておられるな?」

「はい、鳥居さま……」

「頼むぞ……」

「はい、もし男子がお生まれであればわらわも出家いたします」

「そうか、すまぬな……」

そんな話をしながら二人は広忠を追った。

それから間もなくだった。産気づいた於大が男の子を産んだ。その子を広忠は抱かなかった。

抱いてしまえば情が移る。捨てられる子なのだ。

白布に包まれた赤子は、己の運命を知っているかのように泣かずに静かだ。於久が抱いていた。

それを広忠が覗き込んだ。

「殿、二度とお抱きになることのない和子にございます。是非、一度はお抱きくださるように……」

そう願って於久が赤子を広忠に差し出す。

産所の前の廊下での親子の別れである。広忠が鳥居忠吉を見た。それに小さく頷いてから忠吉が小部屋の戸を開けた。

「忠宗、小五郎、四郎、これから於久殿を大給松平家まで送って差し上げろ、何も話すな、これから見ることはすべて忘れろ、いいな！」

三人は顔を見合わせたが、双子が生まれたのだとわかっていた。

その子が男か女かわからなかったが、捨てられるのだと内心では哀れに思う。

だが、それは武家の定めでよくありがちなことだ。

双子の男子はことさらに嫌われ、時には嫡子のみを家に残し、兄弟の弟たちを僧籍に入れることが多い。

足利将軍家がそういう決まりであった。武家はこの相続に失敗して家が急に衰退したり、凋落することが珍しくなかった。忠吉の家が割れるとはそういうことである。

その払暁、親と縁の薄い赤子が於久に抱かれ、誰にも知られることなく鳥居忠宗、酒井忠次、内藤正成の近習三人に守られて、秘かに岡崎城から出て行った。

この子は大給松平家で育てられ名を恵新という。

やがて、尼僧になった於久こと妙琳と共に僧籍に入り、非業の死を遂げる松平広忠の菩提を弔うことになる。

人の運命とは摩訶不思議にて人知の及ばないことだ。

この数年後、天文十六年（一五四七）に広忠が織田信秀に岡崎城を攻められた時、鳥居忠宗は渡河原で織田軍と勇猛果敢に戦い討死する。

やがて酒井忠次は家康の四天王の一人となって戦い、内藤正成は家康の十六神将の一人に数えられる武功を上げる。

そんな人たちの運命は誰にもわからない。

だが、今生に生を受けたからには授かった使命があるということだ。それを自覚できれば幸、自覚できなければ不幸である。

捨てられた妙琳と恵新を待ち受けている運命とは、そして嫡男竹千代の生涯も波乱に満ちたものになる。

この日、それぞれが乱世に一歩を刻みはじめた。

離縁

この頃、三河の広忠を支援する今川義元も、三河を奪いたい織田信秀も東西に戦いを抱えていた。

義元は東の北条氏康と五、六年前から河東をめぐって戦いを繰り返している。

河東の地とは富士川の東から黄瀬川までの間の土地である。

この河東は誰の領地か確定しておらず、東の相模小田原城の北条家氏康、西の駿河駿府城の今川義元、それに北から甲斐の武田信玄も参入して、三つ巴の厄介な係争地になっているのだ。

以前は今川家が押さえていたが、今は北条家が武力で奪って押さえていた。

今川義元の主力軍はその河東に投入されている。

それは河東に隣接する武田、北条、今川の領地争いに、義元は何んとしても負けることができないからだった。

というのは河東を北条に奪われたのは、義元の今川家相続の時に、花倉の乱という相続の争いが起き、それの油断を北条家に利用され河東を奪われたのである。義元の責任だった。

一方の織田信秀は松平清康の守山崩れの後、安祥城を奪い取り長男の織田信広を入れて、岡崎城の目前の矢作川の西岸までを守らせている。

その信秀は北の美濃から圧迫を感じていた。

美濃は清和源氏で美濃源氏という名門土岐家の国だが、その美濃に蝮と呼ばれる男が食いついていた。

後に斎藤道三と呼ばれる梟雄である。

蝮は食いついたら離さない。

さすがの名門土岐家も蝮の毒が回って瀕死の状態に陥っていた。

この年遂に、その蝮が美濃の国主である土岐頼芸と、子の頼次を美濃から追い出して尾張に追放する。

これに激怒した信秀は美濃を攻める好機と考え、土岐頼芸の兄の頼武の子頼純を匿(かくま)っている越前の朝倉孝景と連絡を取って連携。

美濃の蝮を南北から挟み撃ちにしようという作戦を実行した。

この作戦がものの見事に成功する。

さすがの蝮も北の朝倉軍、南からの織田軍に挟み撃ちにされては、手も足も出ず稲葉山城こと後の岐阜城に追い詰められた。

だが、名峰金華山の山頂に築かれた稲葉山城は堅城(けんじょう)である。

簡単に落城するような城ではない。

信秀と孝景はそれぞれ頼芸と頼純を美濃に復帰させ、信秀は大垣城を奪うと織田軍きっての豪傑織田造酒丞信房を入れて尾張に撤退する。

ところが蝮も一筋縄ではいかない男だ。

その数年後には、逆に朝倉孝景と同盟して、織田信秀を再起できなくなるほど叩き潰してしまう。

謀略、知略が入り乱れての戦いが乱世だ。油断したらやられる。

そのため、戦いに勝てなくなった織田信秀は酒色に溺れて死去し、その織田家に乱世を嵐の如く薙(な)ぎ払う信長が登場することになる。

誰が味方で誰が敵なのか、利害によって今日は味方でも明日は敵というのが、応仁の乱後の戦国乱世と呼ばれる時代だった。

そんな混乱の時代の真っただ中に竹千代は三河岡崎城に生まれた。

竹千代の生まれた三河も大混乱している。

その原因は清康が殺された守山崩れから始まっていた。

それまでの若き大将松平清康は順風で、一万を超える大軍を集められるまで力をつけ、三河統一も見えてきていたのだが。

そう一筋縄ではいかないのが乱世の難儀なところだ。

三河も厄介な国で、松平家が十八家ともいうが、ようやく清康の出現でその松平家がまとまりかけていた。

それが一気に崩れた。

三河には尾張と三河に城を持つ水野家、東三河に勢力を拡大したい戸田家、その戸田家と対抗して戦っている牧野家など、在地の大きな豪族が幾つも城を持ってその土地に根を張っている。

そんな有力豪族も清康の出現で兵を出して臣従していた。

それが守山崩れで清康が死ぬと箍（たが）が外れる。

桜井松平の大叔父松平信定の岡崎城を奪うことから始まり、合歓木（ねむのき）の松平信孝は弟康孝の三木城を八百人で攻撃、双方が伊田郷に布陣して戦い、信孝が勝って三木城を奪うなど、あちこちの武将が積極的に動き出した。

油断すれば兄弟でも滅ぼされる。

幼い広忠は岡崎城から追い出されて放浪したが、その時、広忠に手を差し伸べ三河への復帰を手伝ったのがその叔父の松平信孝だった。

人のつながりと利害は複雑怪奇。

信孝の妹が広忠を匿った吉良持広に嫁いでいて、信孝と持広は義兄弟だったのである。

その松平信孝は水野家や牧野家と同盟して三河統一を狙い、牧野家と敵対する戸田家の康光などと対抗していた。

その戸田家は牧野家から今橋城を奪い取っている。

広忠と水野家の於大の結婚をまとめたのは信孝で、実は、そんな複雑な勢力争いの中で於大は広忠に嫁いだのであった。

そして於大は竹千代を産んだ。

当然ながらその於大の結婚は当初から波乱含みだった。

竹千代誕生の五日後に天文十二年（一五四三）の年が明け、竹千代はわずか五日で二歳に成長した。

何んとも忙しい。乱世の子はもたもたしてはいられない。

忙しいのは竹千代ばかりではなかった。

乱世の人々はあれもこれも、どっちもこっちもみな忙しいのだ。

正月早々、駿河の今川義元に年賀を申し上げるため、広忠の代理として叔父の松平信孝がわずかな家臣と駿府城に向かった。

するといきなり広忠が戦の支度をしろと家臣に命じる。

「急げ、急げッ！」

十七歳になった広忠は意気軒昂(けんこう)で、父の清康に似て大柄な男だった。鎧兜(よろいかぶと)で身を包むと馬が小柄に見えてしまう。

なかなかの御大将ぶりだった。

駿河の今川義元に支えられている広忠は東には心配がない。心配なのは西から三河に入り、目の前の矢作川西岸まで迫っている織田信秀だ。

いつ織田軍が矢作川を渡河して、岡崎城に攻め込んでくるかわからない。

その織田軍を尾張まで押し返したいが、三河を統一できない広忠には、父清康のような大軍を集める力はなかった。

兵がいないのでは大きな戦いはできない。

恩賞目当ての武将たちは、勝てそうもない戦いには兵を出さないし、もし参戦しても大怪我をするだけで一文にもならない。

もちろん、後ろの今川義元がそんな危ない戦いは許さないだろう。

そこで広忠は父清康のように、先に三河統一をすべきだと考えた。

その手始めに何かと厄介な、叔父の松平信孝をまず潰してしまうことだと思う。

広忠も三河武士らしくなかなか強情な男だった。

「爺、やるぞ！」

「はい、ご武運を！」

鳥居忠吉、阿部定吉、内藤清長、大久保忠員らの重臣たちと考えてきた信孝の三木城攻撃だ。

そのためには信孝や牧野家に敵対する戸田康光を引き込む必要があった。

話がまとまり戸田の援軍に成功しての出撃である。広忠は岡崎軍と戸田軍を率いて三木城に向かい包囲した。

まさか岡崎城の広忠が、叔父の信孝の城を襲うとは、考えていない城方は、まったく無防備の上に、城主の信孝が駿河に行っているのだから右往左往するばかりだ。

おっとり刀で城の守りにつくが如何ともしがたい。大将のいない戦いなど勝てるはずがない。

「おい、殿がいないそうだな？」

「ああ、だから殿が帰られるまで踏ん張れッ！」

「その殿はいつ帰るんだ！」

「そんなこと、わしにはわからんッ！」

「逃げたんじゃあるまいな？」

「馬鹿者ッ、殿は駿府に行かれたんだッ！」

「本当か？」

城が包囲されているのに内輪もめをしているようでは戦いにならない。

大将のいない戦いで勝ったという話は聞かない。籠城（ろうじょう）しても疑心暗鬼になって裏切りが出かねない。

誰だって死ぬのは嫌なのだ。

「殿がいないんじゃ降参するしかなかろう……」

「馬鹿野郎ッ、戦わずに降参を口にするとは生かしておかんぞッ！」

仲間割れの喧嘩になりそうだ。

「ちょっと待てッ。殿が今川軍を連れてくるかもしれないぞ。そうだろ？」

「そうだッ。今川軍が助けに来てくれる」

「いつくるッ？」

「そんなことわからん！」

「そんな曖昧な話が当てになるかッ！」

味方の気持ちがバラバラなのだからどうにもならない。

籠城してもいつまでも守り切れるものではないだろう。その上、戦支度をしていないのだから城内の兵は限られている。

米蔵の兵糧がなくなったら万事休すだ。

「十日ッ、いや十五日ッ、半月だッ、半月籠城すれば今川の援軍が来る！」

「馬鹿、そんな見込みのない話を誰が信じるか、もし、援軍が来なかったときはどうするんだ。餓死か？」

「その時は、その時は城を枕に討死だッ！」

「おぬしだけ勝手に死ねッ、わしは犬死するのは嫌だ、死にたい奴だけ城に残れ！」

「おのれッ、裏切るかッ、不忠者がッ！」

「うるさいッ！」

双方が刀を抜いて城内に血の雨が降りそうになる。

大将のいない戦いは、必ずといっていいほど仲間割れして分裂する。それは死んでもいい奴と、まだ死にたくない奴がいるからだ。

それは忠誠心などという大袈裟なものではない。

人は死にたくないのが人情である。それを他人がとやかくはいえない。

大将がいないから仕方ないというあきらめや怯えや恐怖心もある。戦いには死がつきもので誰だって怖いに決まっている。

「きたぞッ、攻撃が始まるぞッ、急いで持ち場につけッ！」

何も決まらないうちに戦いが始まった。

戦おうとする者、降伏しようとする者、城から逃げ出そうとする者、大将不在の三木城は無惨だった。

半日もしないであっけなく落城した。

三木城は本来、信孝の弟康孝の城だった。それを兄の信孝が横取りして、横領したのだからまとまりがなくても仕方がない。

　それを見越しての広忠の攻撃である。

　このことが早馬で駿府に伝わると信孝は激怒、助けてやった広忠が裏切ったと騒ぎ立て義元に直訴に及んだ。

　だが、さすがに義元は話の本筋を見抜いている。

　岡崎城の広忠を助けるべき叔父でありながら、戸田家の勢力拡大で混乱する東三河を、鎮めようともせず、逆に水野家や牧野家と組んで、広忠をないがしろに自分の勢力拡大に奔走している。

　それは広忠を支援する義元には不快なことだ。

　遠江（とおとうみ）、三河と西に進出したい義元が当てにしているのは、名将松平清康の後継者である岡崎城の広忠なのだ。その方が三河の力を結集できる。

　義元は今川家の先々のことまで考えて、阿部定吉と広忠が頼って来た時に支援した。

　その三河で広忠を助けるべき三木松平の信孝が、戸田だ、水野だ、牧野だと勢力争いをするようでは放置できない。

　義元は東には北条と戦い、北には甲斐源氏の武田がいて領土拡大は難しい。

　それならば駿河を拠点にして西に向かい、遠江、三河、尾張、美濃、伊勢まで手に入れたい。

信孝の言い分はその義元の大戦略の邪魔になるだけだ。

義元にすれば、助けを求めて来た松平の本家筋、広忠を傘下に入れることが順当だと考える。

三河支配にはその方が筋は通っていると考えた。

名門今川としては筋目のないことには加担したくない。

刃向かうようなら信孝や戸田や、水野も牧野も他の松平家も、尾張の織田までもすべてを叩き潰す。

義元には大きな野望が育っていた。

足利一族である今川義元は東海を平定して、威風堂々と三百万石の大大名となって上洛する。今川家の祖は三河幡豆今川の庄を領したことからはじまる。

上洛して京の足利将軍家のために働き、乱世を平定して足利家を再興したい。

その大戦略の上にある大いなる野望だった。

義元は信孝の直訴を拒否して広忠の立場を重視した。ここに広忠を軽視した松平信孝の追放が決まる。

義元は信孝の言い分をまったく認めなかった。

その義元は河東の戦いを仕掛けているが、広忠のため三河に充分な兵力を派遣できる力がある。

今川義元はいざとなれば三万から、四万以上の兵力を遠江、三河にも動員できる実力を持っていた。今や義元は海道一の弓取りの異名を持つ御大将だった。

その義元の決定は絶対である。

だが、義元によって信孝が失脚すると、信孝が仲介した広忠と水野家との同盟が消滅してしまった。

広忠と於大、竹千代こと後の家康の運命がここで激変する。

尾張にも城と領地を持つ水野家が、今川家や岡崎城から離れて、尾張の織田家に近づいて行くことになった。

広忠が叔父の信孝を潰しに動いたことで三河に激震が走る。

だが、駿府城の今川義元を後ろ盾にしている以上、広忠の足元は盤石で決して揺らぐことはない。

そんな広忠に圧力をかけ続けてくる尾張の織田信秀だけは別だ。

尾張の虎といわれる信秀は戦上手で実に強い。

尾張を統一する勢いで一万から一万五千の兵力を結集できる。織田家は裕福で二万以上を集められるという噂もあるほどだ。

広忠にとっては油断のできない敵だった。

既に、三河に入って安祥城を奪い、岡崎城の眼の前を流れる矢作川の西岸まで進出してきている。いつ岡崎城に攻め込んでくるかわからない。

ちなみに安祥城という名は、江戸期の呼び方で本来は安城城というのが正しい。

広忠はその安祥城を取り戻したい。

松平家の家代々の城は岡崎城ではなく安祥城なのだ。だが、織田軍と戦いそれを取り返すには危険が伴う。

尾張の虎と壮絶な戦いになることは見えている。

乾坤一滴(けんこんいってき)、総力戦で勝てるかといえば自信はない。今川義元が大軍を派遣してくれれば勝てるかもしれないと思う。

しかし、いくら今川家でも一万からの兵となると派遣は難しい。

長い河東の戦いを抱えている義元が、織田と戦うため三河に大軍を派遣してくるとはとても思えない。

わずか二、三千の援軍では織田信秀を倒せるとは考えられなかった。

少なくとも七、八千から一万人ほどの今川軍は欲しいところだ。そのような大軍を送り込んでは来ないだろう。

河東のことがあり義元はまだ織田軍と本格的な戦いはしたくないはずだ。

今川軍が織田軍と戦うのはその河東の戦いに決着がついてからだろう。

織田信秀の力の源泉は、豊饒な尾張の田畑と熱田神宮とその湊、それに木曽川河口の津島湊の繁栄である。

尾張から伊勢への海の交易を、熱田と津島という二つの湊が握っていた。

その二つの湊を織田信秀が、完全に押さえているのだから、その人、物、銭の流れは実に多く実入りがある。

つまり熱田神宮と伊勢神宮を結ぶ海の交易路だ。

三河にも海はあるが、熱田や津島のような二十万石を超えようかという、大きな交易のできる湊を持っていない。

信秀の織田弾正忠家は領地と二つの湊で、四、五十万石にはなろうかという大大名なのだ。その湊の繁栄に眼をつけたのが信秀の父織田信定だった。

なかなかの人物で交易の利がいかに太いかを知っていた。

尾張と伊勢の間には木曽三川と呼ばれる木曽川、長良川、揖斐（いび）川が集まっている。美濃の蝮がどんなに強くても美濃の物資は、この木曽三川で上下に流すしかない。そんな状況下で木曽三川の交易はまだ活発ではなかった。

それでも川が海に出る河口の津島湊を、信定は戦いを仕掛けて勝ち、織田家の支配として押さえ込んだ。

織田家は貧乏な広忠の松平家とは違う。

この後、松平家は家康が成長して信長と同盟しても貧しかった。

その貧困はひどいもので、今川家にすべての財物を吸い取られ、鳥居忠吉は「竹千代さまのため、竹千代さまのために……」と、食う物も食わずに一文、二文と蓄えて、武具や兵糧を買い求めながら竹千代の帰還を待ち続ける。

その貧乏を耐え抜いた三河武士は、すぐ逃げたがる軟弱な尾張兵とはまるで逆で、粘り強く強情で敵に食いつき強かった。

後に尾張の弱兵を抱える信長は槍を長くしたり、鉄砲を買い揃えたり、大軍を集めることに専念したり、織田軍を方面軍編成にして戦ったり、兵農を分離するなどと、その工夫と苦労は貧乏家康よりたいへんだった。

兎に角、三河武士はしつこくあきらめない。

敵に噛みついて肉を食いちぎってでも必ず倒す。

裕福な織田信秀はこの年、朝廷に内裏の修理費用として四千貫文を献上する。

数年前の天文九年（一五四〇）には、翌年の伊勢神宮の式年遷宮のためといって、神々の社に大量の木材と七百貫文を献上している。

こんなことができるのは織田家だけだった。勤皇でもあった。

それによって天文十年（一五四一）九月には朝廷より三河守の官位官職を賜っていた。三河守は広忠が欲しい官位官職なのだ。

だが、貧乏な広忠には朝廷に献上できるものがない。

実はその広忠より何倍も貧乏なのが京の朝廷だった。

天皇領の荘園はほとんど武家に奪われてしまい、天皇ご自身が食うや食わずという状況なのだ。

その天皇が扇面に和歌を書いて売りに出したことさえある。

後柏原天皇は二十一年間も即位の礼が行われず、次の後奈良天皇は全国から寄進を集められ、践祚から十年後にようやく即位の礼を行うなど、その天皇家の困窮ぶりは尋常一様ではなかった。

その責任は弱体化して何もできない足利将軍家にある。

この年の七年後に践祚する正親町天皇は、西国の毛利元就が千余貫文を献上したため、なんとか三年後には即位の礼を行うことができた。

いつまでも高御座（たかみくら）に立てず、即位の礼を行えない天皇を半天皇などと呼んだ。このことからも織田家がいかに裕福だったかがわかる。そういう話は広忠の耳にも聞こえてきた。

三河守は自分のものだと言いたいが貧乏ではいかんともしがたい。

広忠を匿ってくれた名門吉良持広は、左兵衛佐（さひょうえのすけ）という立派な官位官職を持っている。

今川義元などは従四位下治部大輔という、地方の武家では最高位ともいえる四位を下賜されていた。

三位以上は公卿と呼ばれ、従五位下以上は貴族という扱いである。

従四位下の義元は立派な貴族だった。朝廷から下賜された官位があれば武家は官位で呼ぶことが多い。

義元は「治部大輔さま」である。

この官位は古く推古十一年（六〇四）に制定された、聖徳太子の冠位十二階から始まっている。

やがて律令制度をとり入れ、五常（ごじょう）の仁義礼智信の上に徳を置いて大徳・小徳・大仁と小仁など大と小に分けて十二階とした。

冠の色が紫、青、赤、黄、白、黒に分かれ、一目でその官人の位階がわかるようになっていた。

大化三年（六四七）には七色十三階冠に改められたこともある。

そのように官位は時代によって変化した。

その後、律令によって官位は正一位の神階から従三位まで正と従があって六階、四位から八位までは正・従に上・下があって二十階、その下に大初位が上・下に少初位が上・下の四階があって、正一位から少初位下まで三十階になった。

他に太政大臣から大納言や中納言、参議、近衛大将や近衛中将、尾張守や三河守、信長が好んだ上総介など官位相当の官職がある。

ちなみに信長の上総介は好き勝手に名乗ったものであり、織田家の正統な官職は弾正忠である。

征夷大将軍は令外官（りょうげのかん）でこの決まりの他とされた。

朝廷の官軍を率いて戦い東海方面を征伐する大将をそう呼んだ。

ちなみに北陸方面を征伐するのは征狄大将軍、西国方面を征伐するのを征西大将軍と呼んでいる。

朝廷軍は三軍編成だが、この三軍が揃って編成されたことはない。

その官位が最も多かった時というのは、天武天皇十四年(六八五)でその官位は四十八階もあったという。

ちなみに現代は明治二十年(一八八七)に定められた十六階である。一位から八位まで正・従があるのみだが、戦後の昭和二十一年(一九四六)からは死後官位のみになり、生きているうちに官位を賜ることはほぼなくなった。内閣総理大臣が正二位、任期が短いと一階下げられて従二位となる。ノーベル賞受賞者は従二位を賜る。

高位になると死後に天皇の勅使が伝達に現れる。

松平家は竹千代こと家康の代になって、二十五歳の時に改姓し藤原、徳川となって従五位下三河守を賜る。

その竹千代はもう二歳だが生後一年も経っていない。

そんな幼子が激動の時を迎えようとしていた。

この年、天文十二年七月十二日に於大の父で、竹千代の祖父に当たる水野忠政が五十一歳で死去する。

すると松平信孝の失脚で今川義元から離れたい於大の兄、刈谷城主の水野信元が尾張の織田信秀に急接近、それによって松平家の中で於大の立場が危なくなった。

元々、松平信孝の仲介があっての広忠と於大の結婚だった。

追い詰められた於大は、広忠の後継者である竹千代と別れる覚悟をしなければならなくなった。

離縁となれば竹千代を連れて行くことはできない。

竹千代は這うようになり、これからが可愛くなるばかりの時だった。

兄の信元に考えがある以上、織田家に近づかないでほしいとは言えない。父忠政の死が於大の立場を暗転させた。

竹千代と別れたくないと思うと涙が出てきてしまう。

頭の大きな竹千代はそれを揺らしながら於大の傍に這ってきた。母子の縁の薄い子だと思うとまた泣きたくなる。

どんな運命を背負って生まれてきたのかと於大は竹千代を見るのだった。

「ううう……」

怒ったように唸（うな）り、涎（よだれ）を垂らした牛のように這ってきて、竹千代が於大の顔を見てニッと笑う。

若い十六歳の母親は息子に何もしてやれることがない。

竹千代を抱いて乳をやることぐらいしかないのだから悲しい。いつ別れるのかそんな不安な日が続いた。

於大は小柄で大きな目をした優しい娘だった。

竹千代はそんな自分と似ていると思う。

立派な武将になるためには大柄な広忠の血を引いてもらいたいが、これぱかりは神さまが決めることで、どう見ても自分に似ているような気がする。

「竹千代、どうか、お父上さまに似ておくれ、お願いします」

そんなふうにいうと、益々竹千代が自分に似ているように見えてくる。眼が大きくて頭も大きくプクッと太っている。

赤子が痩せていては一大事だが、竹千代はどう見ても自分に似ているのだ。

その竹千代はハイハイで立てるようになると、天文十三年（一五四四）の年が明けて一歩、二歩と歩き三歩目には転ぶ。

竹千代は歳だけは三歳になった。

するとそんな時、無情にも広忠と於大の離縁が決まった。

兄が敵方に味方しては如何とも仕方がない。むしろ、生きて城から出してもらえる於大は幸運だった。

人質として城内に幽閉、運悪く殺されても仕方のないところだ。

それを広忠は嫡男竹千代の母として扱い、決してひどい扱いはしなかった。

武家の定めで政略の離縁はやむなしだが、十七歳の広忠はやさしい於大を愛していたのかもしれない。

だが、乱世の結婚は好き嫌いより政略で決まるのだから仕方がない。

この戦国乱世は人と人が軋(きし)みながらも、必死で生きようと絡み合っている過酷な時代でもあった。

三英傑

払暁、まだ暗いうちに於大は竹千代に最後の乳をやった。

そこに新しく竹千代の乳母になる女を連れて広忠が現れる。於大はまだ眠そうな竹千代を乳母に渡し「お願いします」と頭を下げた。

母子の別れだ。

於大は広忠の足元に平伏して「ありがとうございました」と挨拶する。

「於大、支度はいいのだな？」

「はい、格別なこともございません」

「そうか、大玄関まで送ろう」

「殿、もう一度、竹千代の顔を……」

於大の切ない思いだ。

そう願って於大は乳母から別れ難い竹千代を抱き取った。乳を飲んだ竹千代は気持ちよさげに眠っている。

「竹千代……」

於大が小さく名を呼んだ。

何もしてやれなかった我が子に未練が残る。

「お方さま……」

乳母にうながされて於大は竹千代を戻す。切ないがもう母子の旅立ちの時だ。どんな運命が待っているのか、悲しく別れなければならない母子の運命は誰にもわからない。

この時、神仏は於大と竹千代に過酷な運命を与えた。

広忠と於大が大玄関に行くと鳥居忠吉、阿部定吉など五人ばかりが敷台に並んで見送っている。

寂しい別れだった。

於大は無言で鳥居忠吉たちに頭を下げた。

大玄関には水野家から於大について来た乳母と小者の老人だけがいる。刈谷城からの迎えは重臣の老人と若い武士の二人だけだ。

「確かに……」

刈谷城の老臣が広忠に挨拶して五人は城を出た。

外はまだ暗かった。

城を振り向いて於大は涙を拭う。別れたばかりなのにもう竹千代が目覚めて起きるころだと思う。

竹千代が母の顔を覚えられない幼い時だから良かったのかもしれない。

追い駆けられたら、体を引き千切られもっとつらいことになるだろう。

城から出て二町（二一八メートル）ほど歩くと、刈谷城から迎えに来た家臣団が、於大を乗せる箱輿を囲んでいた。

「姫さま、寒くはございませんか？」

「爺……」

「ご苦労さまでございました。刈谷のお城で兄上さまがお待ちにございます」

「刈谷へ行くのか?」

「はい、姫さまがお住まいになられるお屋敷が整ってございます」

「父上の墓参もしたいが?」

「はい、暖かくなりましたら、この爺がお供いたします」

「本当ですよ?」

「はい、まずは寒くないように輿にお乗りください」

その輿に乗ろうとして於大が城を振り返った。その眼には悲しみを堪(こら)えている涙が浮かんでいた。

於大一行が水野信元の城である刈谷城に向かった。

信元は於大の異母兄である。

この頃、水野家は大きくなり尾張知多緒川の他に、三河刈谷、大高、常滑(とこなめ)などに領地を持っていた。

家が大きくなればなにかと忙しくなる。

緒川の水野忠政が亡くなって、刈谷の信元が家督を継ぎ、今川家から離れて織田家に近づいたのだから油断はできない。

油断をすれば松平家や戸田家、今川家からたちまち攻められるだろう。

信元は織田信秀の三河侵攻に協力しながら、知多半島全域に勢力を広げようと戦いを始めている。

知多の宮津城、成岩城、長尾城などを攻めた。

知多の大野城には佐治家という海賊水軍もいる。半島といってもその勢力図はなかなか厄介な土地柄なのだ。

その知多を攻める拠点の刈谷城の一角に、椎の木屋敷と呼ばれる静かな場所があった。

そこが於大の新しい住まいになった。

岡崎城に残してきた竹千代のことを思うと、於大は涙ばかりがこぼれてしまう。乳母や侍女たちにむずかって困らせていないかと思う。

天文十三年の正月に於大は十七歳になった。

信元は尾張の虎と呼ばれる織田信秀を信頼している。

織田家は裕福で一万五千人の兵力を集められる。その信秀は織田一族を圧倒していて尾張を統一するだろうと思われた。

織田信秀に三河の優力武将、水野信元が味方することは大きなことだ。

信元の支援を得た信秀は勢いづいた。だが、そういう勢いに乗った時こそ危険であり油断してはならない。

勢いに乗った織田軍は九月になって美濃に向かった。

木曽川を渡河して美濃に侵入した織田軍は二万を超える大軍だった。

方々に火を放ちながら美濃軍を撃破して、斎藤道三の稲葉山城に押し寄せ、山麓に広がる村々をことごとく焼き払った。

戦いは順調に推移した。

稲葉山城は金華山という一つ峰の山頂に築かれた山城で、大軍でも一押しに潰せるような城ではない。

そこで信秀は一旦引き上げることにした。

戦いは攻める時より引く時が難しい。

ことに大軍は後ろから追撃されると脆（もろ）い場合がある。

そのため引き上げには最後尾に殿軍（しんがりぐん）を置くのが鉄則なのだ。その殿軍の支度をしながら引き上げを開始した。

美濃の蝮はそのわずかな油断を見逃さなかった。

申（さる）の刻頃、織田軍が半分ほど引き上げた時、稲葉山城から美濃軍が一斉に襲いかかってきた。

殿軍が引き上げながら美濃軍と戦う。

だが、美濃軍の猛攻に防戦の殿軍の守備が間に合わず、信秀の織田軍は後ろから崩れ出してしまう。

こうなると大軍には恐怖や怯えが走って敵の追撃にやられる。

信秀の弟である犬山城主の織田信康や、那古野城の信長の家老青山信昌らが踏みとどまって、押し寄せてくる美濃軍と戦いながら味方を木曽川まで逃がす。

だが、逃げながらの戦いほど難しいものはない。

信康も信昌も討死、織田軍はたちまち大混乱に陥り次々と討死。蝮に追われて悲惨なことになった。

何んとか木曽川まで逃げた兵も、慌てて川に入り溺死する者が続出。

信秀の美濃攻撃は大失敗し五千人からの犠牲者を出してしまう。多数の負傷者は目も当てられない状況で尾張に逃げ帰った。

賢い蝮は織田軍の反撃を警戒して木曽川を越えてこない。

この時、蝮に呼応して清洲城の織田大和守信友が、兵を出して信秀の古渡(ふるわたり)城を包囲していた。

隙あらばという身内の敵が信秀の敗北を待っている。

信秀はその清洲軍を蹴散らして古渡城に帰還することに成功。この戦いで猛烈な織田軍の勢いが止まった。

こんな負け戦で五千人もの兵を失うと、次に兵を集めるのが非常に難しくなる。戦いは勝ち続けることが大切だ。

負ける時は軽微な損害で引き分けぐらいがいい。

事実、織田信秀はこの戦いの後、なかなか勝てなくなってしまう。

こういう大敗は大名の命取りになりかねない。

この負け戦が尾張の麒麟児、織田信長の乱世への登場を早めたともいえる。信長はこの時十一歳だった。

元服前の大うつけものである。

水野家と手切れになった松平広忠は、水野家に代わって三河渥美の田原城主戸田康光と接近する。

戸田家も勢力の拡大を狙っていた。

天文十四年（一五四五）の年が明けると、松平家と戸田家の間で婚姻の話が進められた。於大を離縁した広忠に戸田康光の娘、真喜姫を嫁がせようということだ。双方の家にとって有益な縁談と思われた。

乱世においてはこういう家と家の結びつきが重要である。

ことに松平家や戸田家のように弱小の大名家は手を結んで助け合うしかない。

この話がまとまって、三月に広忠と真喜姫が結婚した。四歳になったばかりの竹千代の新しい母親である。

この頃、今川義元は今川軍を西ではなく、相変わらず東に投入していた。

義元が今川家を家督相続した時の花倉の乱で、北条家に奪われた河東の地を取り返す戦いに決着をつける時が来ている。

四年前の天文十年（一五四一）七月に北条氏綱が死んで氏康が家督を継いだ。

その一ヶ月前の六月に、甲斐の武田信虎が駿河に追放され、強制的に隠居をさせられる事件が起きた。

甲斐は信虎を追放した息子の晴信（はるのぶ）こと信玄が後継者になった。

そこで義元は武田信虎を引き受けると同時に、晴信と同盟し北条氏康を北と西から挟み撃ちにしようと考える。

その義元には太原崇孚雪斎（たいげんそうふせっさい）という強力な軍師がついていた。

北条家と戦うため、関東管領だった上杉憲政、上杉朝定らと手を結んで、八万の上杉軍で北条家の河越城を包囲させる。

今川義元は北条軍を河越城と河東に二分させ、九月には武田軍との合流にも成功、北条軍は吉原城を放棄して三島まで撤退する。

今川軍は北条早雲の子の北条幻庵の守る長久保城を包囲してしまう。

遂に今川軍が河東の北条軍を撃破した。こういう戦略は軍師の太原雪斎が考えている。

さすがの北条軍も東西からの挟撃にはたまらず、甲斐の武田晴信に今川との和睦を仲介するよう依頼するしかない。

十月になると晴信が双方の間に割って入り停戦が成立する。

義元は河東の地を今川領にする条件で北条家と和睦。混乱の時に失った領地さえ取り戻せれば良い。

河東問題は義元の喉に刺さった棘だった。

十一月に義元の軍師、太原崇孚雪斎と北条家、武田家の間で誓詞が交わされ正式に和解が成立した。

この和睦で北条軍も武蔵方面に動きやすくなった。

河越城の戦いに苦戦していた北条軍は、今川軍との戦いを終わらせ、関東管領上杉の大軍との戦いに専念して退け勝利する。

だが、今川家と北条家の不信は解消されたわけではない。

両家の間には緊張が続いたが騒乱にはならず、やがて、この和睦が発展して甲斐、相模、駿河の三国同盟が実現することにつながった。

この三家は力が均衡していて扱いがなかなか厄介なのだ。

天文六年（一五三七）から九年間も戦ってきた今川家と、北条家の河東の戦いが終わったことは、今川義元の考えを西に向かわせることになる。

念願の上洛だ。

この頃、京の足利将軍家は衰退の一途をたどっていた。

三代将軍足利義満の時が幕府の最盛期で、四代将軍義持の頃から力を失い応仁の乱が勃発する。

この大乱が足利将軍家から権力も権威も奪ってしまう。

細川軍と山名軍の双方が、京に二十万を超える大軍を集結させて、十年を超える戦いを繰り返して、王城の京が見るも無残なほど荒廃する。毎日が戦いなのだから焼野原になるのは当たり前だった。

それと同時に京の戦いは、全国の大名家に飛び火して大乱になった。

足利幕府はこの大乱の中で翻弄され、戦国乱世の大渦の中に呑み込まれてしまう。

群雄割拠というより大名たちの好き勝手をもう誰も止められない。

各大名家にそれぞれ事情も欲望もあり、家督相続の戦い、領地拡大の戦い、国境のもめ事など手が付けられなくなる。

自前の武力を持たない幕府は戦うすべもなく右往左往するばかりだった。

将軍を籤引(くじび)きで決めたり、手におえないと幼将軍に譲って逃げたり。将軍の妻が戦っている双方に高利で金貸しをしたり、いつ終わるとも知れない混乱が続いた。

それが百年に及ぶ乱世である。

足利幕府の一族である今川義元は、上洛してその幕府を立て直したいという大きな野望を持っていた。自分が天下に号令するぐらいのことは考えていただろう。

だが、京に向かう道筋には、立ち塞がる大名がいてそう易々(やすやす)と上洛はできない。

諸大名は上洛したくても大義名分がないと潰される。そんな中で足利一族の今川家には幕府を再興するという大義名分があった。

この充分すぎる大義名分には誰も反対できない。

天下を取るというのではなく、足利幕府を再興するというのだから上洛の名目は素晴らしいといえる。

しかし、その幕府の衰退の早さが大問題だった。

足利家に天文五年（一五三六）三月十日に男子が誕生、この子は後に三代将軍足利義満の再来といわれる菊童丸だ。

足利将軍家の期待を幼いが聡明な菊童丸が背負った。

その菊童丸がこの年、天文十五年（一五四六）に十一歳になり、七月二十七日に朝廷から義藤の名を賜った。

後に十三代将軍となる足利義輝である。

だが、将軍が聡明では危険なのだ。

将軍は暗愚でないと困る大名が京の周辺で跋扈(ばっこ)、その大名たちは賢過ぎる将軍は扱いづらくて困ると思っている。

幕府を取り巻く状況は最悪といってよかった。

この頃、義藤の父十二代将軍義晴は、幕府の管領細川晴元に京から追われ、近江坂本に逃げて幕府は京になかった。

足利将軍は無力で京を追い出され近江にいることが多い。

何んとも情けなく将軍とは言い難い状況である。

幕府の混乱と同じように各地の大名家が好き勝手に動き、近隣と戦ったりお家騒動で混乱したり大荒れだった。

清康の死後、三河もそんな渦中にあった。

十一月十五日に戸田宣成の今橋城が今川軍によって落城する。

牧野成敏から奪った城だったが、義元は戸田家が三河で力を持ち、領地拡大をすることを容認しない。

今川義元は広忠が弱小のままでいて欲しい。そのために広忠重視の考えを明らかにしたのであって、広忠を三河統一の大名にしようとは考えていない。むしろ、三十万石近いという三河の米を今川家のものにする。

戸田家と組んで松平家も力をつけると厄介なことになる。

この戸田宣成と今川軍の戦いに、田原城の戸田康光も二連木城の戸田宣光も、義元を恐れて今橋城に援軍を出さなかった。

義元に逆らえば捻り潰されるとわかっている。

乱世は力が正義であり、大小強弱上下を問わずどこの大名も武力の信奉者なのだ。自らを武力や戦略、謀略で守れない者は滅ぶしかない。

それを下克上などともいう。

まさに、室町幕府の将軍がその下克上に見舞われて、大混乱に陥り収拾できなくなったのだ。

将軍が混乱の渦中で逃げ回っている。

その幕府で一身に期待を集めている義藤が、十一月十九日に近江坂本の日吉神社で元服した。

翌二十日に京から勅使が下向して、征夷大将軍の宣下があり十一歳で十三代将軍になった。父の十二代将軍義晴は幼い将軍を後見する。いくら聡明でも十一歳の将軍では天下は動かない。

もちろん十一歳では幕府の政治を行うこともできない。

この将軍の代替わりを切っ掛けに、十一月末に細川晴元と話がまとまって、幼い将軍義藤と後見の義晴が坂本から京に戻ることになった。

十三代将軍はすぐ京に戻って慈照寺に入る。

だが、こういうことは時々あって、この将軍がいつまで京にいられるか、誰にもわからなかった。

情けないが京に出たり入ったりの将軍なのだ。

この年、尾張の大うつけ吉法師十三歳が、父信秀の古渡城で元服した。この時、吉法師の新しい名を信長と決めたのが師の沢彦宗恩である。

宗恩は博学で、四十八歳までに天下を取れる名として、大うつけの吉法師を織田三郎信長に生まれ変わらせた。

いよいよ乱世を薙ぎ払う信長の時代が始まる。

この時、尾張中村郷の貧しい百姓家に生まれた元吉は十歳になっていた。岡崎城の竹千代はまだ五歳だ。

大混乱のこの国を救うことになる三英傑が尾張と三河に生まれ揃った。

再婚

天文十六年（一五四七）の年が明けた正月二十六日に、十三代将軍が名を足利義輝と改めて、父義晴と参内し後奈良天皇に拝謁する。

朝廷はあまりに貧しく天皇は十年もの間、即位の礼を行えずに半帝と呼ばれてきた。その責任は将軍にある。

だが、後奈良天皇は清廉な方で、宸筆を扇面に認めてそれを売って、朝廷の収入の足しにされていた。将軍に力のないことはわかっておられる。

幕府は天皇の即位費用を手当てしなかったからこういうことになる。

その即位の費用を献上したのが、関東の北条家や駿河の今川家、西国では大内家などであった。

乱世はどこもかしこもギシギシと軋み続けている。

天皇家は気の毒なほど貧乏で、朝夕の食事すらままならなかったという。

そんな中で竹千代の母於大は、二十歳になりあちこちから再婚の話もないことはなかった。於大は刈谷城の椎の木屋敷で静かに暮らしている。

岡崎城に置いてきた竹千代のことを思うといつも涙がこぼれた。

「於大、そなた阿古居(あぐい)の久松家に嫁いでくれぬか？」

「兄上……」

「阿古居だ……」

一人静かに竹千代のことを思いながら暮らしていた於大に、兄の水野信元が急に再婚の話を持ってきた。

「阿古居の俊勝殿だ……」

信元のいう久松俊勝は、水野家から妻を迎えていたがその妻を亡くしたのだ。

久松家が仕えているのは尾張守護でありながら、今は清洲城に寄宿している名ばかり守護の斯波義統（しばよしむね）である。

織田でも今川でも松平でもない。

斯波家は古くには奥州、越前、尾張など、三百万石といわれる広大な領地を持ち、足利幕府の筆頭管領を務めた名門中の名門であった。

それが応仁の乱の大混乱に巻き込まれ、斯波家も家督相続に失敗して一族が分裂、応仁の乱から百年が経って、尾張清洲城に寄宿するまでに零落した。

どんな名門でも滅ぶ時は早い。

久松俊勝はまだ二十二歳で、その斯波家に仕える知多阿古居城の国人領主である。従って織田や松平や今川の争いの外にいる。

その久松家は織田家とも三河の松平家とも、ことに水野家とは婚姻するなどで親しくしていた。

その俊勝が妻を亡くしたため、継室を織田家も松平家も狙っている。

信元は引き続き水野家から継室を出したい。そうすることで久松家の帰趨（きすう）が定まり、信元も織田家との関係がうまくいくと考えている。つまり久松家のような中立的な立場など許されない。

信元は松平家より織田家の方が、はっきりと先が見えていると思っていた。

この判断が水野家に良かったか。

於大はそんな兄の気持ちを理解して、久松家に嫁ぐことを承諾する。

乱世での婚姻のほとんどが政略結婚であり、どの家と婚姻を結べば自分が有利かをたえず考えていた。

それを見誤ると一族をとんでもない不幸が襲ったりする。

下手な婚姻を結ぶと、思わぬ事件や混乱に巻き込まれて、関係のない家まで滅びかねないのが乱世だった。

その於大は俊勝との間に三男四女を産むことになる。

この子たちは竹千代の弟や妹で、やがて家康のために力になる弟妹たちだった。

この頃、尾張の織田信秀はまだ強かった。信秀は今川義元の西進を防ぐため、しきりに三河へ侵攻してくる。

そんな中で信秀は一時的にではあるが岡崎城を攻略、松平広忠が降伏して人質に竹千代を信秀に渡したというのが真実のようだ。

だが、後に東照大権現さまになる徳川家康が、父親広忠の手で人質にされたとは絶対いえない。

父広忠の名誉のためと、神となった家康のためである。

勝者にはどんなことでも書き換える権利があるのだから、家康と江戸を守るため得意の偽装を素人や玄人の史家が始めた。

それで戸田康光によって織田家に売られたという物語ができた。

偉人になると幼少の頃のことなど、すべてが三十年もしないで美談に書き換えられる。後世の人はそれを真実の如く信じるだけだ。

危ない危ない。

家康の場合は二百六十年間の徳川時代に、東照大権現さまに関することは美談と英雄伝にすべて書き換えられたと見るべきなのだ。

歴史は勝者のものだからそれでいいのである。

敗者は黙って滅ぶだけだ。

二百六十年の徳川時代は東照大権現さまの時代なのだ。歴代の将軍など東照大権現さまの影法師にすらならない。

完璧な徳川家康は物語の中の人であって、現実にはそんな英雄伝の人ではない。

例えば信長は歯が生えて生まれてきたとか、秀吉なら母が天子さまに寵愛されて、落胤として生まれたそうなのだ。

そんなことを信じる者は誰もいない。

だが、家康だけは誰もが信じてしまう。それは大権現さま第一で真実を書き換えた者たちの大いなる責任だろう。

その原因は江戸の二百六十年で、家康を完全無欠の大権現さまに祭り上げたからだ。

東照大権現さまは絶対的存在でなければならない。そう書き換えることに成功したから二百六十年の徳川時代があるといえる。

人質となる竹千代の話はこういうことであった。

この年七月十九日にまたもや将軍義輝と父の義晴が、管領の細川晴元に京から追い出された。

こういうことがくり返され将軍が落ち着いて京にいることがない。

細川家の家臣だった三好長慶（ながよし）が力をつけて台頭し始めている。晴元も油断できない状況になっていた。

無力な足利将軍家は傀儡（かいらい）に都合がいいから誰も潰さない。

この時も十日後の七月二十九日に、近江の坂本で和議が成立して、将軍足利義輝と父義晴が京に戻ってきた。

何をやっているのか、逃足も早いが帰還するのも早いといった具合だ。

京も将軍の権力をめぐって、やがて細川や三好や松永の間で争奪戦が起きる。

その頃、八月二日、竹千代が今川への人質として、駿府の今川家に送られることになったのだという。

護送の途中に田原城に立ち寄ると、竹千代の義母である真喜姫の父、戸田康光の裏切りによって竹千代が尾張の織田信秀に売られたというのだ。

家康が語ったという言葉によると千貫文だったというからほぼ一億円である。

おそらく家康はそんなことを言っていないと思われる。

継室の真喜姫に子が生まれれば竹千代はいらないと、真貴姫の父戸田康光が織田家に売ったのだという。

ちょいとでき過ぎている話だ。

なによりも売られたのに人質とはおかしい気もする。売られたのならこの頃流行りだった奴隷である。

そうではなく、広忠が戦いに負けて竹千代を人質として織田家に差し出したのである。

その後、竹千代はしばらく熱田の加藤順盛の羽城に留め置かれたという。

つまり売られたという話の一方には、天文十六年九月に岡崎城が織田信秀に攻められ、広忠が降伏し竹千代を人質に差し出したとの説があるのも事実である。

この話は竹千代が父の手で捨てられたということであり、大権現さまの幼少には相応しい話ではなかったのだ。

そのため、広忠と大権現さまの名誉のため隠された。

そこで悪党の戸田康光に売られたという悲劇仕立てに書き換えられた。史家にとってこの程度の書き換えは朝飯前である。

大権現さまはたくましく悲劇を乗り越えられたと仕立てた。

実は竹千代の人質というのは後者が真実だ。こういう書き換えは大権現さまの言動のすべてに施されたのだ。

いずれにしてもこの頃、竹千代が三河から尾張に移されたことは本当である。

その竹千代は熱田の加藤順盛の羽城にいたが、奪還されることを考え、熱田から那古野城下の萬松寺天王坊に移される。

竹千代にはこの移転が良かった。

この那古野城下の亀岳林萬松寺で、城下を暴れ回る餓鬼大将の信長と人質の竹千代が出会う。

同時に萬松寺の和尚と出会ったことが実に良かった。

六歳の泣き虫竹千代は天王坊という渾名をつけられ、境内で遊んでいるうちに信長の子分たちともすぐ親しくなった。

この頃の信長は大うつけの最中で万能の餓鬼大将だった。

その二人の出会いの仲介をしたのが、萬松寺住職で信長にとっては大叔父になる大雲永瑞和尚だった。

幼い泣き虫竹千代の大きな才能を最初に発見した僧である。

竹千代はこの亀岳林萬松寺の天王坊で、雲興寺第八世大雲永瑞和尚から本格的な薫陶を受けることになる。

「竹千代殿、そなたはいつもめそめそ泣き虫だが、武家の子はそう易々と涙を見せるものではないぞ。どうしても泣きたいことがあったら、それを腹の中にグッと呑み込んで我慢するものだ。いいな？」

「はいッ！」

返事はいいのだがすぐめそめそする。

六歳の子に人質ぐらしはそれなりにつらい。ことに竹千代は生まれて数日で二歳になった子どもで、六歳というが実際は五歳というべきなのだ。

それも数えの五歳だから実質は四歳に毛が生えた程度だ。その上、竹千代は母於大に似てぷくっと小柄だった。

　大うつけの信長が大将だからたまらない。

　その子分たちは商家の子だったり、百姓の子だったりで乱暴者揃いである。

　泣き虫竹千代は実に運の大きな少年であった。この大雲永瑞和尚を始めに次々と良き人々に出会うことになる。

　その出会いこそが竹千代を育てることになった。

　人の一生は邂逅であるというように、どこでいつ誰と出会ったかによって決定的に違ってくる。

　竹千代は六歳にして信長と出会い、大雲永瑞和尚と出会ったことが幸運だ。

「天王坊ッ、いつまでもピーピー泣いてんじゃねえぞ。泣き虫とは誰も遊びたくないんだぞ！」

　信長に叱られる。

「お前は三河の大将だ。泣くなッ！」

　信長は竹千代に容赦しない。

　この稀有な邂逅こそが竹千代の運を次々と開いていき、神階の東照大権現徳川源家康をつくることになる。

永瑞和尚は泣き虫竹千代に学問を教え、武将として強く生きる道を教えた。

「誰もが大将を見ているのだからもう泣くな……」

「うん……」

だが、竹千代はいつまでも泣き虫で、賢いんだがどことなく頼りない心細げな子どもだった。

それは仕方がないことで母の顔を知らず、父親に人質として家から出されてしまった悲しい子だった。

それが幼い竹千代の人格形成期の実像である。

三つ子の魂百までというが、先人は賢くすべてを見抜いている。はっきり言えば竹千代の三つ子の魂は最悪だった。

その竹千代を救ったのが大うつけの信長だ。

それに英邁（えいまい）な大雲永瑞和尚と、久松家に嫁いだ母の於大である。

ことに熱田加藤家の羽城は、於大が再嫁した知多阿古居城の久松家と近く、父の広忠から見捨てられた竹千代に、家臣を派遣して於大が物心両面で支えることになった。

織田家の人質になったことで、竹千代は逆に母に近づいたのである。この運命の変転は実に大きかった。

最悪の幼少期をこの三人が助けてくれた。

泣き虫竹千代にとって、まだ見ぬ母こそが慈悲深き菩薩さまであった。

大うつけの信長は竹千代を守ってくれる守護神。大雲永瑞和尚は竹千代に知恵を授けてくれた文殊菩薩といえる。

この頃、義父の久松俊勝は織田信秀の味方であり、泣き虫竹千代の扱いに配慮を願い出ている。竹千代は六歳、織田信長は十四歳だった。

「和尚ッ、天王坊はいるかッ！」

「おう、信長殿！」

「和尚ッ、竹千代は賢いかッ！」

信長は馬を輪乗りしながら大叔父の大雲に大声で聞いた。寺の境内にまで馬を乗り入れてくる不作法者の信長だ。

その信長が龍になる才能を備えていると、すでに見抜いている大雲永瑞和尚は決して叱らない。

信長を最も大切にしたいと大雲和尚は考えている。

「はい、まことに賢く、良き大将になりましょう」

「そうか、賢いか?」

信長がニッと笑った。賢い子は大好きだ。馬鹿も好きだ。信長の考えはいつもはっきりと単純明快だ。

「おい天王坊、うぬはまだ馬には乗れまい!」

「乗れますッ!」

泣きそうな顔で竹千代が強情に言う。そこに信長の子分たち十五、六人がバタバタと追いついてきた。

「ふん、そうか、今日は川干しに連れて行ってやるッ、馬より速く走れッ!」

「はいッ!」

何ごとも乱暴な信長が、馬腹を蹴って駆けだすと子分たちが一斉に追う。一番小さな泣き虫竹千代が大雲に一礼してからみんなの後を追った。馬より速くなど走れるわけがないと思う。

「信長と竹千代か、おもしろい取り合わせだな……」

大雲永瑞がニコニコと乱暴者の子どもたちを見送った。

「おもしろい、天下が動くかもしれんな……」

ブツブツ言いながら大雲和尚が寺に入ろうとした。

「大雲さま！」

呼び止められて振り向くと境内に痩身で大柄な僧が入ってきた。

「沢彦さま……」

「向こうに子どもたちが走って行きましたが？」

「信長殿の川干しじゃそうな。あの子たちも天下と同じで忙しいことだ」

「はい。川干しとは楽しそうで……」

沢彦は大雲より二十歳ほど若く、京の臨済宗妙心寺で第一座といわれた秀才である。信長の傅役平手政秀に招かれて美濃から出てくる信長の師だ。

「これから美濃へ？」

「はい、また来月もまいります。大雲さまにご挨拶をと思い立ち寄りました」

「ご苦労さまです。それで信長殿はどうですかな？」

「天下のことにございますか？」

「どうです？」

「この尾張におさまる器にあらず、天下をも突き抜けるやもしれません」

「なるほど、それはおもしろい。拙僧はもう歳ですから、信長殿の天下は見られませんが、沢彦さまはまだお若いゆえ……」

「はい、何んとか見られるかもしれません。楽しみです」

「うむ……」

永瑞がうれしそうに微笑んだ。

「ところで、ここの天王坊に三河の竹千代という子がおるのだが？」

「信長さまから聞いております」

「一度見て下さらぬかのう？」

「はい……」

沢彦も信長から泣き虫竹千代は、チビだが強情でおもしろいと聞いていた。この日、二人の僧が珍しく立ち話をして別れた。

悪餓鬼に何度も泥水をかけられて泣いた竹千代は、信長との川干しが相当おもしろかったようで泥だらけで帰ってきた。

するとそれを見逃さず、竹千代の世話をしてくれる寺の傍の老婆に、大声で「天王坊ッ！」と呼ばれて裸にされひどく叱られた。

その老婆は遠慮なく強情な竹千代の尻をひっぱたくのだ。すると竹千代はすぐ泣き顔になる。

「乱暴が過ぎると久松のお母上に申し上げますぞ！」

「はいッ！」

返事だけはいつもいい竹千代は、むんずと口を結んで不満だが叱られている。久松の母のことを言われるとすぐ泣きたくなるが、それを泣かずに踏ん張っているのが結構つらい。

だが、それが幼い竹千代の修行になる。そういう頑張りを信長は見ていた。

その日の夕刻、萬松寺の薄暗い境内に、男女の子どもを連れた武士が現れ、大雲永瑞に面会を願い出た。

その武士は服部半三郎正種と名乗った。

正種は伊賀で生まれ、京に出て十二代将軍義晴に仕えた後、三河に来て松平清康に仕えた男である。

岡崎城下に住んでいた。詳しいことは誰も知らない謎の人物だ。

この服部正種の付き合いは広く、京の公家から三河の豪族までという得体の知れない男だった。

三河では忍びだという噂もある。

大雲は三人を本堂に上げて面会した。

「それがしは久松家の於大さまの使いでまいりました。和尚さまのお慈悲にすがりたくお願いに上がりました」

「竹千代殿のことかな?」

「はい、ここにおります弥太郎と千賀はそれがしの息子と娘でございます。なにとぞ、竹千代さまのお傍に置かせていただきたく連れてまいりました」

「久松さまは御存じですかな?」

「はい、織田さまにも話は通してあるとのことにございます」

「そうですか、ならば何も問題はない。二人を預かりましょう。竹千代殿に会って行きなさい」

「はッ、有り難く存じます」

すぐ天王坊から竹千代が呼ばれて本堂に現れた。

「お母上の使いでまいりました。半三郎にございます」

「半三郎の爺?」

「はッ、お母上さまのご命令にて弥太郎と千賀を連れてまいりました」

「母上は元気なのか?」

「お健やかにございます。若君もお元気そうで……」

「うん、今日は信長さまと川干しに行った。桶に入りきらぬほど魚を捕った。川で焼いて食べたぞ！」

「それはまことに結構なことにございます。お母上さまにそのようにお伝えいたします。お喜びになられましょう」

「うん、弥太郎、今度はそなたも連れて行く、千賀も行くか？」

「はい！」

弥太郎は後に鬼半蔵といわれる二代目服部半蔵正成である。竹千代と同い年で二人はよく遊ぶようになる。そんな二人を見ていたのが妹の千賀だった。

「千賀？」

「はい！」

まだ幼いが千賀も元気がいい。

この頃から弥太郎こと服部半蔵は、松平家の譜代の家臣として家康の傍に近侍することになる。

寂しかった竹千代は弥太郎を頼りにした。

その半蔵正成は家康の傍を離れず忍びというよりは、足軽大将として家康の馬廻り、先手、鉄砲奉行などを務める。

やがて石見守となって伊賀越えの功績により、伊賀同心三百人の指揮権を家康から預けられる。

幼いながら竹千代と弥太郎は仲のいい主従だった。

この頃から、織田家は戦いに勝てず徐々に苦しくなって行く。

織田信秀はだいぶ前から那古野城に信長を残し、東からくる今川義元の脅威に対抗するため古渡城を築いて移転したり、末森城を築城したりしている。

尾張は東の今川義元と北の美濃の斎藤道三に挟まれていて、決して良い状況とは言えなかった。

三河では松平広忠に真喜姫を嫁がせた父親の戸田康光が力をつけている。

戸田家は康光の祖父宗光の時に渥美半島を統一して、三河湾一帯に力を振った豪族であった。

康光はその曽祖父の勢いを取り戻そうと勢力を拡大したい。

だが、三河に勢力を伸ばしてきている駿河の今川義元がそれを許さなかった。

義元は康光の田原城に今川軍を差し向けて包囲する。

義元は戸田家の拡大を許さなかった。

康光は嫡男の尭光（たかみつ）と城に籠って今川軍に抵抗するが、大軍の今川軍にいつまでも抗しきれるものではない。

寡兵ながら親子で戦うが討死にし田原城は滅亡する。

これを康光が竹千代を織田に売ったからだというが、その程度のことで義元が大軍を派遣するとは考えにくい。

今川義元はそんな軽々しい武将ではない。

幼い竹千代など義元の眼中にない。今川の西への勢力拡大に戸田康光は邪魔だと考えたからだ。義元の狙いは三河の先の尾張と伊勢にある。

義元が大軍を動かすには、それなりの重要な理由がある。それは戸田康光の三河での勢力拡大の阻止である。

水野信元のように戸田康光にも織田信秀と組まれてはまずい。

義元には上洛という大野望があった。将軍家のために何んとしても上洛しなければならない。

その邪魔になりそうな者は潰しておきたい。

この年、大うつけの信長は初陣で三河碧南吉良の大浜に現れた。

紅筋入りの頭巾をかぶり陣羽織を着た凛々しさで、平手政秀と三河に出陣してきたのだが、なぜ三河を選んだのかはわからない。

吉良大浜には今川軍が駐屯していたというが、この時期の今川軍はまだ東が重要で、三河で兵を遊ばせておく余裕はなく、西三河に今川軍はいなかったともいわれる。

数百人ぐらいはいたかもしれない。

信長は初陣でもあちこちに放火して焼き払い、その日は野営して翌日に那古野城に帰還した。

初陣から信長は焼き払い戦法という荒っぽい戦い方をする。

信長との約束

天文十七年（一五四八）の年が明けた三月、織田信秀は長男信広に先鋒を命じ、四千の織田軍を率いて安祥城から出陣させた。

矢作川を渡河して上和田に陣を敷いた。

そこへ今川義元が今川軍を派遣してくる。

織田軍の岡崎城攻撃に対抗して、この時、駿河の今川義元と美濃の蝮の道三が広忠を救援したともいう。

義元も蝮も織田信秀が領地拡大することを嫌った。

力をつけた信秀が尾張を統一しそうになっている。その信秀の三河侵攻を放置しておくことはできない。どこかで信秀を叩き潰さないと義元は京へ出られない。

三月十九日に織田軍と今川、松平の連合軍が三河の小豆坂で激突した。

織田軍の先鋒は信長の兄の信広軍四千で、岡崎城攻撃のため安祥城を出て矢作川を渡河してきた。

この織田軍の三河侵攻は激戦が予測された。

織田信広軍が小豆坂を上って行くと、今川軍の先鋒を務める松平軍といきなり鉢合わせになり戦いになった。

坂の上から攻められて織田軍が劣勢になり、信広は後退を余儀なくされ信秀の本隊が陣を敷く、盗木まで下がってきて合流する。

その合流で兵の数が増えると、勢いを取り戻して織田軍が攻勢に出たが、そこに今川軍の伏兵が待っていて岡部長教軍が織田軍に突進してくる。

この時、小豆坂の上に白馬に跨り、墨衣の上に鎧を着た僧が現れて戦いを見ていた。

その今川軍は一方という大軍で強かった。

今川軍に不意を突かれた織田軍は慌てふためいて、総崩れになり矢作川を逃げ渡り安祥城に撤退して大敗する。

信広は戦いがうまくなかった。

信秀は安祥城の守備を信広に任せて尾張に引き上げる。尾張の虎も勢いがなくなりなかなか勝てなくなっていた。

戦いにおいては兵の高い士気と軍の勢いが必要だ。それがない。

その切っ掛けになったのが美濃の蝮と戦って、五千人もの死者を出した加納口の戦いだった。

そこで信秀は作戦を変更し、信長に蝮の娘を嫁にもらうことにする。

それは西に向かってくる今川義元に対抗するため、尾張の織田家と美濃の蝮が同盟するということだ。

昨日の敵は今日の味方ということである。

乱世では生き残るため当たり前のことだ。もちろん織田家に美濃軍に殺された者が少なくない。だが、そんなことはいっていられない。

年が明けた天文十八年（一五四九）二月、信長が美濃の蝮の娘帰蝶と結婚した。

この結婚が信長を天下に躍進させることになる。

織田信秀は今川義元や蝮に追い詰められ、その上、本家筋の清洲城の織田大和守信友ともうまくいかなくなっていた。

信秀が美濃の蝮と同盟したことは実に良い。

尾張は織田一族が国の中でバラバラに根を張り、力が均衡していつまでも統一できない厄介な国だった。

尾張守護の斯波義統は清洲城に寄宿している。

だがまったく力がなく、尾張は清洲城の守護代織田大和守家と、岩倉城の守護代織田伊勢守家で二分して治めていた。

そこに信秀の父織田弾正忠信定が、織田大和守家の三奉行の一人でしかなかったが、津島湊などを手に入れると実力をつけて自力で勝幡城を築いた。

信秀の弾正忠家は清洲城の大和守家の家臣にすぎなかった。

その弾正忠信定の嫡男信秀が弾正忠家を大きくし、今や清洲城の大和守家と岩倉城の伊勢守家を凌（しの）ぐ力を持っている。

だが、まだ尾張の統一は実現していない。

嫁をもらっても信長の大うつけぶりは直らず、大勢の子分や竹千代たちを連れて遊び歩いていた。

兎に角、信長といると遊びを工夫するからおもしろい。

信長の子分は男もいれば女もいる。二手に分かれて戦が始まると、泣き虫竹千代は大女に捕まって瘤(こぶ)だらけにされる。

するとは千賀が大女の腰に嚙みつき、兄の弥太郎が棒で叩いて大女を倒す。

「弥太郎、うぬは女を棒で叩いたな！」

「うん……」

「馬鹿者ッ、女を叩いてはならぬ、千賀は嚙みついた。偉いッ！」

弥太郎は信長に叱られ千賀が褒められた。

「竹千代は反撃しないのか？」

「うん……」

反撃して大女に組みついたのだが簡単に放り投げられた。情けないことで言い訳はしたくない。竹千代は少し太ってはいたが小柄だった。

相撲が始まっても竹千代は大女に突き飛ばされて吹っ飛んだ。

それでも近頃の泣き虫竹千代は滅多に泣かない。ほんの少しばかりだが成長していた。

主人がやられて悔しい弥太郎が、大女に襲い掛かって行くのだが、ぶん回されてドタッと放り投げられる。

そんなことが毎日のように続けられていた。

その頃、三河で大事件が起こる。

三月に入ってすぐのことだった。

矢作川に面した西広瀬城の佐久間九郎左衛門重行と、広忠の間が険悪になった。

この九郎左衛門には、なんだかんだと因縁をつけては、他人の領地を掠め取る悪い癖がある。

誰もが領地を広げたい。

こういう質の良くない男は少なくなかった。広忠はそれを嫌った。

そこで広忠は天野孫七郎に西広瀬城へ行って、佐久間九郎左衛門を斬ってくるようにと命じる。

ところがこの命令が漏れた。

佐久間と気脈を通じていたのが隻眼の岩松八弥で、広忠はその八弥を片眼の弥八と名を逆にしてさげすんで呼んでいた。

こういう揶揄をすると人を深く傷つけるものだ。

間の悪い時は重なるもので、城中の酒席で真面目一徹で無芸の八弥が、何も肴にできないことを広忠にからかわれる。

満座の酒席で恥をかいた八弥がそれを根に持った。

その夜、八弥は佐久間との約束のこともあり、恥をかかされた屈辱もあって広忠の寝所に忍び込むと、腰の千子村正の脇差で寝ている広忠を突き殺したのである。

八弥は脱兎のごとく広忠の寝所から逃げ出した。

それに真喜の方が気付いて城内は大騒ぎになった。八弥は岡崎城から佐久間の西広瀬城に逃げようと考えている。

ところが大手門まで逃げると、まだ薄暗い早朝に植村新六郎が登城してきた。挙動不審の岩松八弥の前にその新六郎が立ち塞がった。

「岩松殿ッ！」

「新六郎ッ、邪魔するなッ、どけッ！」

「そういはいかん。抜き身を下げての下城とは不審な！」

「うるさいッ！」

「ここを通すことできぬ！」

「おのれッ！」

広忠を刺し殺して興奮している八弥が、脇差を振り上げて新六郎に襲い掛かった。

「誰を斬ったッ！」

　新六郎は八弥の脇差から逃げながら太刀を抜いた。

　見境のなくなっている八弥は脇差だけで、太刀を城に置きっぱなしで持っていなかった。

「うぬの知ったことではないわッ！」

「もう一度聞く、うぬは誰を斬ってきたッ！」

「黙れッ！」

「仕方ない。お相手いたす！」

「くそッ！」

　大手門で八弥と新六郎の斬り合いになった。

　太刀の新六郎と脇差の八弥では、長い太刀の方が圧倒的有利に決まっている。

　八弥はジリジリと濠の傍に追い詰められた。植村新六郎は中段に太刀を置いて容赦なく間合いを詰める。

　夜が明けそうな早暁の東の空が微かに白い。

　そこへ大騒ぎの城内から八弥を追って、近習たち四、五人が飛び出してきた。

「逃がすなッ！」

「大手門にいたぞッ！」

「いたぞッ！」

叫びながら近習たちが走ってくる。

その時、新六郎に追い詰められた八弥が、ズルッと足を踏み外して濠に転がり落ちた。

「濠に逃げたぞッ！」

走りながら近習たちが叫んでいる。

それを聞いた新六郎がザンブと濠に飛び込むと、逃げる八弥に追いすがって背中に斬りつけた。

八弥は濠の水の中で植村新六郎に討ち取られる。

岩松八弥の一族は六歳の孫を残して全員が処刑。後に、その孫の子が与三大夫と名乗り将軍秀忠の御咄衆(おとぎしゅう)になったと伝わる。

新六郎はこの功により五十貫文の知行をもらった。

清康を斬った阿部弥七郎の成敗といい、この度の岩松八弥の成敗といい新六郎の大きな手柄である。

神の悪戯としか思えない。新六郎は清康を殺した弥七郎と広忠を殺した八弥の二人を斬った。あまりにも偶然だ。

岡崎城はこの事件で大騒ぎになった。

親子二代が家臣に斬られたというのは具合がよくない。

世間に対しての聞こえがあまりにも悪いため、岡崎城主松平広忠は幼い頃からの苦労のため、重い労咳に罹って死去したと発表された。

この岡崎城の混乱を今川義元は見逃さない。

素早く岡崎城を救援するためという名目で、大軍師太原崇孚雪斎が今川軍一万を率いて出陣してくる。

その副将が勇将の朝比奈泰能であった。

太原雪斎は義元が最も信頼している軍師である。朝比奈泰能はその太原雪斎の次に席次を置く今川軍の大将である。

この二人が揃って出陣してきては尾張の虎でも勝てるはずがない。

二人は二万の今川、松平連合軍を率いて矢作川を渡ると安祥城を包囲した。こうなっては信広ではどうしようもなかった。

尾張から信広の安祥城に二、三万の援軍でも来ない限り勝ち目はない。

だが、そんな大軍は尾張のどこにも存在しない。

美濃の蝮が二万ほど兵を貸してくれれば、何んとか三万五千ほどにはなる。

だが、三万五千でも大軍師太原雪斎と、朝比奈泰能には勝てる目処など立たない。今川軍を支える戦の神のような二人なのだ。

ところが奇跡が起きた。

今川軍の猛攻撃に万事休した安祥城の信広だったが、激しく抵抗しているうちに松平軍の本多忠高が功を焦ったのか、深入りし過ぎて討死にすると、浮足立った松平軍に信広が城から討って出て攻撃を仕掛けた。

これは戦いの常道である。

怯(ひる)んだ松平軍が崩れると今川軍が引きずられた。だが、ここからが大軍師の大軍師たる振る舞いである。

大軍師は無理な作戦は決してしない。

太原雪斎は追撃されて敗走する軍を立て直そうとはせず、無傷のまま今川軍を引かせたのである。

速やかに撤退させた。大軍師は決して無駄に兵を損傷させせない。

こういう冷静な戦いをされると反撃が怖い。

一方、義元は岡崎城と松平家支配のため、亡き広忠の家老や重臣には、妻子とともに駿府に移住することを命じる。

城主のいない岡崎城の本丸、二の丸には、今川家の侍大将を交替で置くことにした。

鳥居伊賀守忠吉のみが三の丸に残って、租税と雑務をするよう命じられる。その忠吉の実務を手伝う家臣も少し残った。

その中に阿部定吉もいる。

秋になるとその怖い、怖い太原雪斎が大軍を率いて三河に戻ってきた。

その目的はいわずもがなで安祥城を奪還して、竹千代を取り戻し西三河から織田の勢力を一掃することだ。

この大軍師太原雪斎の戦い方を見ている者がいた。

それは織田信長である。

太原雪斎はすでにうつけ者と噂の信長が、噂に聞くようなうつけ者ではないことを知っていた。

その確信には根拠がある。

それは信長の師である沢彦宗恩が、京の妙心寺で太原雪斎と同門の弟弟子だったからである。

雪斎は妙心寺第一座の秀才沢彦ほどの僧が、噂のような大うつけの信長なら育てない。沢彦が育てるほどの信長というのは大うつけどころでなく、沢彦を魅了するほどの若者だということである。

沢彦宗恩は天皇か将軍の傍にいてもいいほどの大碩学（だいせきがく）なのだ。そんな僧が片田舎の弱小大名の息子を育てるのはおかしい。

雪斎は信長という男は沢彦が惚れ込む才能を持っている。

そう読み切っていた。天下一ともいえる大軍師の太原雪斎は、そういうところを決して見落とさない。

信長と義元は二人の禅僧によって意外に近い関係にあった。

当然、その間に泣き虫竹千代もいる。

「朝比奈殿、織田家の長男を生け捕りにできないものだろうか？」

「生け捕りとは例の竹千代と？」

「さよう、広忠殿亡き今、三河にはいずれ竹千代殿が必要になる。織田の長男と交換したいと考えてみたのだが？」

「承知しました。老師のお考え通りにやってみましょう」

「お願いします」

雪斎はこの時五十三歳だった。

織田信広を生け捕りにしようというのだから恐ろしい。

墨衣の上に鎧を着ている雪斎は、そういう作戦をサラッと考える。いつも白い葦毛（あしげ）の大きな馬に乗っている。

そんなことをやられてはたまったものではない。

安祥城には平手政秀などが援軍に現れたが、今川と松平の二万の大軍の猛攻が始まると対抗できなかった。

それでも安祥城はしぶとく粘って落ちない。

太原雪斎は決して無理押しをしなかった。そこが雪斎の恐ろしいところなのだ。引く時はあっさり引き上げる。

一旦安祥城から引くと十一月に再び、二万の大軍を率いて雪斎が姿を現した。

織田軍は失った兵の補充ができずに手薄になっている。そこに今川軍は猛攻撃を仕掛けてきた。

さすがの安祥城も三度目には耐え切れずに陥落する。

この時、逃げ遅れた信広が米津三十郎常春に捕縛される大失態をしてしまう。

信広を生け捕りにするのが雪斎と朝比奈泰能の作戦でもあった。

なんとも恐ろしい軍師と勇将である。

すぐ太原雪斎から人質交換の申し出があり、信広と竹千代の交換が三河西野笠寺で行われた。

この話を聞いた信長が猛反対をする。

信長は兄の信広を腰抜けだといって評価していなかった。むしろ竹千代を三河に返せば今川義元の駿河に送られると考えた。

「ピーピー泣くんじゃねえぞ！」

そう言いながら信長も大雲永瑞と同じように、泣き虫竹千代の得難い才能を発見していた。泣きながらでも竹千代は歯を食いしばって辛抱強いのだ。だから信長は竹千代を三河の大将と呼んだ。

この人質交換に反対したのは信長だけだった。だが、信長が反対しても戦いの結果だから仕方がない。

間抜けにも大将が生け捕りになるとは何たる腑抜けかと信長は怒る。

もちろん、それが雪斎の策だとわかっていた。笠寺での人質交換交渉は双方が納得して決まった。

こう鮮やかにやられては雪斎一人にやられたというしかない。

竹千代は沢彦宗恩と会う機会はなかったが、信長と沢彦が竹千代のことは何度も話し合っていた。

その夜、竹千代のいる天王坊に信長が一人で現れた。

「竹千代、いるか？」

「信長さま……」

「竹千代、三河に戻ることになったそうだが、父親はもう三河にはいない。知っているな？」

「はい、知っています」

「いいか竹千代、親などいてもいなくても同じだ。これから大事なことを言うから覚えておけ。三河に大樹寺という寺があるのを知っているか？」

「はい、城の近くです」

「うむ、その寺に登誉天室という坊主がいる。その坊主と会ってみろ？」

「登誉天室……」

「そうだ。それからもう一人いる。駿府の今川に行ったら太原雪斎という大坊主と会ってみろ？」

「大坊主の太原雪斎……」

「うぬ、二人ともおかしな坊主だから用心して話を聞け！」

「おかしな坊主ですか？」

「うむ、そうだ。だが、この坊主はただの坊主じゃないぞ。太原雪斎という大坊主は鎧を着て戦いに出てくる恐ろしい大将だ！」

「坊主の大将ですか？」

「そうだ。おそらく天下一の軍師だろうな。そのうち、このわしと戦うことになる大坊主だ。おれは負けないが兎に角、強い。安祥城を落とした坊主がその太原雪斎だ。どんな坊主なのか知らせて寄こせ！」

「信長さま……」

「なんだ！」

「竹千代は信長さまの家来ですか？」

「嫌か？」

「ううん、嫌じゃないけど人質だから……」

「竹千代、お前は人質などではない。この信長の客人だった。三河から来た客人だ。友だちでもいいぞ。それならいいか？」

「はい！」

「駿府に行っても堂々としていろ。ピーピー泣くんじゃないぞ。この約束を忘れるな！」

そう言って信長がニヤリと笑う。

「そのうち、義元とも戦うことになる。わしは負けないからよく見ておけ！」

「はい！」

「竹千代、お前は駿府に行ってもわしの味方だから、いいな？」

「はいッ！」

二人が顔を見合ってニッと笑った。泣き虫竹千代はうれしかった。

この約束がやがて実現することになる。

「弥太郎、お前は竹千代の傍を離れるな。三河も駿河も竹千代の周りは敵だらけだと思え！」

「はいッ！」

「千賀、お前は竹千代に抱いてもらえよ」

「うん！」

幼い千賀は信長が何をいったのかわかっていない。

「絶対死ぬな。生きていれば必ず会える。世の中は広いようだが実は狭いのだ。竹千代、また会おう！」

「はい！」

信長が馬の鞭（むち）を握って立ち上がった。

万民を助くべし

十二月になって竹千代は尾張から三河に戻った。

だが、竹千代は岡崎城に入ることは許されず、そのまま駿府の今川義元に送られることになった。

阿古居城の母との別れでもある。

だが、泣き虫竹千代は泣かないで踏ん張った。信長に笑われる。

今までは信長の客人だったが、今度は間違いなく今川の人質になる。いよいよ八歳の泣き虫竹千代に過酷な運命がのしかかってきていた。

信長と母と永端和尚という強い味方がいたが、ここから先は自分一人で生きて行くしかない。

幼心に竹千代は覚悟した。

この後、岡崎城の収穫のほとんどは、竹千代のいる今川家に吸い取られ、竹千代の帰還を待つ譜代の家臣たちは、日々の暮らしにも困窮することになる。

三河の安祥松平家はあるようなないような塩梅だ。

だが、竹千代が必ず戻って来ると信じて、忠吉たちはそんな貧しさの中で、お倹約し蓄財をして竹千代の帰還を待つ。

その忠誠心こそ泣き虫竹千代を、天下取りに押し上げて行く原動力になった。

そんな三河武士の精神を育てたのは鳥居伊賀守忠吉である。

「辛抱の木には必ず花が咲く」と、「竹千代さまの御馬前で死ぬことこそ、三河武士の誉である」というのが口癖だった。

竹千代帰還後は高齢を理由に、岡崎城の留守居として城を守った。この忠吉の忠誠心は正親町天皇にも達したという。

その三河は事実上、今川家の支配下に入った。

織田信秀は安祥城という三河侵攻の足掛かりを奪われた。西三河の支配権を失ったのである。あっという間に太原雪斎に取られてしまった。

駿河に向かう泣き虫竹千代に同行した家臣は、酒井正親二十九歳を筆頭にみな若い。

内藤正次、天野康景十三歳、石川数正十七歳、阿部正勝九歳、弥太郎八歳、阿部重吉、平岩親吉八歳、野々山元政、酒井忠次二十三歳、鳥居元忠十一歳など、若くてもみな命を惜しまない者たちである。

「竹千代さまをお守りして、いざという時は命を捨てろ！」

そう親にいわれて竹千代の近習になる。その竹千代は安祥松平家の正統なただ一人の跡継ぎであった。

竹千代に死なれたらそこで安祥松平は滅ぶ。

まさに家臣には宝物の竹千代を守る近習たちだった。その中に千賀もいた。

鳥居忠吉や阿部定吉などの年寄りは、岡崎城の二の丸に入って城を守り、竹千代の無事の帰還を待つことになる。

本丸は今川義元の家臣たちに占拠された。

十二月の寒い日、竹千代は岡崎城に入れず二度目の旅立ちをした。

今川家の人質になって駿府にきた竹千代を待っていたのは、小梳神社の傍に住む源応尼だった。

この源応尼は竹千代の身近な人で今川家に身を寄せていた。

竹千代の外祖母で於大の母である。

その源応尼は義元の許しを得て、竹千代が元服するまで屋敷に住まわせて世話をすることが許された。

悪事は天網恢恢疎にして漏らさずというが、この竹千代と源応尼の出会いは天佑神助というしかない。神は時々このような粋な計らいをしてくれることがある。

この源応尼の存在が竹千代の成長には幸せだった。母の於大と同じように愛情を注いでくれた。こういう幸運がなければ、泣き虫竹千代は長い人質生活の中でおかしくなっていたかもしれない。

尾張では信長と出会い。駿府では源応尼と出会う。

竹千代は八歳から十五歳までの八年間を、この祖母である源応尼によって大切に育てられる。

その一方、命がけで竹千代を守るように、鳥居忠吉から厳しく命じられた酒井正親や石川数正、幼い平岩親吉、鳥居元忠などは金魚の糞のように、竹千代が動くとゾロゾロとついて歩いた。

竹千代が危険だと思われると腰の短刀や脇差を握って戦う構えを取る。

そんな竹千代は相変わらず泣き虫で気弱なのだ。

泣くと叱る信長がもういない。

酒井正親が二十九歳で最も年長だった。みな股肱の臣となる頼もしい近習だが、子どもばかりで当てにはできそうもない。

だが、その近習たちは竹千代を守ってみな真剣だ。

まだ、八歳の平岩親吉はもし死ぬときは、敵の足に噛みついて肉を食い千切ると決めていた。そうしろと鳥居の爺さんに命じられている。

泣き虫竹千代は人質ではあるが、決して悲惨な境遇に置かれていたわけではない。

今川家は竹千代を粗略には扱わなった。

それは竹千代が義元を父親と同じように思い、長じて領国の三河へ戻った時に義元への育ての恩を忘れないためだ。

今川家は竹千代が生涯義元から離れないことを願う。

人質でもしっかり教養や学問を身につけさせ、先々に義元へ忠誠心を持って働いてもらうためである。

そうしなければ今川家の領国の拡大など難しい。

どんな土地にも根付いた国人領主がいて、その家には古くからの土着の家臣が多いのである。

今川家にとって三河は義元が上洛する道筋として極めて重要だった。

それは幼い竹千代が重要人物だということでもある。源応尼はそういう今川家の考えや義元の人柄をわかっていた。

後の家康の学問好き、旺盛な探求心、尋常でない忍耐力、おもしろがって人の話を聞き、人並み外れた強情さ、一文一物も無駄にしない吝嗇家（りんしょくか）、無類の後家好きなどは、この人質時代にすべて身につけたものといえるだろう。その竹千代の傍には源応尼がいたことを忘れてはならない。

裕福な今川家には、竹千代がどんなに踏ん張っても背負いきれないほどの、知識や知恵や経験が山積みになっていた。

親と縁の薄い竹千代は人質生活が続き、フッと寂しい顔をする時がある。

そんな時、源応尼は近習たちを下がらせ、「竹千代殿、尼の乳を吸うてみるかえ？」などという。

源応尼は竹千代の寂しさをわかっていた。

そんな源応尼の顔を見て竹千代がニッと微笑んでうなずいた。すると源応尼は頭と目が大きく、娘の於大とよく似た小柄な竹千代を僧衣に包（くる）んで抱きしめる。

「婆(ばば)の乳はもう出ぬぞえ?」

「うん……」

泣き虫竹千代は三歳で別れた母の匂いがすると思う。母が送り届けてくれた着物が同じ匂いだった。

源応尼に抱かれて竹千代は安心して寝てしまう。

人の幸運とは逆境を撥ね退けようとする力から生まれる。幼く泣き虫だが竹千代は強情でその力を持っていた。

その竹千代が駿府に来て数日が経つと近習たちも少し落ち着いてくる。

すると竹千代が義元に呼ばれた。源応尼を先頭に竹千代とその後ろに金魚の糞が続き、尻尾に千賀がついていた。

駿府城は大きい。

源応尼は時々登城しているが、初めての竹千代たちはきょろきょろと落ち着かない。

「騒ぐんじゃないぞ」

年長の酒井正親が金魚の糞たちに注意する。

竹千代一行は義元の近習に案内され、大きな広間に連れていかれた。そこは源応尼も入ったことがない。

　広間には誰もいなかった。

　義元の近習が不愛想に横柄な口で指図する。

「お前たちはそこの入り口に座れ、源応尼殿と竹千代殿は主座の畳五枚の近くまで進み、平伏して待て！」

　酒井正親たち近習は部屋の入り口に座らされた。

　主座の義元の顔などはっきり見えない場所だが、廊下に座らされるよりはかなり待遇が良い。通常、こういう家臣は廊下か小部屋に入れられる。

　源応尼と竹千代は不愛想な近習と部屋の中央を主座近くまで進んだ。

「ここに並んで座り、面を上げいとお声があったら顔を上げ、近こう寄れとお声があったら畳一枚だけ前へ出るように、よろしいか？」

「はい、承知いたしました」

　源応尼が挨拶すると近習がより主座の近くに行って座った。

「竹千代殿、ここへ……」

　源応尼にうながされて傍に座った。二人が並んで平伏すると入口の近習たちもそれに倣って平伏する。

そこへゾロゾロと今川家の家臣団が入ってきた。
三、四十人近い大人数が部屋に入ると左右に席次通り座る。それでも部屋の半分ほどもない。入口の近習たちはまだ後方だ。
そこへ小姓衆を連れた今川義元が狩衣に烏帽子(えぼし)という姿で現れる。

家臣が一斉に平伏した。

若き公達(きんだち)のような今川義元はこの時三十一歳だった。

「みな面を上げい!」

義元の張りのある声が大広間に飛んだ。

竹千代も顔を上げて義元を見た。竹千代を睨んでいる義元は怖そうには見えないが威厳がある。

「三河の松平竹千代殿にございます」

不愛想な近習が義元に竹千代を紹介した。

「うむ、竹千代、わしが義元だ」

「はいッ、松平竹千代にございます!」

大きな声で名乗った。それを聞いた義元がニッと微笑んで「近こう寄れ!」と扇子で呼んだ。

竹千代は不愛想な近習に言われた通り畳一枚だけ進んだ。源応尼は動かない。

「もそっと寄れ！」

義元の扇子がこいこいをしている。

竹千代が不愛想な近習を見るとうなずいたので、竹千代はもう畳一枚分だけ前に進んだ。

「竹千代は何歳か？」

義元が身を乗り出して聞いた。

「八歳にございます」

大きな目の泣き虫竹千代はなぜか物怖じしない。義元と会うと聞いて怖くても泣かないと決めた。

その頑張りは人質として大切なことだ。御大将の面前でめそめそはできない。

「一つ聞きたいことがある。竹千代は尾張で信長という男に会ったか？」

「はい、一緒に遊びました」

「ほう、どんな遊びをしたか教えてくれるか？」

「夏は川干し、冬は相撲に戦や喧嘩などでございます」

「おもしろかったか？」

うつけ者と聞いているが、竹千代はどう思うか？」

「うつけ者ではありません」

　泣き虫竹千代が我を張るように即答した。

「なるほど、どうしてそう思う？」

「信長さまが竹千代は三河からの客人だといわれました。そのようにいわれたのは信長さま一人だけです」

「ほう、三河の客人か、なるほどな、ならば竹千代はこの義元の客人ということになる」

「ありがとうございます。それに、信長さまは駿府に行ったら、太原雪斎さまという大坊主に必ず会うようにといわれました」

　竹千代の言葉に大広間が一瞬で凍り付いた。義元までが沈黙した。

　大広間にその大坊主の太原雪斎がいた。

　家臣団の最上席に一人の僧が座っている。

　義元がすぐ傍の僧を見てうなずいた。するとその僧が口を開いた。

「竹千代殿、拙僧がその信長がいった大坊主の雪斎じゃ。そなた尾張で沢彦という僧侶に会われたか？」

「いいえ、お会いしたのは大雲永瑞和尚というお方です」

竹千代が首を振った。

「そうか、亀岳林萬松寺の大雲さまじゃな？」

「はい！」

それを聞いただけで雪斎は沈黙した。太原雪斎は信長にそういわせたのは、沢彦宗恩ではないかと思った。信長と沢彦のことを雪斎は探らせている。

「竹千代、信長は雪斎のことをどのようにいった？」

「はい……」

竹千代が義元と睨み合った。竹千代は答えるべきか考えたが義元に嘘は言えないと思う。

「鎧を着た恐ろしい坊主だと申しました」

「他には？」

「天下一の軍師だともいいました」

「それだけか？」

「いずれ戦うことになると……」

大広間は静まり返って咳ひとつしない。

竹千代は尾張から重要な情報を持って来たと誰もが感じている。

大うつけの信長が実はうつけではなく、大軍師太原雪斎と戦うというのだから尋常ではない。

本物の大馬鹿者かそれとも恐ろしい天才かだ。

雪斎は竹千代の言葉から信長という大うつけの正体を見たと思う。やがて遠からずその信長が世に出てくるだろう。

家臣団の中には「尾張の小童（こわっぱ）が生意気に！」と、腹の中で信長の言葉を怒っている者もいた。

だが、太原雪斎は沢彦宗恩を知っているだけに、怪物を育てたかと思う。

今川義元と竹千代の面会は四半刻ほどで終わった。

竹千代たちが下がってからも大広間では、義元と雪斎、朝比奈泰能など十人ばかりの話し合いがもたれた。

織田信長という小童をどう見るかということだ。

太原雪斎は義元がまだ四歳だった時からの師である。尾張に信長という麒麟児が生まれたなら一大事だ。

今川氏親の三男に生まれた芳菊丸は四歳で仏門に入れられた。兄に氏輝と彦五郎がいたためである。

芳菊丸は駿河善得寺の琴渓承舜に預けられたが、承舜が亡くなりその弟子の九英承菊こと後の太原雪斎に預けられた。

幼い芳菊丸はなかなか賢い子どもだった。

だが、上に兄二人がいては僧籍に入るしかない。将軍家のようにである。

雪斎は芳菊丸を連れて京に上ると臨済宗の建仁寺に入り、常庵龍崇の手によって芳菊丸は得度し栴岳承芳となった。後の義元である。

建仁寺で学び雪斎と承芳は臨済宗妙心寺に入る。

この頃、沢彦宗恩も妙心寺にいて雪斎や承芳と同じ修行僧だった。

そこで九英承菊は太原崇孚雪斎と改名する。二人は大林宗休に禅を学ぶが、今川氏親に呼び戻され駿河に帰ってくる。

すると今川家に事件が起きた。

直後の天文五年三月十七日に、病弱だった長男氏輝が亡くなると、同じ日に次男の彦五郎も亡くなってしまう。

この二人の急死にはさまざまな噂があった。
疫病に罹っていたとか、毒殺されたとか暗殺されたとか、自殺したのだという
ものまである。
こういう不可解な死には怪しげな噂がつきものだ。
兄二人が同時に亡くなると、今川家は同母三男の承芳を還俗させるしかなく
なった。
そこで本家筋の十二代将軍足利義晴から、義の字をもらって承芳を義元と名乗
らせて還俗させる。この相続には異母兄が反対、花倉の乱でそれを退け義元が今
川家の当主になった。
後に太原雪斎は妙心寺の三十五世大住持になり、沢彦宗恩は少し遅れて三十九
世大住持になる。
義元と信長、雪斎と宗恩は近い関係にあって因縁が深かった。
そこに泣き虫竹千代もいた。
竹千代が人質になった今川家は、足利将軍家の支流の名門である。
清和源氏八幡太郎義家の正統の足利国氏が三河の幡豆今川荘に入り、足利を改
めて今川と名乗ったことから始まる。

吉良家の分家だともいう。

「御所（足利将軍家）が絶えなば吉良が継ぎ、吉良が絶えなば今川が継ぐ」といわれた。これはつまり吉良家が征夷大将軍の、継承権を持っている家柄だということを意味するのだ。

足利御三家という。それは吉良家、渋川家、石橋家である。従って、足利家の控えである吉良家からは守護や管領が一人も出ていない。そういう身分より一段上ということだ。

この今川家のように地名が苗字になることが多い。

竹千代の松平も三河の地名である。これを名字の地という。

今川家は南北朝の内乱期には、足利尊氏に従い遠江、駿河の守護となった。吉良、今川というのは別格に家格が高いのだ。

家康が後に源氏の徳川になりたいと望んだのは、こういう背景があったからだろう。人質の竹千代はどんなに踏ん張っても、この家格だけは先祖代々だからどうにもならない。だが、この今川家にいる時、竹千代は源氏の家系に並ぶことの大切さを学んだのである。それを教えたのは雪斎であった。

室町幕府の本拠は京に置かれたが、関東には鎌倉公方が置かれて、東西の二元政治が行われた。

ちなみに関東と関西の境は東山道の美濃関ヶ原の不破関、東海道の鈴鹿関、北陸道の逢坂関の三関であり、東を関東、西を関西と呼んだ。

その関東の鎌倉公方と、関西の京の足利将軍家をつなぐ中間にあるのが今川家で、古くから鎌倉公方と将軍家の確執は激しく、何かとうまく行かないことが多かった。

鎌倉公方を支える関東管領の上杉家が分裂して四分五裂になると、今川家の客将だった伊勢新九郎こと北条早雲が、新しい勢力として関東に頭角を現してくる。

その頃、北条早雲の妹は義元の祖父今川義忠の側室で北川殿と呼ばれていた。北条早雲は今川家を足掛かりにして関東に勢力を築いたのである。よって小田原の北条も今川との関係が深い。

その今川家は義元の代には威風堂々の戦国乱世の大名になり、今や東海道を制する雄に伸し上がってきた。

ちなみに東海道とは甲斐を含んで常陸の国から京までをいう。

その義元を支える太原雪斎は、駿河庵原城主庵原政盛の子で、今川家の重臣の家系であった。

甲斐の武田信玄の軍師山本勘助はこの庵原家の一族だという。

太原雪斎は後に黒衣の宰相、大軍師、執権などともいわれた謎多き人物でもある。

雪斎が生きていれば、桶狭間の戦いはなかっただろうとまで言われ、山本勘助は今川家には悉皆坊主こと雪斎がなくてはならないと言ったと伝わる。

今川義元は何事も雪斎とのみ議していた。

家老の権威が軽く、雪斎亡き後は国政が整わなかったという。そのように何事も義元は雪斎に頼っていると、やがて人質の竹千代には見えるようになる。

竹千代は対面の時も義元を怖いとは思わなかった。

だが、その傍に黙って座っている雪斎を怖いと思った。それは信長から怖い坊主と聞いたからかもしれない。

竹千代はそんな怖い雪斎にきちんと会う必要があると思う。それも信長に言われたからだ。

「雪斎さまとお会いすることはできませんか？」

竹千代が源応尼に聞いた。

「雪斎さまに？」

「はい……」

「この尼は雪斎禅師さまの弟子です。竹千代殿もお弟子になりますか?」

「なります!」

「そうですか、それでは寺にまいりましょう」

源応尼がいう寺とは太原雪斎が妙心寺から、師の高僧大林宗休を招いて再興した臨済寺のことである。

今川館こと駿府城の北西にあり、義元の祖母北川殿の別邸跡に建立された大きな寺であった。正しくは大龍山臨済寺という。

源応尼のお陰ですぐ太原雪斎と竹千代の対面の日が決まった。

暮れも押し詰まってから竹千代は源応尼に連れられて、太原雪斎に会うため臨済寺に向かう。

いつものように酒井正親以下の近習がゾロゾロとついてくる。

その尻尾には必ず千賀がついていた。

駿河に来てからの千賀は強くなって、気に入らないと酒井正親にも言い返す。平岩親吉などは千賀に逆らわれるとたじたじだ。千賀は竹千代気に入りのただ一人の女である。

竹千代が臨済寺の本堂に入ると、近習たちも中に入り入口の扉の前に座って、誰も近寄れないよう入口を固める。

それが近習たちのただ一つの仕事だ。

本尊の阿弥陀仏に源応尼と竹千代が合掌すると、近習たちも合掌して雪斎が出てくるのを待った。

しばらくすると太原雪斎が一人で現れた。

竹千代は城で見た時より大きな人だと思った。墨衣に包まれて眼光鋭く顔が大きくなんとも怖い。

「雪斎さまにはお忙しいところをありがとうございます」

「源応尼殿はいつもお元気そうじゃな？」

「それも禅師さまのお陰さまにて……」

「さて、竹千代殿は何んのために生まれてこられたのかな？」

いきなり雪斎が禅問答のように聞いた。これにすらすらと答えなければならない。竹千代は少し焦った。それが修行である。臨済宗ではこの禅問答を公案という。

「はい……」

そう答えたまま竹千代は固まり、雪斎の顔を見て言葉が出なくなった。

泣きたくなる竹千代の後ろに並んでいる近習たちも息を呑んで言葉がない。何のために生まれてきたかなどといきなり聞かれても困る。

そんなこと考えたこともない。知らない間に生まれてきていたというしかない。誰も答えられないに決まっている。

こんな難問題にはいきなりでなくても答えられない。近習たちは顔を見合って落ち着かない。

源応尼は黙って聞いている。

「答えられぬか？」

「はい！」

「ならば、教えて進ぜよう。そなたは万民を助けるためにこの世に生まれてきたのじゃ。いいかな、一死以て万民を助くべし、そなたにはその時が必ず来る。万民を助けるためにその命を捨てるのじゃ。だから、易々と死んではならぬ。長生きすることだ」

「はい！」

「このこと生涯忘れるな」

「はい、わかりました」

難しい臨済宗の公案だ。禅問答である。だが、わずか八歳ながら竹千代にはわかった気がした。

三河にいる多くの人々を助けるために生まれてきたのだと。

泣き虫竹千代は日々成長している。雪斎さまのいう通りだと思う。三河にいる人たちのために生きなければならない。

「大将たる者はその時がくるまで命を大切にすることだ」

「はい！」

太原雪斎の眼は怖いほど真剣に竹千代を見つめている。

泣き虫竹千代を大将といったのは、尾張の織田信長とこの太原雪斎だけだ。竹千代は大将なのだと思う。

「竹千代殿のために家臣が命を捨てられるよう立派な大将になること、そのためにはまず学問をすることとです」

雪斎は竹千代を賢い子だと見抜いた。

いずれ三河に戻って国を背負い一軍の将になるだろう。そのためには、今川家にいるうちにどこまで成長できるかだ。

人質でもその気になればいくらでも学問はできる。

義元を四歳の時から育てた雪斎は、この時、竹千代にも大きな可能性があることを見抜いたのである。

大きく静かな寺だ。

竹千代の近習たちが雪斎の言葉に驚いて静まり返った。

今川家の菩提寺で開基は今川氏親、賤機山麓にあり山頂には賤機山城がある。

「後ろの者たちにも言っておく。鳥居忠吉殿に命じられたことを忘れず、死ぬ覚悟で自分の大将を守り抜け。よろしいか？」

「はいッ！」

酒井正親が大きな声で答えた。

「源応尼殿、明日の朝からでよろしいのかな？」

「はい、よろしくお願いいたします」

「うむ、では明日の朝七ツ半、寅の刻より一刻半の座禅を行う。その後、竹千代殿には一刻半の学問をしてもらおう」

「はい……」

返事はしたものの竹千代はとんでもないことになったと思う。

今までのように呑気に寝てはいられない。寅の刻からの座禅といえば、真夜中の丑の刻には起きなければならない。

そのためには暗くなったらすぐ寝るようにしないと起きられないだろう。こうして竹千代の学問の日々が始まることになった。

この泣き虫竹千代と太原雪斎の邂逅は、信長との出会いと同じように竹千代の生涯に影響した。雪斎の薫陶こそ家康の人生の土台を作りあげたといえる。

激動の天文十八年が終わった。

後に家康はこの臨済寺を、学問をした寺として手厚く庇護することになる。

天下三分の計

天文十九年（一五五〇）の年が明けて竹千代は九歳になった。

「走れッ！」

珍しく雪が降った暗い朝、真夜中の丑の刻に起き出して支度をした竹千代たちが、寅の刻の座禅に間に合うよう源応尼の屋敷を飛び出した。

もう雪は止んでいる。

座禅と学問の修行は始まったばかりでまだ脱落者は出ていない。

相変わらず一団の尻尾に千賀がついている。

「急げッ、遅れるぞッ！」

二寸ほどの新雪を蹴って走る。

尻尾の千賀が雪に滑ってあっちに転び、こっちに転びして雪まみれになった。

竹千代と弥太郎が立ち止まると一団が雪の上で足踏みをする。

止まると足が冷えて冷たくなる。

「千賀、大丈夫か？」

「うん……」

「冷たいだろ？」

「うん……」

竹千代が氷のような冷たい千賀の手を握った。反対側を弥太郎が握る。

「千賀、禅尼さまのところに帰れ！」

「嫌だ！」

「いいから帰れ！」

「嫌だッ！」

強情な千賀が兄の弥太郎に抵抗する。

「よし、行こう！」

竹千代が千賀の手を引いて走り出した。千賀は優しい泣き虫竹千代を大好きなのだ。尾張にいたときから竹千代のお嫁さんになると決めていた。

寺に飛び込むと大男の学問僧が「遅いぞッ！」と雷を落とす。何といっても冬の一刻半の座禅はつらい。

足がしびれ麻痺し冷たくなって歩けなくなる。

合掌の仕方から教えられた。

この年、前将軍足利義晴が近江大津穴太で死去する。

すると十三代将軍義輝は京の左京中尾城に入って三好軍と対峙した。だが、戦局が好転せず将軍は中尾城を焼き払い近江堅田に逃れた。

相変わらず将軍は京に入ったり出たりである。

こんな時、今川義元はすぐにでも大軍を率いて上洛し、足利将軍家を助け細川や三好を叩き潰してやりたい。

それぐらいの力は充分に持っている。

だが、義元が上洛するには北条や武田の協力がいる。上洛しても帰る国がなくなってはどうにもならないからだ。

そのためには河東問題を解決しなければならなかった。

それに義元の上洛の道筋には織田信秀のように邪魔する者がいる。美濃の蝮などもその一人だろう。

乱世は油断した者がやられる。戦いに敗れた者が悪い。

そんな中で竹千代に対する今川家の扱いは手厚かったが、それとは逆に三河の松平家の家臣団は忍従の日々だった。

三河の実入りのほとんどを今川家に吸い取られるのだから辛い。

岡崎城には今川家から朝比奈泰能や、山田景隆などの城代が派遣され、本丸を明け渡し鳥居忠吉や阿部定吉らは二の丸で辛抱している。

三河はもう今川家のものだ。

城代のいうことを聞かなければ、駿府の竹千代が何をされるかわからないという恐怖がいつもついて回る。

ただ一人の三河の正統な後継者に危難が降りかかっては困る。

何を言われても、なにを取り上げられても我慢、竹千代が成人して帰還するまでは艱難辛苦の日々だ。

家臣には忍従しかない。砂を嚙んでも我慢する。

竹千代が必ず戻ると信じて、米を取り上げられようが、人を連れて行かれようが、無理難題を言われようが、食うや食わずでも耐え抜くしかない。

竹千代の家臣は襤褸（ぼろ）を着て貧乏のどん底にいた。

事実、松平家の領地はすべて今川家に取り上げられ、松平家の家臣には扶持米（ふちまい）も渡されず、松平家の本貫地の山中二千石だけでも返してもらいたいと願い出ても聞き入れられなかった。

家臣たちは飢死寸前まで追い込まれた。

それでも竹千代の帰還を信じ、わずかばかりの田畑を耕作し、年貢を納め妻子を養い極貧の暮らしに耐えた。

地を這い泥をなめても竹千代の帰還を待つ。

戦場ではいつも今川軍の先鋒を務めさせられ松平軍は次々と討死した。

そんなことが松平家を弱体化させるが、それも今川軍の狙いの一つでもある。

竹千代に絶対忠誠の家臣が次々と死んでいった。

そんな非情な扱いにさえ、泣き虫竹千代の家臣たちは耐え抜いた。

三河武士の主従の絆の強さはこの時に育てられたといえる。幼い竹千代のためすべてを犠牲に我慢して、結束するしか生き残れなかった。

一握りの米を、一握りの豆を分け合って生き延びるしかない。

死んでも竹千代に忠誠を尽くせという、鬼も恐れる三河武士の忠誠心はこの時に根付いたものである。

泣き虫竹千代には勿体ない家臣たちだった。

それがやがて、どんな難儀にも負けない三河武士の誇りと自負、何ものにも代え難い不動の矜持になる。

極貧の中で育ったこの尋常ならざる忠誠心こそ、泣き虫で気弱な家康に天下取りをさせた原動力である。家康が特別に優れていたわけでもない。

作られた大権現さまは完全無欠だが、本当の姿は泣き虫竹千代なのだ。

持つべきは良き家臣だ。

竹千代がめそめそしている間に、三河では頑固で強情な家臣団が、餓死寸前の中で育っていたのである。

逆境こそ竹千代の宝だった。

それを教えたのが大軍師太原崇孚雪斎である。泣き虫竹千代の運命を大きく変える邂逅であった。

六月二日に義元の正室定恵院こと於豊が死去した。

武田信虎の娘で武田信玄の姉になる。

この定恵院の死は今川と武田との婚姻関係が絶たれるため重大だった。

河東問題で北条と不仲の今川は武田との関係は絶対に継続したい。武田家が河東に直接手を突っ込んでこないのは定恵院がいたからなのだ。

そこで義元と雪斎は定恵院の産んだ義元の娘と、信玄の長男義信の婚姻を進めるべきだと決めた。

この時、太原雪斎は義元の上洛を念頭に重大な戦略を考え出す。

その戦略とはおそらく実現不可能と思われるもので、甲斐武田と相模北条に駿河今川の三国が同盟するという奇想天外なものだ。

義元は三十二歳の男盛りである。やるなら今しかない。この想像力こそ雪斎が大軍師といわれる所以(ゆえん)だ。

この乱世で三国同盟など成立するのか。

信玄はまだ晴信と名乗り三十歳、北条氏康は三十六歳だった。

戦国乱世を揺るがすことになる太原雪斎の大戦略が動き出した。それは雪斎でなければできない構想である。

その雪斎が忙しい時は学問僧に頼むが、できるだけ竹千代を自分の手で育てようとしていた。

泣き虫竹千代は相変わらず、丑の刻に飛び起きて賤機山麓の臨済寺に走る。

真夜中だからみんな隠密行動だが、毎朝、大玄関には源応尼が起きてきて「気をつけて……」と送り出してくれた。

まだ、修行の脱落者は出ていないが、寺の庫裏（くり）からの要望で天野康景と石川数正の二人は、朝餉（あさげ）の支度をする典座（てんぞ）に回された。

これがなかなか大変な仕事で、飯炊きとか権助と呼ばれて猛烈に忙しい。

寺には雪斎の弟子や学問僧が大勢いる。

それだけでなく、雪斎を慕っている今川家の家臣たちが、何人も早朝の座禅に参加していた。

その全員の朝粥を支度するのが典座の役割だ。

権助は何一つ無駄にすることは許されない。薪（まき）割りは力仕事だし飯炊きは見た目よりはるかに難しい。

そんなある朝、竹千代は雪斎に難しいことを聞かれた。懐から紙を出してそれを竹千代の前に広げた。それは幾つにも折りたたんだ絵図だった。

「この絵図のこの辺りが駿府、この辺りがそなたの三河だ」

「はい……」

「竹千代殿はこの駿河の北に甲斐という国があるのを知っておるか?」

　雪斎が指さした。

「はい、武田家の領地です」

「うむ、それではこの辺り、東の北条家はどうだ?」

「箱根山の向こうの相模の国の小田原というところだと聞きました」

「いかにも、この甲斐と相模と駿河は隣り合わせで、それぞれが領地を広げたいと思っているがうまくいかない。武田家は北の信濃、越後を取りたい」

　雪斎が絵図の端が越後だという。

「北条家は東の武蔵、上総を取りたい。ここからこの辺りだ」

「はい……」

「今川家は西の尾張、伊勢を取りたい。だが、それぞれ後ろが心配で軍を進められない。さてどうすればいいと思う?」

　竹千代は今川家が信長の尾張を狙っているのだと知った。

　何んとも難しい問題だ。

確かに、隣り合っている三つの国は、それぞれ北、東、西と領地を広げたいのだが、戦っている間に後ろががら空きになる。

そこを狙われると雪斎は言っている。後ろを狙われたら一大事だ。

絵図を覗き込んだ竹千代は、お互いの国がこんなに近いのかと驚いた。竹千代は絵図を初めて見た。

「この三つの国が持っている兵は、ほとんど同じぐらいで二万から二万五千ぐらいだ。多くても三万は超えるまい」

二万五千といわれても竹千代には見当がつかない。だが、力が同じぐらいだということはわかる。

「どうする。明日まで考えてみるか?」

「はい……」

考えてもわかりそうもないと思ったが、竹千代はみんなと相談してみようと思った。何かいい考えが出るかもしれない。

竹千代の近習たちも学問僧たちから厳しく教えを受けている。

鳥居元忠などは意地っ張りでいうことを聞かないから、毎日のようにげんこつが飛んでくる。

強情では千賀といい勝負だ。

その日、竹千代たちは小梳神社の源応尼の屋敷には戻らず、臨済寺の境内で雪斎から出された問題を解く会議を開いた。

竹千代が見た絵図の大まかを土に描いた。

「そこが三河か、帰りたいな……」

阿部正勝は十歳になったがまだ三河が恋しいのだ。

「馬鹿ッ！」

傍の天野康景がぽかりと正勝の頭を叩いた。

「それはいわぬ約束だぞ！」

「うん……」

みんな三河に帰りたいのである。

もう一年近くなるのだから当然であった。三河を思い出すと泣きたくなる。それを年長の酒井正親が振り払った。

「ここが駿河、ここが甲斐で、ここが箱根山だから相模だな……」

「この辺りが富士川だから、ここが河東だろうな?」

石川数正が地面の絵図を指さした。

「河東？」

数正を咎めるように酒井忠次が聞いた。

「うん、そこで今川軍と北条軍が睨み合っているそうだ」

「戦っているのか？」

「ああ、だいぶ前から……」

「なんだ。それで雪斎和尚はこんな難しい問題を出したのか？」

鳥居元忠が不満そうに言う。

それを聞いて竹千代と酒井正親が顔を見合わせる。そんな事ではない。元忠の考えは間違っていると思う。

「誰かいい考えはないか？」

年長の正親がいつもまとめ役だ。

「戦っているんじゃどうにもなるまい。違うか？」

「そこを何とかして、北と東と西に領地を広げたいのだ」

「そんなこと無理だ。後ろから攻められたら領地なんか広げられないよ」

「そうだ！」

「いや、二万五千を半分に分けて、一方が国を守り半分で攻め込んで行けばいい」

「そんな中途半端で勝てるか？」

「サッと攻撃して、サッと戻るのはどうだ？」

「二万もの大軍がそんな器用に動けるか、百人や二百人ではないのだぞ」

「半分に分けるのがいいと思う」

「駿河が北と東から攻められたら半分で守れるのか？」

「そりゃ、挟まれたら無理だな」

なかなか話がまとまらない。

「こういうのを三竦(さんすく)みっていうんじゃないか？」

酒井忠次が物知りを披露した。

確かに、武田、北条、今川は三竦み状態なのだ。それぞれが大きく軍を動かすことは危険である。

三竦みでは互いに動きがとれない。

隙ができればそこに攻め込むのが乱世の決まりのようなものだ。領地でも米でも奪い取る。

「この問題は解けないな。難し過ぎるよ……」

みんなが考えるのをあきらめかけた時、登城する太原雪斎が寺から出てくると竹千代たちをチラッと見て山門に歩いて行った。

その時、地面の絵図を見ていた千賀が、兄の弥太郎に「みんな仲良くすればいいじゃないの……」とつぶやいた。

それを竹千代と酒井忠次が聞いた。

「おい、弥太郎、今、千賀がいったことをもう一度いってみろ！」

酒井忠次が地面の絵図を見ながら服部弥太郎に命じた。忠次二十四歳と正親三十歳は同じ酒井で同族である。

「仲良くすればいいといいました」

「それだ。武田、北条、今川が仲良くすればいいのだ！」

「お互いに攻めないと約束するか？」

忠次に正親が同意した。この難問を千賀が見事に解いた。

「戦いが駄目なら仲良くするということだな、千賀？」

「うん……」

千賀がニッと微笑んで竹千代に頷（うなず）いた。

どうしても戦えない時は逆に仲良くするという考えだ。実に単純明快である。

戦えないままいつまでも睨み合っていてもいいことは何もない。それなら仲良くしましょうねということだ。

千賀は賢い。

「よし、戻ろう！」

酒井正親が立ち上がるとみんなが一斉に動き出した。何をする時も一緒だ。

「だが、戦っている北条と今川が仲良くできるのか？」

少し臍(へそ)がねじれている元忠はそんなことは無理だと思う。

「戦うのを止めればいい」

「それじゃ、領地はどうする？」

「領地？」

「ああ、領地を取られるのはいやだろ？」

「うん……」

「どうするよ」

「そんなことおれに言われてもわからない。千賀に聞けよ」

弥太郎が困った顔だ。

この一団はいつもひと固まりで動いている。小梳神社に戻ると正親と武芸の稽古が始まった。

槍を持たせると酒井忠次が正親より強い。

後に徳川四天王の筆頭、徳川十六神将の筆頭といわれた豪傑だ。その一族は酒井左衛門尉家(さえもんのじょうけ)として全国で繁栄する。

酒井宗家の正親も雅楽頭家(うたのかみけ)といわれ本家も分家も繁栄した。

忠次の人柄は豪放磊落(らいらく)、逸話に事欠かない人物だ。

ある時、武田から「松枯れて竹たぐひなき明日かな」という句が送られてきた。松平は枯れて武田は大繁栄だという嫌がらせの句だ。

すると忠次が句に濁点をつけかえて、「松枯れで竹だくびなき明日かな」と詠み返したという。

つまり、松平は枯れずに武田は首が斬り落とされるというのだ。

忠次ならではの切り返しだ。

以来、正月の門松の太い竹を斜めに斬り落とすようになったという。その忠次の愛槍(あいそう)は甕通槍(かめどおしやり)という。

忠次は大甕を突き抜いて敵を倒したと伝わる。

また、忠次の愛刀には猪切という文字が金象嵌(きんぞうがん)されていた。この刀は千子村正の高弟正真(まさざね)の作で兎に角斬れる。

正真の銘が切ってあった。

若い頃、家康と狩りに出た時、狂った猪が家康に突進してきた。忠次は家康の前に立つと愛刀正真を抜いた。

突っ込んできた猪を一刀のもとに両断したのである。

刀も凄まじい切れ味だが、忠次の剛力も尋常ではない。跳ね飛ばされて大怪我をしかねなかった。

また、忠次は海老すくいという踊りが得意で、徳川一の譜代の大将がよく踊って見せたという。家康が北条氏政と同盟する酒席で、忠次が海老すくいを踊って大いに座を盛り上げたと伝わる。

大豪傑でありながら茶目っ気のある愛すべき男であった。

その忠次と正親が教える武芸は、十歳前後の近習たちには厳しかった。だが、置かれている立場が人質だから誰も文句を言わない。

ここは三河ではないと誰もがわかっている。泣き言はいわない。

翌朝、竹千代は雪斎に「三家が仲良くすればいいのです」と答えを披露した。

「その通りだ。それではどうすれば仲良くできるか考えてみたか？」

「いいえ……」

「実はな竹千代殿、仲良くすればいいと気づいたのは褒めてやるが、どうすれば仲良くできるか、それを拙僧がやって見せるゆえ、しっかり見ていなされ、将来、必ずそなたの役にたちましょうから……」

「はいッ！」

相変わらず返事だけはいい竹千代なのだ。

太原雪斎は理屈だけではなく、実際にそれを実践して見せようというのだ。

このような師に竹千代が巡り合ったことは幸運というしかなかった。信長には沢彦宗恩という大軍師がいることも雪斎から教えられた。

だから信長は賢いのだとも雪斎がいう。その雪斎が信長と戦っても負けないともいったのである。

竹千代は信長と味方の約束をしている。

信長も負けないというし雪斎も負けないという。どっちも強そうだ。どっちに味方するか迷う。やはり信長の方か、それとも雪斎にするかだ。

間に挟まった竹千代は信長に勝ってもらいたいような、雪斎にも勝ってもらいたいような困ったことになった。

二人は強い、弱いのは自分ばかりだ。こうなると竹千代は泣きたくなる。

この頃、尾張の織田信秀は数年前から戦いに勝てなくなり、酒色に溺れて太ってしまいその命さえ危なくなっていた。

乱世は油断すればやられると信長は心配している。

その頃の京は細川家の家臣から下剋上した三好長慶が、大きな力を持ち始めて十三代将軍足利義輝と衝突していた。

その将軍義輝が家臣の進士賢光（しんじたかみつ）を使って、三好長慶を暗殺しようとするが失敗、賢光は長慶に軽い傷を負わせただけでその場で自害した。

七月になると三好政勝や香西元成らの幕府軍が京を奪還しようと、三好長慶の家臣松永久秀軍と京の相国寺で戦うが敗北する。

乱世は京もその周辺も地方も戦いで大混乱になっていた。

そんな将軍家を助けたいのが今川義元なのだが動きがとれない。

義元は将軍家の苦境を聞くたびに、大軍を率いて上洛し将軍家の敵を追い払い、将軍を助けて天下を鎮めたいと思う。

駿河から遠江、三河までは勢力を拡大したが、尾張を平定するところまではいかない。その尾張には信長という男がいるとはっきりしてきた。

上洛するにはほぼ全軍で向かわなければ、途中で敵に道を塞がれ引き返すしかなくなるだろう。

その時、帰る国がないということもあり得る。

義元は雪斎だけが頼りだ。

その太原雪斎は駿河庵原城主の庵原左衛門が父で、母は横山城の興津家の娘で海運が得意な海賊水軍を率いていた。

庵原家も興津家も今川譜代の重臣である。

雪斎は義元の軍師として内政、外交、軍事に辣腕を振るい、墨衣の上に鎧を着て白馬に跨り戦場にも出た。

今川家の全盛を築いた立役者である。

後に後奈良天皇から宝珠護国禅師の称号を賜る大碩学だった。三河の小大名の子でしかない竹千代が、探しても会えるような人物ではなかった。

尾張にいれば沢彦と会えただろうが、信長の家臣になっていたかもしれない。

今川義元の人質になったことで、太原雪斎と奇跡の邂逅をしたことは、竹千代にとって生涯を支える基本のすべてを学べた。

竹千代がしっかり見ておきなさいといわれた雪斎の大戦略が動き出す。

それは甲斐の武田義信と義元の娘の婚姻から始まった。

この甲斐、相模、駿河の三ヶ国はそれぞれに思惑があって、なかなか難しい関係に置かれている。

駿河と相模の間にある河東問題だけでなく、北条家は関東に勢力を伸ばしつつあったが、その関東には上杉家という関東管領家があった。

この上杉家と武田家は友好的で、上杉家の傘下にある河越城から、十三歳の信玄は同い年の姫を妻に迎えたことがあった。すぐ、懐妊した姫は出産に失敗して母子ともに亡くなったことがある。

その河越城を奪おうと攻撃しているのが北条家だった。

甲斐の武田家と相模の北条家はうまくいっていない。そこに越後の長尾景虎こと後の上杉謙信が武田家と北条家と戦っていて、武蔵、上野、信濃などは今川を入れずにややっこしいことになっていた。

雪斎は武田と今川の友好を基軸に考えている。

武田信玄の宿老馬場信春、側近の駒井政武らと交渉して、定恵院こと於豊の死後の空白を埋めるため義元の娘を武田家に嫁がせたい。

この頃、信玄の父信虎は甲斐から追放され、駿河にいて隠居生活を送っていた。政治的には何の力も持っていなかった。

京や高野山や奈良などを遊覧して気ままに暮らしている。その生活費は信玄と義元が出していた。

義元には於豊の父だから義父である。

雪斎に呼ばれて甲斐から一人の男が駿河に現れた。

その男は雪斎の母方の縁者で血縁ではないが親戚筋だ。

男の名は山本勘助という。

三河牛窪の生まれで、二十歳の頃から廻国修行を十年ほど積み、塚原土佐守卜伝や上泉伊勢守信綱などから剣や兵法を学んだ。

それでいて新当流とか新陰流とはいわず、「それがしの剣は京流だ」という食えない天邪鬼(あまのじゃく)でもある。

その勘助が身内である雪斎を頼って、今川家に仕官しようとしたが義元が首を縦に振らなかった。その理由は勘助があまりにも醜男(ぶおとこ)だったからだという。

勘助は廻国修行であちこち傷だらけだった。

色黒で醜く隻眼、体には無数の傷跡、足が不自由で引きずり、指も欠けていて揃っていなかった。公家好みの義元に勘助は不向きな男で、それでも数年は駿河に留(とど)まって暮らしていた。

そこで勘助は今川家への仕官をあきらめ甲斐に赴き、武田家の重臣板垣信方の推挙により武田信玄に仕官する。

　山本勘助の知行は百貫の約束だった。

だが、対面した信玄がその才能に気づき二百貫にしたという。

その頃、信玄は甲斐から信濃に勢力を拡大していて、信濃小県(ちいさがた)を押さえる有力武将の村上義清と衝突していた。

天文十五年の村上軍との戦いで武田軍は砥石(といし)城を攻めあぐね、村上軍に反撃されて総崩れになって大損害を出して撤退する。

だが、戦上手の義清は手を緩めず追撃してきた。

武田軍は追われて崩壊しそうになる。

その時、山本勘助は信玄に願い出て五十騎を借りると、後方に回り込んで追い駆けてくる村上軍を陽動作戦で引っ掻き回す。

その間に信玄が敗走する軍を立て直して戻ってきた。勘助のお陰で武田軍は義清との戦いに勝利する。

　信玄は大いに喜んで、勘助の縦横無尽の働きを摩利支天と称賛、加増されて知行八百貫となり、仕官して間もないのに足軽大将に抜擢(ばってき)された。

あっという間に武田家に山本勘助ありといわれるようになる。

「老師、勘助、お呼びにより参上いたしましたが？」

雪斎と勘助は同族で親しい間柄だ。

「他でもない於豊さまがお亡くなりになって、甲斐と疎遠になるのではないかと心配しておるのだが、板垣殿から何か聞いていないか？」

「老師、それをそれがしの口に喋らせようというのはいささか……」

「虫が良すぎるか？」

「たとえ老師でも甲斐の秘密は喋りません」

「そうか、口が堅いのは結構なことだ。だが、勘助殿、この雪斎を甘く考えてもらっては困るぞ。その口ぶりだと義信殿の正室の目途が立ったな？」

「老師……」

「三条の方の伝手（つて）で京からか、それとも上杉、まさか北条ではあるまい？」

勘助が雪斎ににらまれた。

喋りたくないが雪斎を兄のように思っている勘助は、問い詰められるとなんともつらいものがある。

「勘助殿、それを今川の姫にひっくり返してもらいたい」

「ろ、老師！」

　さすがに強情者で腹のすわった勘助でも、主家の嫁を差し替えろといわれては仰天する。そんなことをしたら首が飛びかねない。

「そのようなことはそれがしには……」

「そうか、諏訪御寮人のことをこの雪斎が知らないとでも？」

「それはこの話とは別に……」

「いや、勘助殿、拙僧の策は甲斐にとっては、それ以上に大切かもしれませんぞ？」

　雪斎のいう諏訪御寮人とは信玄が諏訪頼重を騙し討ちにして殺し、その美人の娘を手込め同然にして、後の武田四郎勝頼を産ませたことだ。

　家臣団の反対を押し切り、信玄の命令で画策したのが、山本勘助だと太原雪斎は知っている。なめるなよ勘助といっている。

「恐ろしい糞坊主だ！」

　勘助は兜を脱いで雪斎に毒づいた。

「今川の娘をもらわないと武田の後ろから攻めるというのか、糞坊主が！」

「塩を止めてもいい……」

「なにッ！」

勘助が傍の太刀を握った。

甲斐は金山から金は取れるが海がないので塩が取れない。甲斐の塩はすべて駿河や三河、または北の越後から運ばれている。

信玄が何よりも欲しいのが領民のための塩なのだ。

塩が切れると領民はひどいことになる。塩を止めるのは禁じ手だ。

「くそッ！」

勘助が歯ぎしりする。

「攻めるまでもあるまい。塩がなければ甲斐は立ち枯れるまでのこと……」

「おのれッ！」

「勘助殿、ここで拙僧を斬るか、それとも嫁をもらうか、どっちが得策か答えてもらいましょうかのう？」

「老師は武田家を強請るつもりか？」

「拙僧はそのような下品なことはしません」

「食えない坊主だ！」

「武田家と戦ってもこの太原崇孚雪斎は負けませんぞ。信玄殿に聞いてみますかな？」

「坊主、お館さまを愚弄するか？」

「坊主、坊主と声高にいうが、勘助殿も入道されて道鬼と名乗ったそうな。恐ろしい法名じゃ。鬼では成仏できますまいが？」

「道鬼のどこが悪い？」

「悪くはないが、鬼は成仏できぬぞ？」

「成仏などしなくてよいわ！」

「なるほど、それでこの難問のお答えはいかに？」

山本勘助が太原雪斎に完敗の図だ。いい争っても勘助は勝ったためしがない。

「わかった。裏の話を聞こう……」

雪斎に子ども扱いされるだけだ。兎に角この糞坊主は頭がいい。

腹が立っても人の位が違うのだから仕方がない。妙心寺の大碩学は勘助の叶う相手ではなかった。

勘助も相当な秀才だが歯が立たない。

「裏というほどのことではないが、口の堅い勘助殿だ。話しましょう。拙僧は武田、北条、今川の同盟を考えている」

「ど、同盟だと！」

「さよう……」

「そんなことはできるわけがない！」

勘助が一蹴した。

「そうかな、そなたが力を貸せばできぬことはないと思うが？」

「今川が河東の領地を北条に譲り渡すのか？」

「いや、北条家には河東より大きな領地を差し上げるつもりだ」

「なんだと？」

「武蔵、上総、上野、下総(しもうさ)などだな。武田家には信濃、美濃、越後、越中、越前辺りまで……」

「今川は三河、尾張、伊勢か……」

「さよう、大和、京までいただきましょうか？」

「わ、わかった！」

この坊主は何を考えているのだと思うが、山本勘助は雪斎の大戦略を一瞬で理解した。

「天下三分の計……」

「そこまで大げさではないが似たようなものじゃな」

　山本勘助が言った天下三分の計はその昔、遥かに遠い後漢の頃、魏、呉、蜀と三国に分裂した。

　三国志という物語で知らない武家はいない。

　蜀の王劉備が三顧の礼をもって諸葛孔明を迎えた時、孔明が劉備に披露したのが天下三分の計という策であった。

　雪斎の三国同盟はその天下三分の計の逆で、互いに争うのではなく協力し合おうというのだ。

　魏の曹操、呉の孫権、蜀の劉備の三国が並び立ち、その後に争うという孔明の壮大な戦略である。

　この戦略を劉備は大いに喜んだという。

　その孔明の策によって蜀の劉備は呉の孫権と連合して、わずか五万ほどの連合軍で強力な魏の曹操軍二十四万を赤壁の戦いで破る。

「劉備は誰であろう？」

「勘助殿、それはいうまいぞ。それを問えば何かと角が立ちましょうからな」

「ごもっとも、ところで老師、甲斐と駿河の次は？」

「それは甲斐と相模じゃ。最後が相模と駿河ということだ。これがうまくいかないようでは、三国とも疑心暗鬼で領地拡大の戦いは難しい」

「なるほど、ごもっとも……」

雪斎に糞坊主と毒づいた勘助が、その糞坊主の策略に取り込まれる。

「武田軍が信濃で戦えるのは後ろに今川軍がいて、北条軍が動けないようにしているからだと思わないか?」

「まことに、その通り……」

「納得されたらすぐ仕事をしてもらいます」

「承知!」

勘助は天下三分の計の逆だといわれ大いに気に入って、その策を持って甲斐に戻って行った。

北の毘沙門天

天文二十一年(一五五二)の年が明けて泣き虫竹千代も十一歳になった。

竹千代の大好きな大うつけの信長が、戦いに出陣する時が間近に迫っていた。

尾張も激動の時を迎えている。

その頃、武田と今川の縁談の話は、山本勘助から飯富虎昌（おぶとらまさ）や馬場信春などの重臣につながり、そこから信玄の耳に達して雪斎の考えが吟味された。

信玄と弟の典厩信繁に逍遥軒信廉、飯富虎昌や原虎胤の老臣、馬場信春、内藤昌豊、山県昌景、真田幸綱、一条信龍などの重臣が集まって、山本勘助が持ち帰った雪斎の策の話し合いが持たれた。

この時、信玄の息子義信は十四歳だった。

話し合いは慎重にされ、雪斎への返答はしばらく保留にされた。断りがないということはまとまりそうなよい方向だということだ。

雪斎はそう判断する。

亡き於豊の方が産んだ姫は信玄の姪である。

勘助が持ってきた三国同盟も成立すれば、北進したい武田家にはまことに良い話だ。

年が明けて間もない一月二日に、近江の六角定頼が死去すると京の空気が和睦に傾き、将軍義輝が三好長慶と和睦して京に戻った。

すると家臣だった三好長慶を受け入れたくない細川晴元は京から脱出する。

出家して若狭の武田信豊を頼って逃げて行く。すると若狭の武田軍が丹波まで出てきて三好軍と戦うようになる。

このように京は将軍家に力がないため混乱することが多かった。

細川晴元が出家したため管領に細川氏綱が就任する。氏綱は晴元の子ではなく管領細川高国の養子だった。

細川家も混乱していた。

こういう落ち着かない世には奇妙なものが流行るもので、念仏踊りや田楽踊りから変わった風流踊りなどという。

みなが華やかな衣装で飾り立てる。

仮装などもして鉦や太鼓や笛などで囃し、集団で歌い踊るという何とも刹那的なものだった。

そのため、京では店から絹織物が売れ過ぎて姿を消したという。

無力で不安な庶民はその時が楽しければいい。踊り狂うようなことで気を紛らわすしかないのである。

華やかだがその裏には計り知れない悲しみが隠れていた。

暖かくなってきた三月三日に、尾張では織田信秀が愛妾と酒を飲んでいて、突然倒れてそのまま亡くなった。

信長の心配が的中してしまう。大うつけのまま乱世に投げ出された。

この時、信長が幸運だったのは蝮の娘帰蝶を妻に迎え、信長と蝮の道三は同盟関係にあったことだ。

信長に手を出すと蝮に嚙まれるということでは動きづらい。

尾張は信秀の手では統一されず混乱していたが、だからといって信長に手を出せば、蝮が黙っていないという。誰でも蝮は怖い。

この蝮の睨みが信長を大いに助けることになる。

今川義元の傍にはいつも大軍師太原崇孚雪斎がいて、こういう周囲の情勢の変化に素早く対応していた。

信秀が急死して尾張は分裂し弱体化すると思われた。

雪斎もこの時、信長に手を出せばここぞとばかりに、美濃の蝮が今川軍と戦う名目で尾張に入ってくると考えた。

それは今川軍には望まない不都合なことである。

蝮と信長で三万を超えるだろう軍勢が、もし三河に侵攻して来たら河東の今川本隊を三河に回さねばならない。

そうなれば駿河も混乱して厄介なことになる。

それは得策でない。甲斐と話がつくまでは今川軍を動かせない。まず、ここで急ぐべきは今川と武田の婚姻である。

それに相模の北条との河東の戦いを終わらせる必要があった。

こういう煮え切らない戦いをダラダラ続けると、兵が腐るだけで良いことが何もないとわかっていた。

雪斎は周辺状況をすべてわかっている。

武田、北条、今川の和睦と同盟の構想は、雪斎の中ではすでに仕上がっていた。

そんな時に、信長による織田家のなんとも奇妙な、信秀の葬儀のもようが駿河にも伝わってきた。

茶筅髷に短袴という大うつけの恰好で、萬松寺の葬儀に現れた信長がいきなり、抹香を握ると父親の位牌に投げつけたという。

その信長の振る舞いに人は大うつけの馬鹿者がと罵り嘆いた。

だが、それを聞いた雪斎はうつけなどではなく、信長の振る舞いは父親を失った悔しさだと読んだ。

太原雪斎は冷静に見るべきところを見ている。

というのも父親の信秀に酒を飲むな、女を抱くなと直言して、信長がよく父親と喧嘩をしていたことを雪斎はつかんでいた。

信秀にそんなことを面と向かっていうのは織田家では信長しかいない。

その信長の心配を聞かずに酒色にふけって死んだ父親に対して、信長はもう少し生きていてほしかったと悔しがったのだろう。

信秀は腹上死だったともいわれている。

抹香を位牌に投げるのは投香といって無礼な作法ではない。信長という男はそういう振る舞いでしか愛情を表現できない。

雪斎はかなり正確に信長の心の中を読んでいた。

「信長がついに一人になったか……」

雪斎は弟弟子の沢彦宗恩が育てた虎が、どんな虎かわからないがついに野に放たれたのだと思う。

虎ではなく沢彦宗恩が育てた天龍かもしれない。

この葬儀の前に信長は家代々の弾正忠ではなく、織田上総介信長と官名を勝手に名乗った。

以来、信長はこの上総介を気にいって生涯使うことになる。

この時雪斎は、妙心寺第一座の沢彦ほどの僧が、天下を狙う龍以外を育てたりはしないと思った。

太原雪斎の情勢分析と人物の評価は実に正確だった。こういうことが戦いを勝利へと導くのである。孫子の兵法にいわく「彼を知りて己を知れば百戦して殆からず」と。

信長と会わなくても雪斎には信長が手に取るようにわかる。その天龍と戦うのは誰か、天龍に嚙みつく猛虎は誰なのかだ。

信長は果たして本物の天龍なのか猛虎なのか。

雪斎には信長や沢彦と戦っても負けない自信はある。だが、今川軍の前に嫌なものが立ち塞がるのだと考えた。

美濃の蝮にも負けないと思う。

天才だろうと思える信長と戦うのは自分なのか、今川義元なのか、それとも甲斐の武田信玄か。

その時、雪斎はフッと自分が育てる泣き虫竹千代ではないかと思った。

だが、十歳の竹千代が信長と戦えるようになるには十年以上かかる。それでも育ててみる価値はあると考えた。

幼少の義元をわが子のように育てた雪斎には、竹千代という泣き虫は実におもしろいと思う。

幼い竹千代だが天から授かってきた才能が現れ始めているようだ。

それが雪斎には見えていた。

泣き虫だが三河の子らしく負けん気が強く、時々だが強情な一面や物怖じしない強さを見せる。

十月になると将軍義輝と三好長慶が京の東山に霊山城を築き始める。

ところが一ヶ月もしないでそこに襲い掛かったのが細川晴元だった。昨日の味方が今日は敵なのだ。あっちもこっちも忙しい。

この兵火で十一月には建仁寺が焼失してしまう。

建仁寺は臨済宗の寺で京の五山だが、火災の多い寺で栄西が建立した頃のものは何も残っていなかった。

京は攻めたり攻められたりでいつも大混乱だ。

その頃、太原雪斎の大戦略が一歩進んだ。十一月に義元の長女と信玄の嫡男義信が結婚した。

乱世はどこもかしこも事件だらけだ。この結婚は良い方の事件だ。

この年も押し詰まった十二月になって、織田方だった鳴海城の山口教継が今川方に寝返る事件が起きた。

そんな噂を石川数正が拾ってきた。

それがどういう意味なのかを酒井正親が竹千代に話をする。

つまり織田信秀の死後、織田家の勢いは今川義元の勢力の前に、徐々に衰退し始めたということだ。信秀が死んだので鳴海城が信長を裏切ったと正親がいう。

そんな中で大うつけの信長が旋風のように乱世へ登場してくる。

竹千代が気にしているのはその信長のことだ。父親を亡くした信長は自分と同じように一人になった。

そこに裏切り者が出た。それを信長はどうするかと竹千代は考える。

その山口教継は織田から離反すると、鳴海城を息子の教吉に守らせ、尾張笠寺に砦を築き今川の家臣岡部元信を引き入れた。

教継自らは中村の砦に立て籠もったのである。

すると裏切り者を許さない信長が那古野城から鳴海に出陣してくる。

息子の山口教吉と戦った。ところがこの戦いが実におかしな戦いで信長の策略が隠されていた。

なかなか捗らない戦いで、決着がつかずに引き分けで終わった。そこからの信長が賢かった。この引き分けが罠だった。

教継と教吉に止(とど)めを刺す謀略を仕掛ける。

「実は教継と信長は裏でつながっている。だから本気で戦う気がなく捕虜をすぐ交換、捕らえた馬をすぐ返すなどおかしなことが起きた。そう思わないか。教継は寝返りなどしていないのだから今川が騙されて危ないぞ……」

そんな怪しげな噂を信長が流したのである。

織田軍と山口軍は、もとは味方同士だから兵たちは顔見知りで、生け捕りにしても捕虜を返してしまう。

馬も敵の陣中に返しに引いて行くそれを信長がわざと許した。

なんとも巧妙な謀略だ。

教継によって織田方の大高城や沓掛城が今川方に奪われている。許しがたい裏切り者なのだ。

信長は山口教継親子を殺そうと考えたが、信秀が死んで家督相続はしたものの、兵力は信長より弟の信勝の方が多く偏(かたよ)っていた。

山口親子を兵の少ない信長が倒すのは容易ではない。そこでの流言飛語である。

この謀略は義元に向かって仕掛けられた。

信長の流した噂が見事に駿河にも届き、やがて山口教継親子は義元に呼び出されて切腹させられる。

大うつけの信長は乱暴なだけでなく実に賢かった。

竹千代は信長の戦いの話を聞いてワクワクしたが、引き分けだと聞いてあの負けず嫌いの信長が踏ん張っていると思う。

翌天文二十二年（一五五三）閏一月十三日にその尾張で、信長痛恨の事件が起きた。年が明けたばかりなのに那古野城は大騒動になった。

信長が生まれた時から傅役を務めてきた平手政秀が自害したのである。

噂では大うつけが直らない信長に諫言して腹を切ったという。

真相はわからない。

ただ、その後すぐに信長が沢彦宗恩と一緒に、政秀の名をとって政秀寺を建立していることから、信長には痛い近臣の死であったことがわかる。

家臣のために寺を建立するということは滅多にないことだ。

雪斎はこういう噂も聞き漏らさない。信長という男は大うつけなどではなく一筋縄ではいかない、なかなかの武将だと思う。

　戦ってみたい気もする。

　今川軍を率いて出て行けば信長は現れるだろう。どんな小僧なのか見てみたい。

　雪斎は信長と同時にその師である沢彦宗恩を見ていた。どんな武将に育てたのか興味のあるところだ。

　三月八日には将軍義輝が長慶との和睦を破棄する。

　すると今度はあろうことか義輝と晴元が組んで、東山の麓の霊山城に入り三好軍と戦いを始める。

　何がどうなっているのか、敵味方が目まぐるしく変わり京は大混乱だ。

　だが、八月には三好軍にその霊山城は攻め落とされてしまう。

　将軍義輝は晴元と近江の朽木元綱を頼って、朽木谷に逃れ五年間をこの地で過ごすことになる。

　三好長慶が将軍と行動を共にする者は、領地を没収すると通達をした。

　そのため、将軍義輝のもとから領地を取られては困る奉公衆で、離れて引き上げる者が続出したという。

　そんな京の状況を今川義元は駿河から見ている。

足利将軍家を助けたいがまだ駿河を離れることができない。義元が気をもんでも話は始まらない。

京の将軍足利義輝は菊童丸と呼ばれていた頃から聡明ではあった。

だが、京には次々と将軍の権力を奪おうとする者が現れ、聡明でもまだ十七歳の義輝は有力大名に翻弄されっぱなしだった。

将軍が考えているようにはいかないのが権力闘争だ。

権力を握りたい者は血も涙もない。非情でなければ戦いに勝てない。

四月になると武田信玄が北信濃に攻め込んで行った。信玄と上杉謙信の川中島の戦いが始まる。

信玄が安心して何ヶ月も信濃で戦えるのは、今川と婚姻を結んだ雪斎の大戦略があるからといえる。空(から)になった甲斐を今川軍が見張っているようなものだ。

そのため信玄が信濃をほぼ平定しつつある。

甲斐から進撃した武田軍に攻撃された村上義清が、葛尾城を支えきれず捨てて越後に逃げていった。

風林火山の孫子の旗を立てた武田軍は強い。

こういうことになると、越後の毘沙門天こと戦上手の上杉謙信が、黙っていないのは当然である。

　信玄の最大の夢は海を手に入れることだ。

　甲斐にも信濃にも海がない。南は駿河で北は越後である。南は無理でも北なら海まで突き抜けて行けそうだ。

　信玄は秘かに大船を造ったりするほど海が欲しかった。

　その北には長尾景虎こと上杉家から関東管領を譲られた上杉謙信がいる。やがてその謙信と信玄が激突。

　信濃の川中島で雌雄を決することになる。

　竹千代が駿河の雪斎のもとで薫陶を受けている頃、その周辺だけでなく京から九州まで大激動期を迎えていた。

　その激動は応仁の乱からともいえるが、その遥か昔の源氏と平家が戦った平治の乱や、貴族と武家の土地争いに決着がついた承久の乱の頃からであった。

　応仁の乱は世界的飢饉が切っ掛けという見方もできる。

　この大乱の十数年前にバヌアツのクワエ海底火山が大爆発、火山の冬という極端な寒冷化で夏のない年が続いた。

　長禄三年（一四五九）から寛正二年（一四六一）まで大飢饉が起きる。

日本では食べるものがなく一揆が頻発して悲惨な状況になった。

応仁の乱の直接原因は畠山義就の家督争いだが、遠因にこの長禄、寛正の大飢饉があるといわれる。

つまり大規模な海底火山の大噴火が乱を招いたといえなくもない。

もちろん、足利将軍のだらしなさがすべてではあるのだが。

ちなみにこの大噴火の飢饉で、東ローマ帝国が滅んだともいう。火山の噴火はかなり怖いのだ。

そんな大乱が百年に及ぶ戦国乱世を生み出した。

この頃、十二歳になった竹千代の成長を、楽しみに生きているのは、於大や源応尼だけではない。

竹千代の才能を見出した雪斎もその一人だし、何よりも楽しみに必死で生きているのは、岡崎城の鳥居忠吉たち食うや食わずの家臣たちだった。

爪に火を灯すような節約をし、駿府の泣き虫竹千代のために武具を買い揃えていた。それは一握りの米を弓矢一本と交換するようなものだ。

竹千代が三河に戻ったらいつでも戦いに出られるようにという。涙ぐましいまでの三河武士の執念だ。

この家臣こそ泣き虫竹千代の宝である。

その竹千代より一足早く戦いを始めた信長は、この四月になって美濃の蝮こと斎藤道三と会見することになった。

信長は織田軍を率いて那古野城を出る。

戦をしに行くような武装した織田軍だった。蝮との会見場所は尾張の富田村聖徳寺である。

その蝮は隙あらば尾張に嚙みついて吞み込もうと狙っている。

そんなことは百も二百も承知の信長だ。まったく油断していない。

むしろ、万一の時は蝮を叩き潰すつもりの出陣で、織田軍は戦支度で蝮との会見に向かった。

蝮の道三は信長とはどんな男か先に見てやろうと、家臣の堀田道空と猪子兵助を連れて信長が通る街道の百姓家に潜んだ。

そこへ完全武装した織田軍が現れたのに驚いた。

もっと仰天したのはその織田軍の大将らしき男は茶筅髷で肩肌脱ぎ、短袴で馬の鞍（くら）や腰の荒縄に小瓢簞やら布袋や革袋を幾つもぶら下げ、あげくに馬上で何やらムシャムシャ食っている。

そのだらしない恰好が夥しく一軍の将とはとても思えない。

「あれが信長か？」

「はい、間違いなく上総介信長にございます」

答えた堀田道空は帰蝶を尾張に連れていた花嫁行列の奉行だった。信長を知っている。

「まるで狂人ではないか？」

こんな大うつけに娘を嫁がせたのかと思う。

だが、その道三が朱色の長柄の槍を見て沈黙した。長い槍を立てているがよく訓練されていて乱れがない。あの大将がと感心した。

その道三がひっくり返りそうになった。行軍の最後尾に五百丁ほどの鉄砲隊がいたのだ。

「何だあれは？」

「近頃、見かけるようになった鉄砲ですが？」

「違う。数だ。あの鉄砲は何丁ある！」

「はい！」

道空と兵助が数え始めた。

道三は織田家が裕福だとはわかっていたが、一丁千両ともいわれる鉄砲を信長は何丁持っているのだ。

信長というあのだらしない男は何を考えている。

目の前を通る鉄砲隊を見て眼が眩みそうだ。種子島に漂着した時、島主は一丁千両で二丁買ったという。

信長の鉄砲は五百丁に少し足りなかった。

道三は信長が狂人なのか天才なのかわからなくなった。五百丁もの鉄砲をどう使おうというのだ。

あの男はいったい何者だ。

天下の梟雄といわれ、誰でも恐れる蝮の道三が度肝を抜かれ、ひっくり返りそうになったのだからさすがに信長というしかない。

蝮が信長に嚙みつく話ではない。蝮の毒が道三をフラフラにする。

この会見によって道三が信長に惚れ込んでしまう。

「婿殿、援軍が欲しい時は貸すから言ってくれよ……」

蝮が自ら信長の後見人になる。人の出会いとは奇妙奇天烈というしかない。この邂逅の後、蝮は美濃一国を信長に譲るとまでいうようになるのだからおもしろい。

五月になると越後に逃げていた村上義清が、上杉謙信から五千の兵の支援を受けて反撃してくる。

更科八幡の戦いで義清が勝つと信玄はあっさり兵を引いた。

義清は葛尾城の奪還に成功した。

七月になると今度は信玄が北信濃に侵攻し逆襲を仕掛けた。村上軍の諸城を落とし、義清の籠る塩田城に猛攻を仕掛ける。

その攻撃に耐えかねた義清は、八月になると城を捨てて再び越後に逃げて行った。

これにはさすがに毘沙門天が怒った。ついに軍神上杉謙信が越後軍を率いて北信濃に姿を現す。

あちこちで力と力が激突しているのが乱世である。

毘の旗を立て、自らを毘沙門天の化身と信じる軍神と、孫子の兵法を信じ、風林火山の孫子の旗を立てる甲斐の虎が初めて対峙した。

これを布施の戦いという。

上杉軍は武田軍の先鋒を蹴散らして突進する。上杉軍は噂にたがわず強い軍団だった。

信玄は敵の退路を断つためその後方を塞ごうとする。

それに気づいた上杉軍は八幡原まで引き、信玄がいる塩田城に軍を向けて決戦しようとする。

その決戦を信玄が嫌った。まずは両雄の小手調べというところだ。

上杉謙信は兵をまとめて九月二十日に越後へ引き上げて行った。両軍の本格的な激突はなかった。

名将は決して無理な戦いはしない。戦機が整わないと決戦にはならない。

信玄は十月十七日に甲斐へ戻ってきた。この両雄の戦いは五回にわたって繰り返されることになる。

太原雪斎の大戦略がまた一歩進むことになった。

武田信玄が娘を小田原の北条氏政に嫁がせることを承諾したのである。上杉謙信のような強敵と戦う時は、なによりも後方の安心が大切になる。

後ろに憂いが残ってはとても戦えない。

この時、越後に戻った上杉謙信は、九月になって初めて上洛した。兵を率いず秘かな上洛だった。

後奈良天皇に拝謁し御剣と天盃を賜り、「敵を討伐せよ」との勅命を受ける。これは謙信にとって有り難いお言葉であった。

将軍足利義輝とも会見し、堺に出て遊覧してから高野山に詣で、京に戻って臨済宗大徳寺に入り、九十一世徹岫宗九（てっしゅうそうきゅう）に参禅して受戒する。

そこで宗心という戒名を授かって越後に帰り白い頭巾の姿になる。この時、上杉謙信はまだ二十四歳で長尾景虎と名乗っていた。

天下は目まぐるしく動いている。

第二章　太原崇孚雪斎

善徳寺会盟

その頃、西三河では今川軍と織田軍のせめぎ合いが続いていた。

それには領主不在の三河の事情がある。松平広忠が亡くなり竹千代は尾張や駿河で人質になった。

三河は事実上今川家のものになりつつあった。

だが、西三河は隣が尾張で知多には水野家があり、尾張の鳴海城は今川に寝返ったが、大給松平家があり刈谷城から東へ一里ほどの重原城には、信長が家臣の山岡伝五郎を入れている。

さすがの今川軍でも西三河には、織田家の手が入っていて一筋縄ではいかない。

実は、まだ織田信秀が生きていた頃、今川軍に安祥城を奪われ一時的に刈谷城も占拠されたことがある。

この西三河の帰趨(きすう)はなかなか見えてこない。

そこで力の衰えた信秀は義元と和議を結んで、有力大名の水野家が今川の傘下に入ることを決めたこともあった。

だが、信秀が亡くなると信長は、その和睦を破棄して今川軍との戦いを再開することを鮮明にする。信長は強気だった。

それでも今川の謀略で織田に属していた鳴海城が寝返り、大高城や沓掛城などまで今川軍に奪われてしまう。

このように尾張と三河の国境方面はいつもギシギシ軋(きし)んでいた。

信長は水野家を再び織田家の味方にしたり、大給松平家を今川軍から離反させたりと、策を労して攻防を繰り返している。

そんな時、今川軍は水野家の緒川城攻略に動き出した。

緒川城は水野家の刈谷城から境川や緒川を挟んだ南西に半里ほどにある。

すると信長の那古野城と緒川城の間にある寺本城が、今川軍に寝返って信長と水野家の連絡を遮断する。

そこへ今川軍が緒川城攻略のため村木砦を築いた。その村木砦は緒川城の北へ半里と近い。刈谷城からも半里ほどだった。

信長はこれを放置できない。

だがこの時、信長が動かせる兵力は数百しかなく、出陣すれば那古野城の守りががら空きになる。

信長には尾張の中に敵が多かった。

そうなれば清洲城の織田大和守信友が、那古野城を奪いにくることは明らかである。

水野家の緒川城が今川軍に落とされたら、刈谷城も危なくなり、西三河への信長の影響力はなくなって崩壊してしまう。知多半島の付け根で、衣浦の入江の北端にある刈谷城と緒川城は信長には大切な城である。

その緒川城を狙われ、今川軍の西三河攻撃に信長は苦境に立たされた。

すでに、五百丁ほどの鉄砲を揃えている信長だが、大うつけの評判が災いしてなかなか兵が集まらない。

そこで信長は美濃の蝮(まむし)の兵力を借りることにする。

美濃軍を尾張に入れるなど、実に危険で考えられないことだったが背に腹はかえられない。

蝮のことだから急に尾張を欲しくなって、がら空きの那古野城を攻めるかもしれないのである。

那古野城には嫁に来た蝮の娘帰蝶がいる。

この頃の帰蝶は信長に惚れ込んでいて、その帰蝶が父親とはいえ蝮に寝返る心配はないと見た。

那古野城の守りに美濃軍を使うなど信長もいい度胸をしている。

天文二十三年（一五五四）の年が明けた一月十八日に、美濃の蝮が西美濃三人衆の一人安藤守就と千人の美濃軍を派遣してきた。

蝮は近習五人も派遣して毎日、尾張の状況を報告しろと命じる。

二十日に美濃軍は清洲城と那古野城の間の、志賀や田幡の辺りに布陣して那古野城を護る構えを取った。

さすがにこうなっては清洲城の信友も手を出せない。

それを見ている末森城の信長の弟信勝も、岩倉城の織田伊勢守でも信長に手出しはできない。

蝮の美濃軍が信長の城を守るのだからにわかには信じられない話だ。

そんなところに手を出して蝮に嚙みつかれたら大怪我ではすまない。信長はすぐ美濃軍の陣地に赴き安藤守就に会って礼を述べた。

「すぐ出陣されますか？」

「明日には出かけます。四、五日で決着をつけてきます」

「帰蝶さまはお元気でしょうか？」

「帰蝶か、これだ！」

信長は帰蝶の腹が膨らんでいると安藤守就に伝えた。

「それは誠におめでたく慶賀の極みにございます」

安藤守就が大いによろこんだ。だが、この子は信長が帰蝶を乱暴に扱うものだから流産してしまう。

翌二十一日に信長は那古野城から出陣し熱田まで進軍して宿泊した。

ところが翌二十二日は天候が一変して海は大荒れになった。信長は熱田から知多の緒川城まで船で行くことを考えている。

「御大将、この荒れ方ではとても船は出せないようで、はい……」

船頭が大荒れの海でとても渡海は無理だという。

「船頭、これまでにこういう時に海へ出たことはないか？」

「へい、ないことはないですが、十中八、九は出ないのが常識でございやす。はい……」

「そうか、それならその一回に賭けてみよう。うぬの腕がどれほどか見て遣わす。船の支度を急げッ！」

信長は荒海の中に漕ぎ出すという。

この冬の時期に、天候の回復などを待っていては、勢いが止まり兵は腐って使いものにならなくなる。

信長はその兵の士気の低下を恐れた。

出陣して緊張感に包まれている今がいい。このまま荒海を乗り切った勢いで、不意を衝いて村木砦に襲い掛かれば一押しだ。

村木砦のものたちは万一にも大荒れの海から、敵が来るとは考えず油断しているはずだと読む。

信長は船頭や水夫の反対を押し切って船を出させた。

この強行策がよかった。

織田軍を乗せた船が荒海に出ると、考えられない猛烈な速さで知多に向かった。

二十里以上もある海路を大風に押された船が、わずか半刻ほどで衣浦の緒川城の傍の砂浜にうちあげられた。

熱田神宮の霊験あらたかなり。信長はこういう危機の時に必ず幸運に恵まれる。大揺れの船の中で踏ん張っていた織田軍は相当に疲れている。こういう慣れないことをすると疲労困憊だ。

信長は城の傍に陣を張って野営する。

翌日、信長は緒川城に行って、刈谷城から来て籠城している水野信元に会った。

「大荒れの中をご無事で……」

「水野殿、あれは砦というよりは城だな?」

「はい、濠なども掘っております」

「それは南だな?」

「そうです……」

信元が広げた絵図を指さした。城の南に大濠がある。

「攻めるのはこの三方からかと……」

「北は無理か?」

「敵の守りは手薄ですが要害にて攻めるのは無理にございます」

「なるほど……」

信長はこの戦いに初めて自慢の鉄砲隊を連れてきていた。

弱い尾張兵を強い軍団にするため、信長が密かに育ててきた鉄砲隊で、攻城戦に力を発揮すると考えている。信長はこういう工夫にすぐれた能力を持っていた。鉄砲が九州種子島に伝来したのが天文十二年（一五四三）八月で、まだ十年ほどしか経っていないが、信長はいち早く武器として使えると判断した。

誰よりも先にこういうところに目をつけるのが信長らしい。

高価な鉄砲を信長は五百丁も手に入れて秘密裏に訓練を重ねてきた。

その中からよく命中する者を七十人ほど連れてきている。天気さえよければ活躍するはずだ。

「今川軍の兵力はどれほどか？」

「はっきりはわかりませんが、調べたところでは千二、三百人ほどかと……」

その日は村木砦の状況や周辺のことなどを、水野信元から詳しく聞いて信長は緒川城に宿泊した。この村木砦は落とせると思う。

翌二十四日寅の刻、信長は緒川城で目を覚ますと、馬に乗って織田軍の本陣に戻った。

「叔父上は西に回ってもらいたい。東からは水野軍、それがしは南の大濠から鉄砲で攻撃します」

「承知した！」

叔父の織田信光が西からの攻撃を引き受けた。

この信光は一族の多くが、末森城の信勝に味方しても、それには組せず信長に味方し続けている。織田宗家は信広でも信勝でもなく信長だと思っていた。

織田軍は辰の刻ごろに出陣、村木砦に向かって三方から包囲する。砦というよりは城のような頑丈なつくりだ。

信長は砦の南にある村木神社の付近に本陣を置いた。

東の大手門には水野軍が押し寄せ、西の搦手門（からめてもん）には信光軍が攻めかかり、南の濠の外から鉄砲隊がとっかえひっかえ銃弾を撃ち込んだ。

城兵を一人ずつ確実に狙撃する。

この信長軍の鉄砲攻撃には今川軍がびっくり仰天。

そんな武器が戦場に出てきたのを見たことがない。轟音と白煙の中から弾丸が何発も飛んでくる。鉄砲は知っているが数が多い。

これが今川軍の兵によく当たった。

鉄砲に対して弓矢で応戦する。これがなかなか命中しない。そのうち信長軍が濠を渡って土塁を登ってくる。

ついに信長軍の一番乗りが砦の中に入り込んだ。

南が破られ、東や西も破られる。こうなっては城兵が次々と討ち取られて降伏するしかない。

攻め手の織田軍も攻撃が強引で多くの犠牲者を出した。

それでも暗くなる前に戦いの決着がついた。戦いがすべて終わったのは申(さる)の刻ごろである。

この戦いでは鉄砲隊の活躍が大きく満足できる結果だ。

信長は翌二十五日に、手勢を寺本城に向かわせて城下を焼き払わせる。自らは全軍を率いて那古野城に帰還した。

戦いには勝ったが織田軍の受けた傷も浅くはない。

だが、勝ったという実績が信長には重要だ。そういう積み重ねが信長にはない。

その知多からの帰り道で、信長は元吉と名乗る男を拾い、前田利家に預け小者として使うことにする。

後の木下藤吉郎秀吉である。この元吉がよく働く男だった。

那古野城に戻った信長は、翌二十六日に美濃軍の本陣に赴き、安藤守就に戦況を報告して礼を述べる。

仕事を終わった美濃軍は、翌日には陣払いをして稲葉山城に戻って行った。

この今川軍の敗北はすぐ駿河に伝わってくる。

戦いで負けたことも問題だが、義元や雪斎が驚いたのは、美濃の蝮が信長の後ろ巻に軍を派遣したことだ。

それもがら空きの那古野城を奪わなかったのだからびっくりするしかない。

さすがの蝮も娘可愛さで奪わなかったのか、それとも信長に何かを感じているのか理解が難しい。

信長をどう評価すべきなのか誰にもわからない。

美濃の名門土岐家に嚙みついた蝮の国盗りは、戦国武将も驚く非情なもので誰もが恐れていた。

それが信秀のいない尾張を奪おうとしない。

娘婿の信長をどうしようとしているのだか、大うつけと噂のある信長に何を遠慮しているのだ。蝮ともあろう男が何をしている。

清洲城、末森城、岩倉城など周辺の者たちは気になって仕方がない。

泣き虫竹千代は今度の戦いで、信長が荒海を渡って戦い、勝ったと聞いてやはりあの信長は強いのだと思う。

今川軍を降伏させたと聞いては複雑な気持ちである。

村木砦の戦いの詳細な報告を受けて、雪斎はやはり信長はただ者ではないと考えた。それはだいぶ以前から感じていたことだ。

その信長のことを詳しく知っているのは、一緒に遊んだ竹千代と服部弥太郎と千賀の三人だけだ。

今川軍が信長に負けたと聞いて、なんとも心境が複雑な三人である。

千賀は信長が勝ってうれしいのかニコニコしている。弥太郎は不機嫌そうな顔で竹千代と目が合うと逃げた。

あまり喋らない弥太郎だが自分の立場をわかっている。

天下は目まぐるしく動き変化していた。そんな中で竹千代の周りだけは穏やかで静かな刻が流れている。

毎日、臨済寺に走って座禅と勉強三昧だ。

この泣き虫竹千代の時代こそ、父を失った竹千代が生きるために、そのすべてを太原雪斎から学んだ時だ。

家康という人格を雪斎と源応尼が育てたと言える。

その影響は計り知れないほど大きかった。臆病で泣き虫の竹千代の生涯を決めたといってもいい。

三つ子の魂百までというが、まさに幼い時の邂逅こそ大切だ。

幼少期の太原雪斎という禅僧との邂逅と、後にもう一人の禅僧と出会うが、この二人との邂逅こそ家康と徳川家の将来を決定的に決めた。

泣き虫竹千代はその折々に、多くの僧と出会うがそれが幸運となっていく。親から何も学べない竹千代は、そういう人々によって育てられたといってもいいだろう。だが、臆病で泣き虫な竹千代は生涯直らなかった。

すでに狡さも身につき始めていた。

そんな竹千代だが誰よりも大きな星を背負って生まれてきている。

やがてそれが証明される。

二月になると朽木谷に逃げていた、将軍義輝が従三位公卿に上階、心機一転、上洛しようと考えた。いつまでも逃亡先の朽木谷にいても仕方がない。近江にいては身動きができなかった。

湖西の朽木谷から京まではそう遠くないが、京は三好長慶の勢力下にあり簡単に帰京はできない。

京に出たり入ったりの将軍には強い後ろ盾がなかった。

足利将軍家の最大の弱点は自前の軍団を持っていないことだ。四、五万人ほどの兵を養う領地さえ持っていなかった。

わずかな幕臣や奉公衆という大名たちに兵力は頼るしかない。

応仁の乱の時は細川軍十万、山名軍十万が洛中で戦ったが、将軍家は手をこまねいて見ていただけだ。

将軍家は大名たちに担がれているようなものである。

これは初代将軍足利尊氏の時からそうで、多くの御家人や大名に担がれて存在していた鎌倉の頼朝と同じだった。

そんな塩梅（あんばい）だから御所巻などというおかしな習慣があった。

将軍家に不満な大名は大軍を京に入れ、将軍御所を包囲し強訴して、将軍にいうことを聞かせるという独特の振る舞いである。

乱とか変になりかねない武家の振る舞いを、御所巻といって許していた。

そんなことが初代将軍尊氏の時からである。将軍家はまったく無力だといっているようなものだ。

京に戻りたい将軍義輝は朽木谷から動きが取れなかった。

三月になって雪斎の策が完成に近づいた。

甲斐の武田信玄と相模の北条氏康に、駿河の今川義元という乱世の大大名が、甲相駿の三国同盟を締結することが決まったのである。

今川と北条の間の河東問題を信玄が仲介、河東の領地は今川家に戻ることになった。

それを受け入れ北条氏康の娘早川殿が、義元の嫡男氏真と結婚することになり、すでに武田と今川が同盟し武田と北条も同盟している。

残るのは北条と今川の同盟だけだった。

それが決まって太原雪斎の大戦略がここに成功した。この三国同盟は別に善得寺の会盟といわれる。

義元が幼くしてあずけられ、雪斎と出会った善得寺で結ばれた同盟だからである。

その三国平等のあまりにも美しい同盟ゆえに、甲斐の武田信玄、相模の北条氏康、駿河の今川義元が、善得寺で密かに会合したという伝説が伝わるほどだ。

だが、この三人が会合した事実はない。

もし、この三人が密かに善得寺で会っていたならば、まだまだ大きく歴史が変わっていたかもしれない。

国境の紛争や領地の奪い合いが絶えない乱世の中で美しき同盟が成立する。

それは攻守軍事協定、相互不可侵協定、領土保全協定、婚姻協定の四本の柱からなる完全無欠の同盟であった。

乱世においてこのような完璧な同盟はおそらく、大軍師太原崇孚雪斎の他には作りえなかったであろう。

それを雪斎の傍にいる泣き虫竹千代は、十二歳で家と家、国と国が結ばれることがいかに難しく大切であるかとしっかり見ていた。

雪斎が竹千代に語ることはすべて真実である。

婚姻によって家と家が結ばれることの大切さを学び、国と国が同盟するとはどういうことなのかを竹千代は雪斎から学んだ。

ここで学んだことを後の家康がすべて実行する。

太原雪斎こそ竹千代の師匠であり、戦い方、国の作り方を教えてくれる軍師であった。その教えを幼い竹千代はすべて吸収した。

この太原雪斎の言葉の一つ一つから、一挙手一投足までが得難い勉強になり血肉となった。

この雪斎と三河の家臣たちこそ竹千代の生涯の宝といえる。

こういう人物と多感で考えの柔軟な時代に会うことは、その人にとっては決定的になることが多い。

泣き虫竹千代はそんな大きな星の一つをつかんだ。

同盟に従い義元の長女が信玄の長男義信に嫁いで行った。

信玄の長女が氏康の長男氏政に嫁ぐ、氏康の長女早川殿が義元の長男氏真に嫁いでくるという婚姻協定だ。

まるで絵に描いたような三方平等の婚姻で、完璧な大戦略というしかない。

すべてが家督を継ぐ長男と、その正室に入る長女の結婚という見事さだった。

攻守軍事協定、相互不可侵協定、領土保全協定、婚姻協定の四本の柱がキラキラ輝きを放っている。

このような美しい同盟は本朝でも前代未聞のことだ。

この三国同盟には大きな目的があった。相模の北条家は東の武蔵や上総(かずさ)、下総(しもうさ)、下野(しもつけ)に勢力を拡大したい。

甲斐の武田家は信濃や越後、上野に領地を拡大したいと考えている。

駿河の今川家は尾張や伊勢を呑み込んで、将軍家を助けるため上洛するという三国の暗黙の密約がそれだ。

「竹千代殿は甲斐、相模、駿河の同盟を聞きましたか？」

嬉しそうに源応尼が竹千代に聞いた。

「はい、聞きました」

「さすがは雪斎禅師さまじゃな？」

「はい……」

竹千代は同盟の詳しい内容がどんなものかは知らなかったが、それぞれの家からそれぞれの家に正室が入るのだとわかっていた。

国と国の同盟は容易なことではない。そこには必ず意地や利益が絡んでいる。正室の産んだ子は何か故障がない限り、その家の後継者になることが多い。それだけに正室の婚姻はどの家にとっても大切だった。

今川家でも三竦(さんすく)みの状態が、一気に同盟へと変わったのだから凄いことだと話されている。それは武田家でも北条家でも同じことだろう。

何よりも今川家に良いことは、河東で北条軍と睨み合いになっている今川軍が必要なくなることだ。

富士川から黄瀬川までの土地は本来今川家のものだ。それが確定した。

北条家の祖である北条早雲は、今川家の客将から相模を手に入れた。いわば北条家にとって今川家は恩人なのである。

それらを雪斎は読み切って仕掛けた大戦略だった。

その日、竹千代は源応尼とあれこれ話し合った。人質の身にはどうにもならないことが多いが、そろそろ泣き虫竹千代も元服する歳になっている。

源応尼は城で聞いてきた三国同盟の話をうれしそうに話した。

だが、この美しき三国同盟を雪斎の死後に、木っ端微塵（こっぱみじん）に破壊してしまうのが魔王信長である。

五月二十八日に加賀の白山が大噴火した。

七月には北条家から早川姫が箱根山を越えて、今川義元の嫡男氏真に絢爛豪華に嫁いできた。

この時とばかりに北条家が今川家に見せる威勢だ。

大切な娘だという氏康の無言の圧力でもある。

ところが十二月になるとその北条氏康がひっくり返りそうになった。甲斐の武田家から信玄の娘が小田原に嫁いできたのだがそれがすごかった。

信玄は子煩悩で娘を実に可愛がっていて、その行列が凄まじくて絢爛豪華などというものではなかった。

なにを考えているのか信玄も大傾奇者だ。

花嫁を送ってきたのは武田軍の騎馬隊と兵が一万余で、そんなものを小田原城に入れたら城を乗っ取られる。

北条家はうれしいやら困るやらで大騒ぎだ。

武田の騎馬が戦をしに来たのかと氏康が考え込んでしまう。迂闊に花嫁行列を城に入れて、城を乗っ取られたという話がないわけではない。

乱世は兎に角、油断した方が滅びる。

事実、北条家は上杉謙信や信玄に攻められたことがある。十万の軍勢に攻められても落ちなかった小田原城だ。

もしそんなことが起きれば三国同盟が吹き飛んでしまう。

それどころか北条家は天下の笑い者になる。

ところがこの十七歳の氏政と十二歳の正室は、実に仲が良く次々と子を産むのである。だが、わずか二十七歳でこの正室は小田原城にて死去する。

このようにして三国同盟が整備されると、信玄はいつでも信濃や上野方面に侵攻することができるようになった。

北条氏康も後ろに心配なく武蔵や上総方面に兵を展開できた。

今川軍はすでに遠江や三河まで兵を動かして手に入れている。その先の尾張、伊勢、美濃への侵攻が見えてきた。

伊勢はそうでもないが尾張と美濃への攻撃は厄介だと思われる。

雪斎は信長と蝮の道三の同盟が気になる。迂闊にこの二人に手を出すと大火傷をしかねない。こういう同盟を考えるのは例の沢彦だとわかっている。

その蝮に噛まれるとかなり痛い。

襤褸を着た家臣たち

天文二十四年（一五五五）の年が明けて泣き虫竹千代は十四歳になった。

近頃は泣くと千賀に笑われるからか泣かなくなった。

そのかわり不満だと仏頂面で膨れる。そんな竹千代は美人になってきた千賀が好きなのだが、臆病で手を出せないでいる。

そんな時、義元から源応尼に竹千代元服の通達がきて、有り難いことに支度をするようにとのことであった。

武家は元服してようやく一人前だ。

男子にとって元服は極めて大切な儀式で、童子から成人になるという意味がある。よって元服の儀を髪上げの儀などともいう。

武家は十三歳ぐらいからが多いが公家は身分によって少し早かった。

公家の場合は厚化粧に引き眉をして、お歯黒をするのが習慣である。それはやがて武家の女たちに引き継がれる。

引き眉をしないと半元服などといわれた。

武家の場合は元服と具足始めや初陣がほぼ一緒で、あまり幼くして元服しても初陣式ができなければ元服の意味がない。

「竹千代殿、お館さまから元服の支度をと知らせてまいりました。誠にもって有り難いことです」

源応尼は孫の竹千代がいよいよ元服だとうれしくてたまらない。

「よろしくお願いいたします」

「うむ、阿古居（あぐい）に知らせなければのう……」

背丈も伸びてきた竹千代を源応尼がニコニコ見つめる。

男は何んといっても元服して、前髪を落とさないことには童子だ。その時が来たと源応尼は感慨ひとしおだった。

雪斎に大切に育てられた竹千代は義元の気に入りでもある。

春も三月六日になって竹千代が駿府城に登城、今川館に入って人並みに元服の儀式が行われた。

肝心の烏帽子親は義元が自ら行う。

泣き虫竹千代は義元の元の字を賜り、松平次郎三郎元信と立派過ぎる名を名乗ることになった。

この三月六日は父松平広忠の命日でもあった。もう泣いている暇はない。

信の字は代々松平家の当主の名に用いられてきた。次郎三郎も祖父の清康や父の広忠も名乗った。

松平家の当主を表わす名前である。

元服の儀が終われば一人前の武家であり義元から屋敷を賜った。

元信の家臣は、酒井正親を筆頭に内藤正次、天野康景、石川数正、阿部正勝、弥太郎、阿部重吉、平岩親吉、野々山元政、酒井忠次、鳥居元忠などに女の千賀である。

七人といわれているが、それよりは少し人数は多かった。

今川家の家臣として一家を構えるのだから実にめでたい。だが元信がいなくなると寂しい源応尼だ。

いよいよ人質の竹千代から一人の武家、松平次郎三郎元信として独り立ちする。尾張から駿河に移ってきて早くも七年になる。その頃、尾張の信長が謀略で清洲城を奪取した。

信長の尾張はいつまでも落ち着かない。

それは尾張がまだ統一されていないからで、狭い尾張の中に織田一族が分かれて領地を争っていた。

清洲城の織田大和守家と岩倉城の織田伊勢守家が、守護代として尾張を二分していたのだが、そこに信長の祖父が織田弾正忠家を立て三分になった。

その織田弾正忠家が信長の那古野城と弟の信勝の末森城、従兄弟の織田信清の犬山城と、叔父の織田信光の守山城に四分している。

尾張は四分五裂になっていた。この尾張を統一するのは容易なことではない。

七月十二日に尾張守護の斯波（しば）義統（よしむね）が、清洲城で織田信友の家臣坂井大膳らに殺害される事件が起きた。

理由は尾張守護の斯波義統が信長に接近したからである。

この事件によって、信長は尾張守護を殺した守護代の織田信友を、守護殺しの大義名分で堂々と攻撃できるようになった。

数日後、信長の動きは早く清洲城を攻撃する。

この時、初めて信長は柄の長い槍を実戦で使った。だが、信長の兵力は相変わらず少なく、勝ち戦だったが清洲城を落とせなかった。このところ信長は戦いに負けていない。兵を集めるには勝つことがなにより大切である。

すると清洲城の信友は信長を恐れ、戦いのすぐ後に織田信光を守護代にするという話を守山城へ持ち込んだ。

それを信光は引き受け兵を連れて清洲城に入る。

ところが、信光と信長は密約をしていて、清洲城を奪ったら信長に進上する。その代わり信光は信長の那古野城が欲しいという。

叔父の信光は清洲城の交換の他に、小田井川の東の領地が欲しいといった。信光の守山城は信秀が西三河攻撃の拠点にした城で、今は今川軍に攻められたら危険である。

尾張の真ん中の那古野城に移りたい。そんな信光の考えを信長が了承した。

この謀略によって、清洲城は敵兵を中に入れてしまい簡単に落城、大和守信友は信光に殺され、坂井大膳は今川に逃げた。

信長は信光との約束通り那古野城と清洲城を交換。

ところがこの後、信長の叔父織田信光は那古野城内で、妻と密通した家臣坂井孫八郎に刺されて死去する。

乱世はどこにいても油断は禁物だ。

ところが秋になって元服した元信を悲劇が襲った。

十月十日に元信が最も信頼して師と仰ぐ、妙心寺第三十五世大住持太原崇孚雪斎が死去したのである。享年六十だった。

この突然の別れは元信には痛恨だった。

邂逅と別離は表裏で、人の生死は神の手にある。

雪斎は今川義元にはなくてはならない存在で、黒衣の宰相、大軍師、執権などとも呼ばれ誰もが恐れ信頼した。今川軍の支柱であった。

元信だけでなく義元にもこの雪斎の死が致命傷になる。

雪斎があと数年生きていれば、五年後に起きる桶狭間の戦いはなかっただろうとまでいわれた。ということは信長の天下もなかったかも知れない。

今川義元は不運だった。

太原雪斎が亡くなったその後すぐに、優将朝比奈泰能（やすよし）も死去し失ったことが、今川家が滅ぶ致命傷になってしまう。

　義元の今川軍は鶴翼の両翼をもぎ取られてしまったことになる。

　元信は急報を聞いて臨済寺に走った。

「竹千代殿、そなたは死ぬまで忍辱の鎧を脱いではならぬ。どんな時でも我慢をすれば天下の方からそなたに近づいてくる。長生きすることだ」

「お師匠さま……」

「うむ、万民のために生きるのだぞ。世の中は広いようで狭い、また狭いようでありながら結構広い。おもしろいところだ……」

「はい……」

「急ぐな、急ぐとつまずいて転ぶ。転ぶと乱世では立ち上がれなくなる。いいか、忘れるな……」

「はい、決して忘れません」

「臆病は悪いことではない。その代り知恵を身につけ人の話をよく聞くことだ」

「はい！」

「そして、少しばかりの勇気を持て、蛮勇はいかんぞ……」

　そう言って雪斎は眼をつぶった。

その日の夜、元信にとってかけがえのない、偉大な師である太原崇孚雪斎が静かに亡くなった。

泣き虫元信は雪斎の亡骸を見て号泣した。

この世で最も大切な人を失ったという喪失感に包まれる。

今川家に来てから初めて本気で泣いた。父が亡くなったと聞いても、めそめそしたが本気では泣かなかった。

だが、雪斎の死は取り返しのつかない人を、急に失ってしまったようで悲しかった。

元信は十四歳にして生涯で最も大切な人を失った。

二人の出会いは稀有の邂逅といえた。だが、出会いとはこういう別れが約束されていることでもある。

元信にとって雪斎の傍にいるだけで何かを学ぶことができた。

そんな人物と出会うことはまずないだろう。太原崇孚雪斎は元信の心の中に棲みついた軍師だ。

暖かく見守ってくれた雪斎がいなくなった。

こんな時、雪斎さまならどうするだろうと冷静に考える。散々泣いた後にそんなふうに考えられるようになった。

泣き虫元信は雪斎の死によってまた一段大きくなった。

天文二十四年十月二十三日に、朝廷は戦乱などの災異、兵革を理由に改元、弘治元年十月二十三日とする。

その改元からわずか二ヶ月で弘治二年（一五五六）の年が明けた。

正月の挨拶に登城すると義元は機嫌よく、元信に父の墓参を許すとの沙汰があった。有り難い話だ。

元信がまだ父広忠を供養していないことを義元は知っていた。

それに対する配慮である。

その日は祖母の源応尼を訪ねて夜まで話し込んだ。

前年の三月六日の広忠の命日に元服した元信は、義元が気を遣っていることを痛切に感じている。

源応尼は有り難いことだと何度もいう。

一時的にではあるが墓参目的で三河への帰郷が許された。竹千代として今川家の人質になって八年が経っている。

その年月は長かったようであっという間だったようにも思う。

三河にいる松平家の家臣たちに、ここまで成長した元信を見せてやろうという義元の温情だ。

それが励みになって松平家の家臣はいっそう働くはずである。

一方ではこの元信が人質なのだから、今川家のいうことに従うんだぞとの威嚇も含まれている。

三月六日の父広忠の命日に向けて一時帰国の支度が始まった。

三河への帰還ではないが、元信と一緒の近習たちは、数日でも帰国ができると気分はウキウキだ。

親の顔を見られるというだけで子どもたちはうれしいものだ。

人質生活は何年たっても肩身が狭い。

元信一行は万全の支度をして、義元の家臣に付き添われ駿河を出た。

駿河から遠江、三河の岡崎城へと足は軽かった。だが、一行を待っていた状況は生易しいものではない。

三河にいたのは艱難辛苦に耐え、継ぎ接ぎの襤褸を着た家臣団だった。

家代々の岡崎城に帰って来ても、本丸には今川の城代がいて、元信は二の丸に入るしかなかった。

元信は雪斎の教えのごとく忍辱の鎧を着て何があっても耐えなければならない。家康の我慢強さはこうして培われた。

すべてを見通していた雪斎に教えられた通り、こういう時は頑強に耐えるしかないのだ。元服した十五歳の元信の姿を見て、その足元にうずくまり家臣団が号泣する。

成長した元信がどんなに神々しかったことか、三河松平家の家臣でなければわからない喜びだ。

忍従の日々が一気にむくわれた気がする。泣き虫元信もポロポロ涙をこぼした。

「若殿にお見せしておきたいものがございます」

「うむ……」

そういって元信一人を鳥居忠吉は秘かに二の丸の蔵に連れて行った。

その蔵に何が入っているかは、今川の城代も知らない隠し蔵で、中には忠吉が爪に火を灯しながら、秘かに貯め込んだ財物が詰め込まれていた。

「爺、これは?」

元信はびっくりした。

「これは若殿がこの城にお戻りになられた時、三河平定にお使いいただくため、家臣たちが貯えたものにございます」

「食うや食わずだと聞いていたが？」

「なんの若殿、三河武士は若殿のためなら食わずとも死にません」

「爺……」

泣かないと思う元信がポロポロとまた泣いた。

その蔵の中には夥しい銭と兵糧米、鎧や槍などの武具や武器まで貯えられていた。それらは一握の米や豆で買い集めたものである。

「このこと忘れぬ……」

「有り難きお言葉にございます」

元信は家臣団が苦労しながら、自分の帰りを待っているのだと改めて自覚した。何んとしてもこの城に戻ってこなければならない。ここに帰ってくれば何んとかなると思った。

この時、元信は信長が言ったように、三河岡崎城の大将なのだとはっきり悟る。

松平家の家臣団はどんな苦境に置かれても矜持を忘れない。

そんな家臣団が育っている。

それは松平一族の家祖徳阿弥こと親氏から八代、安祥松平の祖親忠から五代、代々の当主が家臣との間に培った絆が脈々と生きているからだ。

そのかけがえのない強い絆を泣き虫元信は蔵の中に見た。

主家が零落すれば新しい主人を求めて去るのが乱世のならいだ。毎日、どこかで戦いがありどこの大名もすぐれた家臣が欲しい。

三河武士ならどこの大名家でも欲しいだろう。

だが、松平家の家臣はどんなに貧乏をしても、主家を替えようとはしない。潔しとしないのだ。

ただひたすら、御大将元信の帰還を信じて食うや食わずで待っている。

雪斎禅師はそんなことまで見抜いておられたのだと元信は思う。

あと何年、駿河にいなければならないか、ただ、太原雪斎の死で義元の上洛が近いのではないかと感じる。

遠いことではないのではないか。

義元の上洛願望をなだめてその時ではないと、押さえていたのが雪斎だと聞いたことがある。

三国同盟によって今川家の兵力も充実してきていた。

上洛となれば、その時はこの岡崎城が尾張、美濃、伊勢などを攻撃する拠点になるはずだと思う。

その時はこの城に戻れるかもしれない。元信はそう信じた。

「爺、これを使う時はそう遠くないかもしれないぞ」

「はい、覚悟はしております。若殿が元服されましたので、駿府の義元さまも戦いの先鋒をお命じになられるかと思います」

「うむ、必ずここに戻るから……」

「みなと一緒に若殿のご帰還をお待ちいたします」

「うん、爺、必ず戻る……」

元信に熱い決意が湧きあがってきた。ここに戻ってくれば戦える。この家臣たちとならばどこまでも戦える。

襤褸をまとった家臣団がいかに素晴らしい者たちか元信は見た。

雪斎は万民のため生まれてきたと言った。この家臣たちこその万民なのだと元信は思う。

もう迷うことはない。

この命を捨てても惜しくない家臣たちだ。

「雪斎さま、元信は力の限り万民のために戦います。ご照覧あれ……」

元信は墓参で戻った三河で、なぜ生まれてきたのかを教えてくれた雪斎の真の言葉の意味をはっきりと見た。

この家代々の家臣たちのために生まれてきたのだと。

それは領国に生きる幾千、幾万の民のためでもある。引いては天下万民のためであると元信は悟った。

「南無釈迦牟尼仏、南無阿弥陀仏、南無八幡大菩薩、松平次郎三郎元信十五歳はすべてこれからです……」

恐れるものは何もない。

この家臣たちとともに戦い抜く、太原雪斎のように冷静に思慮深く、どんな敵でも恐れることなく決して焦らず戦う。

泣き虫元信が大切にしなければならないものを発見した旅でもあった。

その頃、美濃では重大な事態が勃発していた。

四月二十日に美濃の蝮こと斎藤道三が、息子の義龍に攻められて長良川で討死したのである。その遺言は息子ではなく信長に美濃を譲るだった。

その信長は蝮の救援に向かうが、木曽川で義龍軍に阻まれ間に合わなかった。

尾張を統一する前に信長は蝮という最強の後ろ盾を失い、ここからはただ一人で戦わなければならなくなった。

信長も元信も大切な人を失った。

信長はこれからの戦いは兎に角勝つことだと腹を据えている。信長に残された道は戦いに勝つことだけ。

負ければそこですべてが終わる。

勝ち続けることによって兵も集まりやすくなり、尾張統一も蝮がくれるといった美濃も手に入るだろう。

信長が出陣で連れて出られる手持ちの兵力は七、八百人しかいなかった。

元信はもっと少ない。二人が向かう天下への戦いはこれからだ。

信長は清洲城をがら空きにして出ることはできない。城を守る百や二百の兵力は残さなければならない。

そんな信長の苦しい足元を見透かしたように末森城の弟信勝が動いた。

八月になって信長と末森城の弟信勝が戦うことになった。

弟の信勝は織田家代々の官名弾正忠を名乗り、大うつけの兄信長を織田家の当主とは認めない。

信長を大うつけだと小馬鹿にし侮(あなど)りなめ切っている。

そのためこの兄弟の戦いは織田家の主導権を争っての戦いになった。

信長軍七百に対して柴田勝家や林佐渡の率いる信勝軍は二千だった。信長は苦しい戦いを強いられた。

両軍は尾張の稲生で激突する。

「おのれッ、権六ッ！」

信長は戦場に響く大声で「権六ッ、待てッ、逃げるか臆病者ッ！」と叫んで、敵の大将柴田権六郎勝家一人を追う。

これにはさすがの勝家も逃げるしかない。

信長が追えば勝家は逃げる。そんな珍妙な戦いになった。

信勝を唆す首謀者である林佐渡の弟林美作を「うぬだけは許さんッ！」と叫んで、信長は槍で一突きに殺す。

勇猛果敢な戦いで信長が勝った。

この後も信勝は信長の領地から米を奪うなどしたため、病を偽装した信長に清洲城へ呼び寄せられ暗殺される。

信長は弟を殺し負ければ終わる苦しい戦いを続けることになった。

乱世は親兄弟であっても非情である。

そんな中で元信は邂逅する人々に恵まれる。

この年の十一月二十五日に、九州で領地を拡大していたキリシタン大名の、豊後の大友宗麟が将軍義輝に鉄砲を献上した。

信長はすでに五百丁もの鉄砲隊を育てているのに、天下の動きは鈍く騎馬軍団の方が、鉄砲より強いといわれて評価が定まらない。

そんな信長は元信とはまるで逆なのだ。

元信には元信のためなら死んでも戦うと家代々の家臣団がいる。だが、信長にはそんな譜代の家臣はいない。

信長の父信秀に仕えた家臣たちだけなのだ。

織田弾正忠家は信長の祖父信定から始まったのだから、家代々の譜代の家臣などが育つほど長く仕えた者がいない。

その上、三河兵と違い尾張兵は兎に角弱い。

攻勢の時はまだいいが、戦いが守勢になるとすぐ逃げたがる。三河と尾張でこんなに違うのはどうしてか誰も知らない。

三河は強兵、尾張は弱兵、これにはさすがの信長も往生した。

そのため信長はいつも戦いに勝つ工夫をしなければならない。それがどこよりも早い鉄砲隊の創設であり、長柄の槍隊であり、兵農分離である。

戦法も焼け野原にする焼き払い戦法だったり、五万、十万の大軍で押し潰していく強引な戦法を取るようになる。

それでも信長の戦いは勝ったり負けたりなのだ。

それはすべてすぐ逃げたがる尾張兵の弱さにあった。隣の三河兵と尾張兵の気質はまったく違っていた。

お国柄というものは驚くほどそういうものである。

川一本、峠一つを越えただけでガラッとお国柄が違う。まず言葉が違う。

三河の墓参から戻った元信は十五歳にして自分は何者なのかを知った。継ぎ接(は)ぎの襤褸を着た家臣たちが次々と自分の足元にうずくまった。

その家臣も妻も子もみな泣いていた。

家臣たちのその涙の意味を元信ははっきり知った。泣き虫元信の涙とは違う。

その涙のために死ぬのだとわかった。

この時、元信は安祥松平家第九代当主になったといえる。

覚悟ができた。もう泣いている暇はないぞ。

家臣たちに負けない強情者にならなければ。

この激動の乱世をあの家臣団と乗り切って行く。亡き太原雪斎ならどうするだろうかと考える。

そこが義元と元信の違いだ。

義元はどうすればいいか雪斎に頼り切った。雪斎の考えたことを義元は実践した。それも決して悪いことではない。

だが、元信は雪斎ならどうするかと考える。

元信は雪斎になろうとした。あの太原雪斎ならこのように考え、このように振る舞うだろうと考えた。

大きな進歩であり偉大なる第一歩だ。

一介の僧が乱世の英雄たちである信玄、氏康、義元を説得し、甲相駿三国同盟を完璧なまでに美しく作り上げた。

その想像力と実行力は驚嘆に値する。それを元信は雪斎の傍にいて見た。

人の心の動きや利害へのこだわりなどをすべて学んだ。人は必ず何かにこだわって生きている。

それを見抜くことが大切だ。

そして、無敵ともいえる家代々の家臣たちのいることがわかった。元信の前には乱世という無限の大海が広がっている。

戦え泣き虫元信、負けるな。三河の血が元信の体内でふつふつと煮え始めていた。

初陣

弘治三年（一五五七）が明けた正月に、元信は例年のように登城して義元に賀詞を述べた。

「元信、近う寄れ……」

義元が気に入りの元信を傍に呼んだ。

「そなたこの正月で十六だな？」

「はい！」

「うむ、そなたにわが一族から正室を遣わそう」

「はッ！」

元信は平伏した。居並ぶ今川の家臣たちも誰だろうと思う。

「関口……」

「はッ！」

義元から名を呼ばれた家臣は今川一族の関口義広だった。その義広には嫁に行きそびれた娘がいた。

その名は史書には伝わらないが瀬名などと呼ばれている。

「瀬名に言い聞かせたか？」

「はッ、承知させましてございます」

「そうか。元信、この関口義広に瀬名という行きそびれた娘がいる。余の命令でそなたの妻に承知させた」

「はッ、有り難き幸せにございまする」

関口の瀬名と聞いて家臣たちがホッとした。行かず後家だと思う。

瀬名は後に築山殿（つきやまどの）と呼ばれる。

関口義広は今川一族で花沢城の城主であり、今川刑部少輔（ぎょうぶしょうゆう）家という足利将軍家の奉公衆でもある。名門だ。

瀬名は義元の妹が産んだ子でわがままに育ったのか少々気が強い。

義元の姪だから仕方がないところだ。その瀬名は美人だが十六歳の元信より十二歳年上だった。

話が決まると結婚が早かった。

義元は正月の十五日に式をあげるように命じる。

それを聞いて源応尼が元信の屋敷に飛んできた。

元信の近習は何をどうすればいいのかウロウロするばかりだ。こういう時の大将は源応尼で決まりだ。

尼僧に叱られながら元信の近習が屋敷の内外を走っている。

何がどうなっているのか、関口家に教えてもらわないと支度ができない。

元信の屋敷から半刻おきに近習が関口家に走って行った。美しい娘になった千賀が老尼僧の手足で働いている。

三河から鳥居忠吉が米を運んできた。

元信の身の回りを千賀一人では無理で、三河から忠吉が家臣の女たちを十人ばかり連れてきた。

関口家からも瀬名の乳母や侍女などが何人もくる。

元信の屋敷はこれまでの、男だけの薄汚い屋敷ではなく、若き武将夫妻の家に変えなければならない。

銭も米もこれまでの三倍はかかるだろう。

関口家からの援助があっても、貧乏な三河の家臣たちの負担になることは見えている。こんなつらい話はない。

鳥居忠吉は何も言わないが元信も近習たちもみなわかっていた。兎に角、倹約、節約をして三河に負担をかけないことだ。

後に狸の家康は吝嗇家だったというが、それはこの頃の元信の苦労を知らないからだ。元信と近習たちは一粒の米、一文の銭を節約、倹約して三河の親たちに負担をかけまいとした。

元信には優しい義元だったが、三河の松平家の家臣団には容赦しなかった。

年貢として今川家にすべて取り上げる。その残りから家臣たちは元信と近習の賄いを集めて駿府に送り、残りを岡崎城の隠し蔵に少しずつ蓄えてきた。爪に火を点すとはこのことだ。

そんな苦労を今川家の家臣も誰も知らない。

正月十五日に松平家として恥ずかしくないようにと、源応尼と鳥居忠吉がすべての支度を整えて結婚式が行われた。

この十六歳の元信と二十八歳の瀬名は初めこそもぞもぞだったが二人はすぐ馴染んでいく。

翌年にはまことにめでたく瀬名が懐妊する。

正月早々から松平元信家は慶賀で大賑わいの春を迎えた。

瀬名の実家の関口家を始め今川一族が次々と慶賀に訪ねてくる。人質でありながら元信は今川一門として迎えられた。

弱小大名の人質から今川一門とは大したものだ。

この優遇は色々考えられるが太原雪斎との出会いや、今川義元に気に入られたことが大きかった。

行かず後家とはいえ義元の姪を正室にしたのだから立派なものだ。

これが元信の身分を決めたともいえるが、義元には元信が背かないようにという考えがあった。

つまり手懐けておくということだ。

瀬名は年上で気が強く、元信はぺしゃんこになるほど尻に敷かれた。夫婦は割れ鍋に綴じ蓋というが瀬名と元信こそそれだ。ちなみに瀬名というのは駿河庵原瀬名という地名である。

関口義広は瀬名義広ともいう。

その頃、東国だけでなく西国も九州も激動している。

西国では毛利元就が台頭し、大大名の大内家や西国十ヶ国ほどを領する尼子家からその領地を奪っていた。

元就は聡明な男で鎌倉幕府の政所別当大江広元の末裔といわれている。

周防や長門を制圧し九州にまで勢力を広げようとしていた。その九州には大友宗麟がいて豊前や筑前にまで力を拡大しようとしている。

群雄割拠ということだ。

その九州には三河武士と似た薩摩隼人という島津家がある。

京には近衛前久という風変わりな若き関白が現れて、越後の上杉謙信に積極的に力添えしていた。

四月にその関白近衛前久の屋敷が燃え上がり焼失する。

そんな中で九月五日には後奈良天皇が六十一歳で崩御される。乱世の中で苦労をされながらも民の安寧を願う清廉な天皇であった。

践祚（せんそ）したのは正親町天皇だったが、相変わらず朝廷は貧乏で即位の礼を行う費用がなかった。

天皇家を守らなければならない足利幕府が、自分のことで手一杯なのだ。

その三年後、朝廷に即位料や御服料二千貫文を献上したのが、西国に勢力を拡大している毛利元就だった。

この頃、元就は尼子晴久から領地と石見銀山を奪い裕福であった。

二千貫文などの寄進は容易いこと。

古い勢力が滅び、新たに下剋上の勢力が伸びてきている。そんな中で松平元信はようやく人質から脱しつつあった。

太原雪斎が残した三国同盟に花が咲きそうになった。

相模小田原の北条家に嫁いだ信玄の娘が懐妊した。それを聞いた子煩悩な信玄が浅間神社で娘の安産祈願を行う。

この信玄の娘が産んだ北条家の嫡男氏直には、後に、元信の娘督姫が嫁ぐことになるのだから、太原雪斎もびっくり仰天しそうである。

歴史の綾はこのようにして織られ編まれて行く。

弘治四年（一五五八）の年が明けていよいよ元信が初陣に出る時がきた。というのも今川家の三河支配がずいぶんと長かった。

本格的な支配は天文十五年（一五四六）頃からだが、今川家と尾張、三河のつながりは古い。

実は、信長の那古野城も古くは今川家のものだった。それを織田信秀が義元の弟の今川氏豊を騙して奪い取ったものだ。

今川家の支配が長い三河ではいつもどこかで混乱が起きていた。

竹千代が今川家に人質になり、その後、尾張の織田信秀が亡くなった頃から、頻繁に反乱が起きるようになった。

足助(あすけ)城の鈴木信重が美濃遠山家と組んでの反乱を起こす。

西尾城の吉良義安が緒川城の水野信元と組んでの反乱、上野城の松平忠尚の反乱、奥平定能の反乱、菅沼定継の反乱、牧野家の今川と反今川の対立、大給松平親乗(ちかのり)の反乱などが続発した。

それがこの前年の弘治三年には、すべて今川軍に鎮圧されたかに思われた。ところがそうではなかった。

弘治四年の年が明けてすぐ、河合家、伊藤家など三河の国人衆の反乱が起きた。

それに寺部城の鈴木日向守重辰(しげとき)が呼応して、能見松平家の松平重茂(しげもち)を討つという事件に発展する。

こういう反乱は土地に根差していて解決が厄介だ。

このような三河での反乱を後に三河忩劇(そうげき)とか、東三河で多く発生したことから東三河忩劇ともいう。

三河には反今川の勢力が絶えなかった。三河武士は今川家を正当な支配者と認めない。それに今川家の三河からの吸い取りが厳しかったからでもある。

この正月に元信は蔵人佐元康と、祖父清康の康をもらって名乗った。その元康が義元に呼ばれた。

その呼び出しが初陣だと元康には想像ができる。

どこで戦うのかだ。

「元康、初陣はまだだったな？」

「はッ、まだでございます」

「実は、この正月に三河の寺部城の鈴木重辰が、東広瀬城の三宅高清と組んで、尾張の信長に寝返ったことがわかった。その寺部城を討伐してまいれ、できるな？」

「はッ、初陣を賜り御礼を申し上げげまする」

「うむ、しっかり戦ってまいれ！」

初陣は儀式であり本格的な戦いに出ることは珍しい。

軍の後方にいて出陣したことにするのが初陣の儀式である。初陣で討死にしたりしては目も当てられない。

それを義元は寺部城を討伐しろと命じた。

初陣どころかいきなりの実戦である。それも城を落とせという。

義元は元康の力量がどんなものか試そうとしている。そう感じて有り難く命令をいただいた。

遂に泣き虫竹千代が元康と名乗って戦いに出る。

「出陣だッ！」

「若殿の出陣だぞッ！」

元康の屋敷が一気に色めき立った。

だが、考えてみれば兵はいないし武器はない。近習十人ばかりと今川家の目付数人と出陣しても戦いにはならない。

元康は雪斎の薫陶を受けていて、城を攻める時の戦い方はわかっている。

攻城戦は無理をすれば攻め手の犠牲が多くなると聞いた。

その兵は自国の三河から集めるしかない。問題なのはこの三河の反乱の後ろに信長がいることだ。

あの信長が見ている。

「竹千代がいよいよ出てきたか、天王坊め、よく戦いおるわ！」と、信長がいう戦いをしなければならない。

信長に笑われる戦いだけはできない。

元康は酒井正親と石川数正に鳥居元忠の三人を選び、三河の岡崎城に走らせ兵を集めることにした。

岡崎城には頼りになる鳥居忠吉がいる。

三人が馬を走らせて駿河から三河に向かった。遂に戦う時がきた。

正親も数正も元忠も人質が長かったと思う。すべてはこの日のためだったと思うと馬を走らせながら涙がこぼれた。

近習たちもみな初陣なのだ。馬上で武者震いする。

「負けてたまるか……」

その三人が屋敷を飛び出した数日後に、松平次郎三郎元康が瀬名たちに見送られて屋敷を出た。

一度瀬名を振り返った。これが元康の兵のいない静かな初陣である。

威風堂々とはいかない。兵がいないのだから先々不安な出陣だ。元康は少々情けなく弱気になった。

情けないが元康はすぐ弱気になるのだ。根は臆病である。

兎に角、三河に行ってみないことには、「鳥居の爺と話すことだな……」と思う。

駿府を出た元康一行は安倍川を渡って西に向かった。緊張している一行はみな無口で黙々と歩くが、考えていることはみな似ていた。

何人の兵が集まるかだ。百なのか千なのかそれが心配だ。

援軍に来るだろう三河にいる今川軍より少ないようでは恥ずかしい。だが、今の元康は鳥居忠吉を信じるしかない。

酒井正親に託した忠吉への書状には、何人の兵が欲しいとは書かなかった。

三河に残った家臣たちの苦労を考えれば、集結した兵力だけで戦うしかないのだから、それが今の自分の実力だ。

貧乏に耐えてどれだけの家臣が残っているのか。

この初陣に失敗したら腹を切るしかない。みっともなくてとても今川家には戻れない。元康の弱気の虫が出てきて死にたくなる。

兵力の見当がつかない。

それがたとえ十人だけだとしても、有り難いと思わなければならないのだ。自分を見捨てなかった家臣たちだ。

そう思うと少し戦う勇気が湧いてくる。だが、弱気の虫はしつこくまとわりついた。この弱気の虫は元康を大好きなのだ。

駿河から遠江に入り三河に入ると一人二人と、足軽鎧を着た松平家の貧乏家臣団が集まってきた。

中には鎧も兜も槍も何も持っていない者もいる。

ぼろぼろになりすべてを失い、ようやくここまで生きてきた家臣だ。元康の足元にうずくまり恥ずかしげに名乗りを上げる。

「うん、よく来てくれた。有り難く思うぞ。立ってくれ……」

元康は満足に食べていないだろう痩せた家臣の手を取る。汚れた百姓の手だ。

だが、元康には美しい宝物だ。

泣き虫元康がポロポロと涙を流して泣いた。

そんな家臣たちが五人、十人と増えていった。弱気の虫も一匹また一匹と元康の心の中から逃げていく。

それが五十人になり百人になった。

まるで百姓一揆の軍団のように恰好は不揃いだ。それでいいと思う。ここからどこまで戦い抜けるかだ。

これが人質竹千代の自慢の軍団だ。

この命を捨てても惜しくない不死身の家臣団である。そう思えるまでに泣き虫元康は成長している。

「元康、怯える な。大将の勇気が家臣たちを奮い立たせるのだぞ」

大軍師太原雪斎禅師がそういって見ていると思う。

すべてはここから始まるのだ。この襤褸をまとった家臣の一人一人こそ大切。

少々不安だが、十七歳になった元康の立派な大将ぶりに家臣たちは感涙、夢にまで見た竹千代軍の戦いに、初めての参陣でみなが奮い立った。

元康は今川の城となった岡崎城には入らず、その傍の松平家の菩提寺大樹寺に本陣を置いた。

夜になると岡崎城の隠し蔵から、兵糧米や武器や武具が続々と運ばれてきた。

「爺ッ、来たぞ！」

「初陣、まことにおめでとうございまする。爺は、この日を一日千秋の思いで待っておりました」

「うむ、寺部城は岡崎城の真南、海の方であったな？」

「はい、小野ヶ谷川の河口にて東岸にございます。案内させましょう」

三河は元康の生まれた国だが六歳までしかいなかった。三河を出て尾張に行き、駿河に移って人質生活をしてきた。

　元康は三河のことをよく知らない。

　ここまで生き延びてきた松平家の家臣たちが呼び合い、知らせ合いながら続々と大樹寺に集まってくる。

　だが、その数も五百人を超えたあたりで止まった。

　あとは集まってくるのもぽつりぽつりになってしまう。またもや弱気の虫が元康に戻ってくる。

「五百人いれば充分ではないか。欲張るな」

「いや、五百人では少ないぞ」

　そうささやく二人の元康がいる。

　祖父清康は一万を超える大軍を擁して、尾張に攻め込んで守山城を包囲した。

　守山崩れを起こして戦いには敗北したが、その祖父の大軍から見れば五百余の兵力はあまりに少ない。

　情けない限りだ。

　だが、その五百余人の中には大久保忠俊、忠員、忠勝の親子、徳川十六神将と呼ばれるようになる大久保忠世と忠佐（ただすけ）の兄弟、槍の米津常春と政信の兄弟がいる。

猛将蜂屋半之丞貞次、嵯峨源氏の渡辺綱の末裔と名乗り、槍半蔵と渾名(あだな)される渡辺守綱、この時弱冠十七歳。

後に守綱は尾張徳川家の家老となり、家康から寺部城一万四千石をもらい城主となる。集結したのはぼろぼろの軍団だが士気は高い。

兵の数は少ないが一騎当千の三河武士たちがいる。元康はそんな家臣団であることをまだ知らない。

この時、松平家では特別な安祥譜代と呼ばれる歴々が揃っていた。

みな食うや食わずの困窮を生き残った者たちで、痩せてはいたが眼光鋭く五人でも十人でも突き殺す野獣の眼をしている。

元康は一日だけ兵の集まりを待ったがそれほど数は増えなかった。

「これで良い。行こうか……」

この家臣たちこそが再起する安祥松平家の種になる人たちだ。そう考えれば決して少なくはない。

元康はこの種はやがて花を咲かせ実を結ぶはずだと思う。

そう思わないと弱気の虫に勝てなかった。「勇気を出せ！」と雪斎禅師が言っている。

「辛抱だ。ここは辛抱だ……」

焦るなという雪斎の教えが繰り返し繰り返し頭に浮かんできた。

「辛抱の木には必ず花が咲く……」

それは鳥居忠吉の口癖だった。

元康の軍団が大樹寺を出て南の小野ヶ谷川の河口へ向かった。

そこへ三河に駐屯している今川軍の中から三百余人が合流してきた。

五千人ほどの今川軍から三百余人では少ないが、元康はよく三百人も出してくれたと感謝する。

知らぬふりをしていれば一人も出す必要はない。

それでも文句など言えないのが元康の立場なのだ。そんな辛い立場を元康はわきまえている。

泣き虫元康がここ数日でだいぶ成長した。

寺部城は小野ヶ谷川の河口の丘陵に築かれた土塁と堀の城だ。

その城の眼の前には広大な三河の海が広がっている。東に渥美半島、西には知多半島が見えた。

その半島に囲まれた三河の海には小さな島が浮かんでいる。

何ともいえない美しい海辺に築かれた城だ。小野ヶ谷川は小さな川だが三河の海に流れ込んでいた。

この寺部城は元康の祖父清康とも戦ったことがある。

寺部鈴木家とは安祥松平家が勢力を拡大しようとして衝突した。この元康の初陣にも能見松平家の松平重吉が参戦してきた。

元康は山側に布陣すると開戦の矢を放って攻撃を開始する。

城内には鈴木重辰を大将にして、二百五十人から三百人ほどの鈴木軍がいるとわかっていた。この城を落とすのは難しいとわかる。

元康は雪斎から籠城した城を攻めるには、籠城兵の十倍ほどの攻撃軍が必要だと学んだ。それほど城を落とすのは厄介なのだ。

そう教えられたのだが今は三倍ほどしかいない。このまま無理に戦いを仕掛ければ大切な味方を失う。

戦いには大将の性格が色濃く出てくる。

信長は「焼き払えッ！」と命じて、何んでもかでも焼き払い、ぺんぺん草も生えないようにしてしまう。みな殺しの信長という。

後の秀吉は籠城戦の名人で飢え殺しを得意とした。ことに水攻めは秀吉自慢の戦法だった。

家康は野戦の家康といわれる。

軍と軍が激突する戦いは大将の采配次第で勝敗が決まる。武田信玄や上杉謙信が得意としたが後の家康も野戦を好んだ。

寺部城から鈴木重辰を城外に引きずり出したいが、籠城している敵を野戦に引きずり出すのはかなり難しい。

かといって、元康は少ない大切な兵を損じることはできないと思う。

あちこちで城方と小競り合いが始まっている。土塁と堀の城に攻め込むには内通者がいればいいがそうもいかない。

元康があれこれ考えてもいい策が浮かばなかった。

迂闊に攻撃すると反撃されて味方が崩れかねない。それでもこの初陣で負けることはできない。

今川軍が見ている。

兵力が少ないということは攻めきれないということだ。

初陣なのだから敵と交戦しただけでも、立派なものだがそれでは元康が納得できない。

ここで引き上げては駿河から出てきた甲斐がないと思う。

そこがまだ、元康の未熟なところだった。雪斎ならこんな戦いは捨ててさっさと岡崎に帰るだろう。

竹千代誕生

寺部城の戦いは一進一退で膠着（こうちゃく）しそうになった。

総攻撃を仕掛ければ間違いなく味方に五十人や百人の犠牲が出る。

今はそんな犠牲を払う時ではない。三河のあちこちに住んで生き延びてきた家臣は元康の宝だ。

ここで殺すことはできない。なんとも貧乏たらしい戦いになった。

籠城している鈴木重辰より元康の方が追い詰められた。

ここは我慢して一旦引くしかないのか、陣中にいて元康は一人悩み抜いた。戦いは無理をした方が負ける。

「数正、ここは引くしかないか？」

「若殿、この度は初陣にございます。無理をする戦いではないと思いまする」

「それがしもそのように考えます」

「正親は？」

城から敵を引きずり出せないのだから、猛攻を仕掛けて城を落とそうとすれば相当な犠牲が出る。正親と数正はそう考えていた。

それでも城は落ちないかも知れないとさえ思う。一つの城を落城させるということはそれほど難しい。

攻める方が必死なら、城方は逃げ場がないのだから死に物狂いで戦う。

元康は陣払いをして岡崎に戻るしかないかと思った。そこへ、元服して服部半蔵正成となった弥太郎が物見から戻ってきた。

「若殿ッ、一里ほど先に軍団が見えます！」

「織田軍かッ？」

元康は咄嗟に寺部城の救援に信長の織田軍が出てきたと思った。

「織田軍の旗ではありません！」

「どこの軍だ。旗はッ、味方かッ？」

「旗などございませんッ！」

「なにッ、旗がないだとッ、馬鹿者ッ！」

能見松平の重吉が半蔵を叱った。だが、ないものはないのだ。傍まで行ってどこの軍ですかと聞くわけにもいかない。

なんとも素人の戦いのようで援軍か敵なのかさえわからない。

元康は逃げたくなって浮足立った。敵なら万事休す。ここはいち早く逃げるしかないと思った。やられてしまう。

旗を立てない軍が味方のはずがない。

「見てまいりますッ！」

服部半蔵と平岩親吉が本陣から飛び出して行った。

その後を鳥居元忠が追って行った。

「殿ッ、陣払いの支度をッ！」

酒井忠次が危険だと感じた。

敵の援軍と城方に挟み撃ちにされる前に、さっさと逃げるしかない。逃げ場は東しかない。

元康は敵か味方を見極めてから逃げようと思う。

慌てふためいて敵味方がわからずに逃げたとあっては恥である。ここは踏ん張ってまだ引き上げの命令は出さない。

こういう冷静さは見どころがある。

そこへ偵察隊の大久保忠世と忠佐の兄弟が本陣に現れた。

「御大将ッ、半里先に大樹寺軍が集結しております！」

「大樹寺軍？」

元康はそんな軍を聞いたことがない。

「あの大樹寺か？」

「はい、登誉天室和尚が率いる軍にございます！」

僧兵だ。元康は大樹寺の僧兵だと咄嗟に思った。僧兵たちが信者を集めて出てきた。

「味方か？」

「はい、御大将の援軍にございます。千人は超えておりましょう！」

「南無阿弥陀仏ッ！」

元康は助かったと思った。

実は、駿河の源応尼が登誉天室住職に書状を書き、元康の初陣を助けてやってほしいと願ったのだ。元康の初陣を失敗させるわけにはいかない。

源応尼は思うように兵が集まらないと思っていた。それほど三河は疲弊している。源応尼は考えたすえに天室和尚しかいないと思った。

　登誉天室はすぐ寺僧を説得、三河の衆徒を集めて回っており、元康が大樹寺に兵を集めた時には登誉天室は寺にいなかった。

　その寺僧と衆徒が続々と集まっていた。軍の旗などはなく、白い布に厭離穢土欣求浄土と経文を墨書した旗を立てていた。

　この戦いは勝てる。

　元康は鞭を握ると「城の周辺をすべて焼き払え！」と、信長のような命令を出した。

「焼き払えッ！」

「風をよく見ろッ！」

「海からだッ。南風だぞッ！」

「南に回れッ！」

「南から火を放てッ、城も焼き払ってしまえッ！」

　勝てる見込みが出て勢いづいた松平軍が一斉に動き出した。

　あちこちに散らばって燃えるものに火を放つ、冬の枯れ草に火が入るとたちまちメラメラと燃え上がった。

「火を放てッ！」

「南からだぞッ！」

風上に回って見境なく燃えるものに火を放つ。

元康も海側に移動しないと火に巻かれてしまう。だが、大樹寺軍を待って援軍への挨拶はしたい。

あちこちに立ちのぼる煙を見ながら登誉天室和尚を待った。

あと四半刻もすれば元康は全軍に撤退を命じていたかもしれない。それほど追い詰められていた。

服部半蔵と平岩親吉と鳥居元忠が駆け込んできた。

「大樹寺の和尚がきますッ！」

元康は本陣の外に飛び出した。すると二町ほど向こうから白い旗だけを一本立てた黒い軍団が押し寄せてくる。

登誉天室和尚が率いる墨衣の僧に衆徒が率いられてきた。

錆槍（さびやり）や長刀や錆びた太刀など武器はてんでバラバラだが、千人からの軍団になるとその迫力に圧倒される。

元康は待ち切れずに走った。

「和尚さまッ！」

元康が墓参に来た時、鳥居忠吉に紹介され登誉天室には一度会っている。

「御大将が苦戦しそうだと聞いて手助けに来たのじゃ！」

登誉天室はニコニコと後ろの衆徒軍団を振り向いた。

「かたじけなく存じます」

元康は登誉天室和尚に頭を下げる。

「南から火を放っております」

「うむ、そのようじゃな。こっちは風下になるか？」

「はい、南に回っていただければ……」

「そうだな。そうしよう」

登誉天室は後ろの僧に、全軍を南に回すよう命じると、元康と一緒にその南に歩き出した。

「僧侶が戦をしては世も末だが、この乱世では仕方のないことだ」

「はい……」

この数年後、泣き虫元康はこの登誉天室和尚に命を救われることになる。

あちこちの放火がたちまち大火事になると籠城の鈴木重辰が苦しくなった。すると城から討って出た。

たちまち松平軍と死に物狂いの決戦になった。

野戦になれば数で勝る元康が有利だ。もうもうと煙が渦巻く戦場で、鈴木重辰をジリジリと追い詰める。

元康の家臣には一騎当千の豪傑が多い。

「重辰を討ち取れッ！」

「殿ッ、一旦城へッ！」

追い詰められた敵が城へ逃げようとする。

「大手を塞(ふさ)いでしまえッ！」

城から飛び出した重辰たちは城に戻れなくなり、重辰は槍を振るい奮戦したが力尽きて討死にした。

煙に巻かれたが城は燃えなかった。

元康は寺部城を落とさずに引き上げることにした。大将の鈴木重辰の首を取ればそれで充分だ。

皆殺しすることが目的ではない。

戦いが長引けばそれだけ犠牲も増えるし、もし織田軍が出てきたらその犠牲は甚大になりそうだ。

元康は信長とは戦いたくないと思う。

「和尚さま、戦いはここまでにして引き揚げます」

「うむ、それは良い考えだ。後始末は今川軍に任せればよいわ……」

そういって登誉天室がニコニコ嬉しそうに微笑んだ。

これ以上の功を望まず、あっさりと引き揚げるのは、雪斎禅師の教えだろうと登誉天室は思う。

戦場に未練を残すようでは良き大将にはなれない。

登誉天室和尚は元康が天下に飛び出す大将になれるのではと感じた。

その元康は寺部城から去ると、手を緩めず矢作川東岸の東広瀬城、矢作川西岸の挙母城などの城に攻めよせて周辺をすべて焼き払った。

三河には今川の人質だった安祥松平の、蔵人佐元康がいると人々に知らしめる戦いになった。

この元康の動きは信長にも聞こえていた。

「竹千代、うぬはどこでこの信長と戦いたい？」

信長がニッと笑ってその気になる。あの泣き虫竹千代が、どれほどの男になったか、戦ってみたいものだと思う。

駿府に戻ると元康は戦況を義元に復命した。

その戦いの功により元康は義元から旧領のうち、本貫地の山中三百貫文を返され刀を贈られる。

その義元から返還された本貫地は、旧領のごく一部でしかなく、家臣団は旧領全部の返還と、人質は重臣たちの子息を差し出すので、元康を岡崎城の主人として返してもらいたいと嘆願した。

だが、義元はいずれも聞き入れなかった。

それは当然のことで、三河は尾張と同じように、良い土地で米がよくとれる豊饒の地であった。

三河だけで駿河の倍ほどの米がとれる。

そんな土地を義元が易々(やすやす)と手放せないのは当たり前だ。

駿河は十四、五万石、三河は三十万石近くあると考えられていた。兵力はその石高で決まる。義元は駿河、遠江、三河があっての今川義元なのだ。その三ヶ国の中で三河が一番米が取れるのだ。

一石は人が一人、一年間生きていく米の量と考えられた。

兵を養うのは一万石で三百人前後とされる。戦いなど非常の時にはその倍ほどの兵が集められる。

この頃、兵は一日に食う米を六合として勘定した。

今川義元の場合は駿河、遠江、三河でほぼ七十万石とされた。

通常養える兵力は二万人、戦いの時は四万人まで軍勢を増やすことができた。

四万というのは凄い勢力である。

兵が食う兵糧米も半端ではない。

四万人が食うと日に二百四十石、一ヶ月で七千二百石、米俵で単純に一万八千俵ということになる。

一年では二十一万六千俵と気が遠くなる程の米を食う。

これまで一つの戦いで集めた兵数が最も多いのは、源頼朝が奥州平泉の藤原家を攻めた奥州合戦で二十九万騎という。一ヶ月で十三万俵を食う。恐ろしい。

それは一時的な集結である。

元康は山中三百貫文を岡崎城の貧乏な鳥居忠吉に渡した。

石高としては一貫文がほぼ一石と考えられ、なんとも少ない石高なのだが、少しでも三河の家臣たちのためになればいいと思う。

三百石でも三河の家臣たちには涙が出るほどうれしい。三百人が一年食えるのだ。食えれば子が増える。

この頃、元康は自分の出自にこだわりがあって、鳥居忠吉や人に渡す書状に岡蔵源元康と署名することが多かった。

岡とは岡崎、蔵とは蔵人佐、源とは源氏ということで、松平家の家祖が新田源氏の一族という伝承を元康は信じている。証拠も根拠もない。

人は自分の出自にはこだわるものだ。

元康がこだわった理由は、元康の周辺の今川の関係者がみな源氏で、由緒正しい家柄であったが元康の松平家はその由緒といえば、伝承があるだけではっきりしなかった。

それを元康は気にした。

昔のように今は戦いで名乗り合うことはない。それは戦いの論功行賞がきちんとしているからだ。

戦いでは誰がどんな武功を上げたか、首実験をし記録する人がいる。

昔は「われこそは清和源氏、八幡太郎義家の五代の末〇〇△△兵衛である。尋常に勝負、勝負ッ！」と、名乗りを上げて敵と戦い、その武功を誰でもが認めるようはっきりさせる必要があった。

だが、今はそんな必要がない。

武功はすべて記帳され、論功行賞が検討されるからだ。

もちろん、大将の意向が反映されるのは当然である。

人質の元康に旧領の本貫地が三百貫文でも返還されたことは、また戦いで功をあげれば返還してもらえるということだ。

三百貫文が千貫文になったら家臣たちがどんなに助かるかしれない。

そう考えていつかすべてを返してもらおうと元康は思う。

この年、朝廷は弘治四年二月二十八日を改元し、永禄元年二月二十八日とした。正親町天皇の践祚による改元という。

ところがこの改元が、亡命していた朽木谷の将軍義輝には伝えられず、幕府は弘治の元号を使い続ける珍事が起きた。

頓馬（とんま）というしかない。

本来、改元は天皇と将軍が協議して決めるのだが、朝廷は将軍義輝ではなく、京を支配する実力者の三好長慶に相談して決めてしまった。

それは改元の費用を長慶が献上したからでもある。

朝廷は困窮していて自力で改元する力さえ残っていない。天皇領のほとんどが武家に奪われていた。

従って宮中行事も満足に行えない。実力者に頼るのは当然である。

伊勢神宮などは恐れ多くも、仮遷宮だけで済ませているほどだった。それでは神々に新しい力が蘇らない。

二十年ごとの遷宮は神々が若々しい力を漲(みなぎ)らせる大切な儀式である。

三月になると将軍義輝は改元の非通達のこともあって、放置することができず三好長慶打倒のため朽木谷で挙兵する。

京の権力争いも忙しくなっていた。

五月になって南近江の六角承禎(じょうてい)の支援を得ると、将軍義輝は細川晴元と湖西の坂本まで進出してきた。

翌六月には勢いに乗って将軍と晴元が京の東山如意ヶ嶽に布陣した。

そこに三好軍が出てきて北白川で幕府軍と交戦する。

当初は六角軍の支援を受けて将軍義輝は優勢だったが、三好軍の反撃と共に六角承禎が心変わりして支援を打ち切ってしまう。戦いの途中で味方が抜けてしまっては、戦況が思うようにいかなくなった。

京では権力を巡りこういうことの繰り返しなのだ。それぞれの思惑や利害が複雑でどうにもならない。権力亡者と欲の皮の突っ張りが二人歩きだからいかんともしがたいのである。

京の周辺に圧倒的な強い勢力が存在しないからでもある。

似たり寄ったりの勢力が、くっついたり離れたりだから節操がなく厄介なのだ。

この年の七月、信長は犬山城の織田信清と協力して、尾張半国を治める岩倉城の織田伊勢守信賢（のぶかた）を浮野の戦いで撃破する。

信長は尾張統一を成し遂げないと、力を発揮できないとわかっていた。

そのためには、尾張国内の戦いを優先にする必要がある。翌年には岩倉城を攻めて落城させ尾張をほぼ統一する。

なんといっても厄介なのが末森城の弟信勝だった。

信長の領地から稲を刈り取って持って行くなど始末が悪い。怒った信長は懲りない信勝を殺す覚悟をする。

信勝は戦いに負けても信長を侮（あなど）って従おうとしない。

十一月に信長は信勝の家老柴田勝家と謀（はか）って病を装い、弟信勝と母土田御前を清洲城に見舞いにこさせ、信勝だけを討ち取ってしまう。つまり信長は弟を暗殺したのである。大うつけだったことの付けが回ってきたのかもしれない。

この頃、将軍義輝は六角承禎の仲介で、三好長慶と和睦すると五年ぶりに京に復帰することができた。

だが、これで京の将軍家が落ち着いたわけではない。

力のない将軍が亡命先の近江から戻ってきたというだけで、京で権力を握りたい者たちに争いが絶えることがない。

三代将軍義満の再来といわれ、その聡明さを期待された義輝が、非業な最期を迎えることになる。

乱世はどこもかしこも力の信奉者、武力こそ正義と信じる者たちで溢れていた。

そんな中に武力を持たない朝廷と幕府がある。

暮れの十二月二十八日に将軍足利義輝二十三歳は、摂関家で伯父の近衛稙家(このえたねいえ)の娘を正室に迎えた。

すでに義輝には進士晴舎(しんじはるいえ)の娘小侍従が側室としていた。

その京へ永禄二年（一五五九）の年が明け、正月が過ぎるとすぐに、尾張の織田信長が百騎ほどの家臣団を引き連れて密かに現れた。

信長の初上洛である。

それは美濃の蝮を殺した息子の義龍が、しきりに幕府に働きかけ美濃の国主の正統性を主張していたからだ。

そんなことを信長は認めない。

美濃は父親を殺した義龍のものではなく、妻の帰蝶と生き残った弟新五郎のものだと主張する。

つまり美濃は信長のものだといいたい。

将軍義輝に蝮の国譲り状は見せないが、美濃と尾張の問題に、口出ししないでもらいたいと言いに来た。

美濃は力で攻め取るというのが信長の考えである。

将軍は国と国との問題に介入、調停して何がしかの利益を得ようとする。

信長は美濃と和睦するつもりはなく、蝮の道三から美濃を譲られたが戦って義龍から奪うつもりでいる。

その釘をさすために将軍に会いに来た。

美濃は通れないため信長一行は秘かに、伊勢に入り鈴鹿の八風峠を越え迂回して近江に入った。

だが、この信長の隠密行動は義龍に発覚して刺客団が送られる。

信長暗殺計画である。それがたまたま信長の喧嘩仲間の家来から耳に入った。

それはこういうことだった。

清洲城に寄宿している尾張守護、斯波義統の家臣に仕えている那古野弥五郎という、三百人ほどの家来を持つ男が清洲城の近くにいた。

土地の豪族でその弥五郎は小さい頃から信長の喧嘩相手だった。

弥五郎の配下の丹羽兵蔵が京に使いにくる途中、義龍の刺客たちと近江の船で一緒になり信長を暗殺する計画を知る。

なんとも物騒な話だった。

京に入ると兵蔵は機転を利かし、刺客たちの後を追って宿をつきとめ、信長の宿所に走ってその暗殺計画の話を告げた。

信長はその刺客たちの名を知っている家臣数人を宿に向かわせる。

刺客とか暗殺団などという者は、正体が発覚するとだらしないもので逃げてしまう。

この時の上洛で、信長は将軍義輝に拝謁し、家臣たちを連れて清水寺見物に向かい、派手な衣装に大熨斗（のし）つきの大太刀を佩（は）いて、鞘（さや）の小尻（こじり）には車をつけてコロコロと引きずり、大傾奇者に変身して大路を歩き都人の人気を博した。

信長はこういう大傾奇が大好きなのだ。

そこが大うつけといわれる原因でもある。元康は信長とは真逆で決してそういうことはしない。

その信長ほどではないが大袈裟なことが好きなのが秀吉だ。

猿面の秀吉は信長でも驚くほどの度胸の良さで、人のできないことや、やりそうもないことを平気でやって見せては信長を喜ばせた。

その度胸の良さだけが百姓に生まれた秀吉の売り物だった。

信長の難題を「へいッ、畏まって候ッ！」と、嫌がらずになんでも引き受けて、信長の気に入るようにやってしまう。

これもまた天才だ。

信長が京にいる頃、駿河の元康の屋敷では大騒動が起きていた。

源応尼が駆けつけ、関口家からも家臣や女たちがきて、元康と近習たちはオロオロするばかりで役立たずだ。

臨月を迎えた瀬名の陣痛が始まって、時々産所からは悲鳴と呻き声が聞こえた。

さすがに元康もその声を聞くと急に立ったりする。

「殿ッ！」

「正親ッ、死ぬのか？」

「いいえ、陣痛にございます」

「あの悲鳴は尋常ではないぞ！」

「難産かと思われます」

「死ぬのか？」

「わかりません！」

「誰か、見てまいれ！」

「殿ッ、男は産所には近寄れません……」

「千賀ッ！」

「はい、産所へ……」

瀬名の悲鳴が聞こえるたびに元康は気が気ではない。何んとかならぬかと思う。だが、こればかりはどうにもならない。

出産に失敗して死ぬこともあると聞いている。

夜になると瀬名の苦しみが尋常一様ではなくなった。

千賀がきて「心配ございません！」というが、悲鳴はそんな穏やかな状況ではないように思える。

「千賀、生まれそうなのか？」

「はい、間もなくかと……」

「そなた、さっきも同じことを言ったぞ」

「はい、間もなくかと思われます」

「見てまいれ！」

「畏まりました」

同じことを元康は千賀に命じる。千賀は素直だから嫌な顔もせずに産所に走って行き戻ってくる。

「生まれそうにございます」

「誠か？」

「はい、間もなくかと……」

その間もなくがなかなかこない。

瀬名が突然苦しみ出してから何刻になるか、元康は立ったり座ったり、瀬名が死ぬのではないかと落ち着かない。

三月六日に入った深夜、ついに生まれた。

難産の瀬名は死にそうなほど疲れ切っている。その生まれた子は大きな声で泣く男の子だった。

「生まれたぞッ!」

寝ぼけていた近習たちが一斉に動き出す。そこに千賀が飛び込んできて「和子さまッ!」と叫んだ。

「竹千代さまだッ、和子さまだッ!」

そう叫んで平岩親吉が踊り出した。やったやったの大騒ぎだ。男子誕生はすぐ三河にも知らされた。だが、その子は元康の長男ではあったが、悲劇を背負って生まれてきた後の信康である。

駿府で生まれた信康の育て方に、元康はどうしても遠慮があり、瀬名が溺愛して信康を今川家の人々のように育てる。

その信康がやがて元康を軽んじたり、信長をも嫌う男に育ってしまう。

厭離穢土欣求浄土

駿河で元康や近習たちが大喜びしている頃、信長一行は再び鈴鹿の八風峠を越えて京から尾張に戻ってきた。

その信長の尾張統一に、障害になったのが犬山城の織田信清だった。

信清は信長の姉を妻にしていたが、岩倉城の落城後の領地配分をめぐって、信長に従わずに不満をいうなど諍(いさか)いを起こしている。

信長は姉のことを考えてすぐには手を出さなかった。

この頃、名門今川家は駿河、遠江、三河を支配し、乱世の大名として財力も兵力も充実してきている。

そんな中でも三河のあちこちで、反今川の動きが止まらず戦いが続いた。

その厳しい戦いの先陣に駆り出されるのが、いつでも元康の貧乏な家臣たちだったからたまらない。

今川軍は不満を言わない松平家の家臣を、前線に立たせて次々と討死させた。

それは元康の家臣たちが三河で力を蓄えて、義元に反抗しないように弱体化させるためでもある。

元康を人質に取られているのだから不満など言えるはずがない。

三河武士で愛すべき強情者の、大切な老臣たちが次々と亡くなっていった。先鋒は武士の名誉といわれると断れない。

今川軍は松平軍を前に出して狡いのだ。

それを断れば元康の身に、危難が及ぶのではないかと思うと、断れずに戦場で散って行くしかなかった。

そんなひどい目にあっても元康の家臣たちは何も言わない。

今川軍にいいように使い捨てにされた。そんな今川軍は三国同盟によって周辺に対抗勢力はなくなっている。

唯一、三河の先の尾張だけがその対抗勢力といえた。

だが、尾張の虎といわれた織田信秀が死に、信長という男が後継者になったことは知っているが、どんな男か詳しいことを義元はわかっていない。

戦いは敵を正しく知ることから始まる。

雪斎のいなくなった義元は明らかに油断した。

その信長は噂ではうつけものといわれているとか、まだ尾張の統一ができていないなど、一族の間の騒動すら収められないと聞こえている。それを義元は鵜呑みにしていた。

どれほどの男かわからないが、戦い方には勢いがあると感じてはいた。

その信長が今川軍の上洛に従わない場合、容赦なく叩き潰さなければならないと思う。

義元の調べでは信長は、父親の信秀の半分も兵を集められないらしい。

四万を超える大軍を動員できる義元だ。

大うつけの信長が一万人ほどの兵を集められれば、戦いになるがその半分程度なら捻り潰せる。

どう考えても信長に勝ち目はないと思える。

いくら織田家が裕福でも、大きな実績のない信長に兵は易々とは集まらない。

義元は将軍家を助ける上洛を考えながら、まずは通り道の尾張の織田を潰しておくべきだと考えていた。

その先の美濃には蝮の道三を殺した義龍がいる。

病弱だという義龍が信長と対抗するためにも、今川軍に抵抗するとは思えない。

大軍を見て美濃を素通りさせるだろう。

伊勢に回ってもこれといった有力な武将はいない。

鈴鹿の山さえ無事に越えれば京は眼の前だ。信長さえ倒せば美濃からでも伊勢からでも京に入れる。

今川義元はそう楽観的に考えた。信長を尾張の小童と少々なめている。

南近江の六角家も北近江の浅井家も、越前の朝倉家も今川軍との戦いに出てくることは考えられない。

今川家の充実した兵力、周辺の情勢から見て上洛の時期が来ているように思う。三国同盟で後方に憂いはない。

京まで行って将軍家を再興して、駿河に戻るか京に残るかはその後に考えればいい。義元はまず大うつけの織田信長を潰そうと考えた。

だがこの時、今川家は重大な秘密を隠していた。

この義元の上洛に反対するだろう大軍師太原雪斎と、優将朝比奈泰能はすでにこの世にいなかった。

この二人の死こそ義元の痛恨なのだ。

太原雪斎の死は隠しようもなくすぐ公表された。

朝比奈泰能の死は、今川軍に与える衝撃が大き過ぎることから、三年間はその死を隠すことになった。

既にその死から二年が経っている。

雪斎の死の二年後の弘治三年八月三十日に泰能も亡くなった。六十一歳という。

実は、この二人の死は今川軍には絶望的な痛手だったのだ。

やがてそれが明らかになる。

その太原雪斎と朝比奈泰能が、苦労して育てた今川軍だ。それゆえに大きな衝撃を恐れて死を隠した。

そんな義元は気持ちの片隅で、重しが取れて楽になったと思っている。義元は自分は雪斎と同じだと勘違いしていた。確かに四歳のときから一緒にいたが、まったくの別であって、それが戦いの時に違いがはっきり出てしまう。

朝比奈泰能は掛川城の城主だったから、駿府で亡くなったわけではなくその死を隠しやすかった。

義元は大うつけと信長を見くびっている。雪斎はそういうことは決してしない。むしろその人物の本質を見ようとする。沢彦が育てた信長はただ者ではないだろうと。

むしろ、その信長がうつけでないことを元康の方が良く知っていた。

隠せば現れるというが泰能の死は、織田の間者の探索によってあばかれ、すでに信長には今川軍の両翼がいないと伝わっている。

その上で信長は義元の上洛が必ずあると警戒して、西三河との国境辺りに幾つも砦を築いていた。

防御を固めて義元が西進してきたら戦う構えなのだ。

信長の兵力は清洲城の守りや各砦の守備兵を入れても、精々四、五千人というところで一万人などという兵力はとても無理だった。

この時の今川軍の読みは実に正確であった。

信長が戦いに使える兵力は二、三千ほどと見抜いている。

実際のところ一万人どころか五千人もおぼつかない状況だった。

戦いをすれば間違いなく兵は死ぬが、戦いに勝って敵の兵力をうまく味方に吸収できればいいが、そうはいかず死んだ兵の補充が難しいのが織田軍だった。

大きな戦いで勝つと兵は集めやすくなる。

信長はその大きな戦いができるほどの兵力を持っていない。

今川義元から見れば信長の戦いなどは、尾張領内における小競り合いでしかないように見えた。

今川軍が充実してくればくるほど義元の上洛願望が膨らんだ。

今や太原雪斎と朝比奈泰能がいない今川家で、そんな義元の上洛願望を止められる者がいない。

上洛したい願望は大小こそあれ、ほとんどの大名が持っている野望だ。

その義元の野望が危険だ。秘かに上洛するのはいつでもできるが、兵を率いての上洛は楽に実現できるものではない。

駿河から京へ上洛するには、それを実現するための戦略が必要だ。それを緻密に考える者も確実に実行できる者も今川家にはいない。

それをできるのが雪斎と泰能だった。

今川家における太原雪斎の存在はあまりに大きく、今あるのは義元が上洛したいという願望だけである。

大軍が京まで行って戻ってくる戦略を構築できる軍師がいない。

兵力の整備だけでなく、大軍が京に行って戻ってくるのに、どの城とどの城にどれだけの兵糧を備蓄するのか、その兵糧をどこから集めてどう運ぶのかなど、詳細に計画しないと大軍は上洛をしたものの帰れなくなる。

戦いも重要だが大軍を生かしておく兵站（へいたん）はより重要だ。

その兵站が切れると食うものを掠奪するだけでは無理で、兵はたちまち腐って使いものにならなくなる。

雪斎と泰能のいない今川軍の士気はかなり緩んでいた。

太原雪斎の白い馬と朝比奈泰能の姿が、陣頭に見えないのは戦う兵にとっては不安でしかない。

永禄三年（一五六〇）が明けた一月二十七日に正親町天皇が即位した。

後奈良天皇が崩御され、正親町天皇が践祚してから、三年目でようやく即位の礼が実現できた。

高御座（たかみくら）に立てない天皇は半天皇と言われる。

朝廷の困窮は相変わらず続いていた。将軍や時の権力者が朝廷に関心がないからこういうことになる。

その朝廷を賄うのは本来、幕府の仕事なのだ。

そういう約束になっている。だが、幕府は自分のこともままならない状況で、とても朝廷の面倒まで見られない。

そんな幕府を支援したい義元は上洛を本格的に考え始めていた。

信長という男を義元がどこまで正確につかんでいたか疑問だ。尾張の小童（こわっぱ）などと見ていたらとんでもないことになる。

だが、義元はそう見くびっていた。

孫子曰く「彼を知り己を知れば百戦して殆（あや）うからず」と、義元はこの兵法の基本を忘れていたのかもしれない。

信長は蝮の死後に戦いを拡大させ、武将として大きく成長していた。

彼を知らず己を知らぬまま戦いに突っ込んだら、どんな名将でも戦上手でもその戦いに勝つことは難しい。

信長はそんな義元の西進を予測して三河との国境に砦を築いている。丹下砦、善照寺砦、中嶋砦、丸根砦、鷲津砦などに、数は少ないが四、五百人ずつの兵を入れ織田家の猛将たちを配していた。

三国同盟によって後方に憂いのない義元はどうしても上洛したい。今川家は足利家から分かれた一族なのだから、足利将軍家を助け補佐するのは使命だと考える。それがすでに思い上がりだったのかもしれない。

義元が西に向かえば信長が刃向かうことはわかっている。

その尾張は後ろの美濃と敵対していて、義元が攻めれば信長は挟み撃ちにされた格好で圧倒的に不利だ。

だが、美濃を頼るまでもなく信長を倒せると義元は思う。

尾張を呑み込んだ勢いで伊勢に向かい、鈴鹿の山を越えて近江から京に雪崩込む。その今川軍を将軍をはじめすべての人々が称賛し、よろこんで迎えるはずなのだ。そう義元は勘違いしている。

その義元の考えを見抜いたのか、近江の六角家が信長に援軍を出してきた。信長の少な過ぎる兵力を見かねた。

京の権力争いに絡んでいる六角家も、義元の上洛はうまみがなくなりおもしろくない。そういう大名は六角家だけではない。

そんな織田軍と今川軍の激突の時が刻々と近づいてきた。

義元が動き出したのは五月十二日だった。

駿河の兵を率いて出立。遠江、三河と兵を集めて尾張に入るころは、二万五千人を超える大軍になる予定だ。

元康はその大軍の先鋒として出陣した。

三河の松平軍が集結して大将の元康を待って出撃する。ついに元康はあの信長と戦う時がきた。

もしこの時、太原雪斎が生きていたらこの戦いはなかったといわれる。

それは雪斎が信長の正体を知っていたからだ。同時に上洛することがいかに危険かを知っていたからでもある。

京は不思議な魅力のあるところだが、大軍を留めておくことは実に難しいところでもあった。

雪斎なら間違いなく信長を警戒したはずだ。

その理由は信長のような弱小大名の傍にいるべきではない妙心寺第一座の、沢彦宗恩が信長の師として尾張にいるからだ。

雪斎と宗恩は臨済宗妙心寺の兄弟弟子でよく知っている。

本来であれば沢彦ほどの僧は天子の傍か、将軍義輝の傍にいてもおかしくない。どう考えても統一もされていない、弱小尾張などにいるべき人物ではないと思う。その宗恩が信長を育てた。

それだけで雪斎は信長を充分に警戒する。

信長と戦うことは沢彦と戦うことだとわかっていた。

そこが義元はわかっていない。心のどこかで尾張の小童となめている。戦いではこういう油断が命取りになるのだ。

事実、義元だけでなく、今川の家臣団は根拠のない戦勝気分で士気がゆるみ切っていた。

義元は兵を集めながら西に向かい、五月十八日に三河と尾張の国境の城で、今川家のものである沓掛城に到着する。

その夜、城中で義元を中心に軍議が開かれた。

織田の砦に押さえこまれて孤立している大高城の鵜殿長照が、兵糧不足になっていることが披露されると、その大高城への兵糧を先鋒の元康が運ぶよう命じられた。

元康はすぐ兵糧を積んだ荷駄隊を率いて大高城に向かい、丸根砦と鷲津砦の間を突破し、無事に兵糧を搬入することに成功。

そのまま元康は松平軍を率い信長の丸根砦に向かった。

この時、元康の傍にいて補佐したのが酒井忠次である。安祥譜代の頼りになる右腕の武将だ。

同じ安祥譜代の弱冠十三歳の本多平八郎忠勝は、泰能の息子朝比奈泰朝と鷲津砦の攻撃に向かっていた。これが信長の狙いだった。つまり今川の大軍を各砦に引きつけて分散することである。各砦には織田軍が五百人ずつほど入っていた。その砦を落とすには今川軍は数千人で攻撃しなければならない。信長の作戦である。

早朝、寅の刻に先鋒の元康隊が丸根砦に猛攻を開始する。砦を守っているのは織田家の猛将佐久間大学助盛重だ。

大学助は信長の弟信勝の家老だったが、信長に味方した武骨で気概のある武将だった。戦いで喉が渇くと敵の血をすすって奮戦した。

元康の猛攻に大学助は降参せず耐えに耐えたが、多勢に無勢ではいかんともしがたく今川軍の猛攻に討死にする。

その頃、清洲城の信長は籠城か野戦かで、大揉めの家臣たちを帰宅させる。

援軍の見込みのない籠城など信長はしない。戦いを仕掛けてやる。欲しいのは今川義元の首一つだ。

そんな信長に丸根砦と鷲津砦に、今川軍の攻撃が始まったと知らされる。

すると、いきなり飛び起きて好きな幸若舞の敦盛を舞うと、湯漬けを腹いっぱいにして単騎で清洲城を飛び出した。

義元の首を取るか討死するかだ。

寅の下刻ごろである。

飛び出した信長の後を追ったのは小姓たち五騎だけだったという。

出陣を知らせる清洲城の陣太鼓が鳴ると、おっとり刀の家臣たちが家を飛び出してその後を追い駆けた。

織田軍の集結場所は熱田神宮。

信長はその熱田神宮で家臣たちの到着を待ち、辰（たつ）の刻ごろに全軍で戦勝祈願を行ってから熱田神宮を後にする。

すでに砦の激戦が始まっていた。

信長の狙い通り今川軍はあちこちに分散して戦っている。

義元は各砦に兵を差し向け、朝になって本隊六千ばかりを率いて、沓掛城を出て大高城に向かった。

精鋭の馬廻り衆に義元は守られている。

この頃、二万五千人の今川軍は丸根、鷲津砦攻撃、鳴海城支援、大高城支援、沓掛城守備、本隊の前衛部隊、清洲城別働攻撃部隊などに分散していた。

それでもまだ本隊に六千人が残っていたというべきか、もう六千人しか残っていないというべきか、その本隊は桶狭間山を越えて沓掛城から大高城に向かう。

途中、太った義元は落馬して馬から輿に乗り換えている。

巳の下刻ごろに信長は善照寺砦に到着した。その信長軍と義元本隊は徐々に接近しつつあった。

信長は善照寺砦で戦況を見ていた。どの砦も苦しい戦いになっている。

その頃、義元の本隊は桶狭間村に入り、昼が近いこともあって義元は桶狭間山に陣幕を張って休憩に入った。

落馬した時に腰でも打ったのかもしれない。

それにしても敵の砦の近くで休憩とは油断もいいところだ。信長は善照寺砦から中嶋砦に前進する。

義元の油断を見計らって、一瞬の隙に義元の首を狙う。

一撃必殺、信長にはそこにしか勝機がない。危険だがそれを決行するしかないとわかっていた。

その時、中嶋砦の前衛にいた千秋四郎ら三十余騎が、信長の到着に勇み立って独断で今川軍に突撃して全滅する。

それを義元は桶狭間山から見ていた。

丸根砦、鷲津砦の攻撃も良好で義元は上機嫌である。ここからが義元の大油断で雪斎や泰能なら、絶対にやらないことをしてしまう。

愚かにもほどがあるという油断だ。

戦勝に気分のいい義元は、陣幕の中で盃を傾けて酒を飲み、舞を舞うという信長をなめ切った振る舞いをする。

それを止める者もなく愚かというより大馬鹿者の主従というしかない。

こういうことをすると天は見放すのである。

その頃、信長はわずか二千ほどの軍を率いて、義元の本隊に戦いを挑もうと接近。死中に活を求めるしか信長の生きる道はない。

信長が狙うのは義元の首一つである。どんな大軍でも大将の首を取られては戦いにならない。

そこが信長の唯一の狙いだった。

各砦に今川軍を分散させれば、義元の本隊は数千になると読み切っている。

信長が中嶋砦を出たのが正午ごろ、田のあぜ道を一列で行く二千に足りない信長軍は義元に丸見えだ。

ところがこの時、後に熱田神宮の怒りといわれる天候の急変が起こる。

未の刻に入ったばかりだった。天は義元を見限った。

急に寒くなり強風が吹きだすと黒雲が空を覆い、途端に空を裂いて稲妻が走り、同時に進軍する信長の傍の大木にドカンと落雷。

大粒の雨と同時に雹がバラバラと落ちてきた。突然の大嵐だ。

凄まじい暴風雨が荒れ狂い信長軍を隠してしまう。この時、天祐は明らかに信長の頭上にあった。

確かに熱田神宮の神々は信長に味方したのである。

突然の大嵐に義元は桶狭間山を下りて、田楽ヶ窪の百姓家に大慌てで避難する。

信長軍が接近していることを忘れた。

今川軍の兵たちは鎧を脱いで、いい塩梅の大雨で体を洗ったり暢気なものだ。

大軍の軍規がゆるむとこういうことになる。

それでも義元の傍には精鋭の馬廻り衆三百騎以上がいた。いざとなれば義元を守って駿河まで逃げ帰れる。

ところが戦場では何が起きるかわからない。

暴風雨が去ってカッと空が晴れ上がった時、織田軍が今川軍の真正面から突撃してきた。

信長が馬上で槍を振り上げ突進してくる。

「狙うは義元の首ッ、ただ一つだッ、義元の首だぞッ、突っ込めッ！」

「ウワーッ！」

道端で油断しきっている今川軍の中に、一塊の織田軍が道なりに突っ込んでくる。道の両側には今川軍が武器も持たずに裸のまま立っていた。

「突っ込めッ！」

「義元の首だッ！」

わずか二千足らずでも信長の怒濤の突撃を今川軍は止められない。

茫然と道端に立って織田軍の猛突進を見ている。だが、さすがに精鋭の馬廻り衆だ。三百騎が一斉に信長軍に向かってきた。

逆に先頭の信長が危ない。精鋭の馬廻り衆に呑み込まれる。

だが、今川軍は不運だった。

義元の本隊には本陣を設営する荷駄や兵糧など、夥しい数の荷駄隊がついていたのである。その荷駄隊が信長軍を恐れて逃げ出し、戦いの邪魔になって義元の馬廻り衆の動きが鈍った。

精鋭の馬廻り衆が逃げる荷駄隊に、引きずられ巻き込まれて大混乱になる。そこへ津波のように信長軍が雪崩れ込んできた。

逃げる荷駄隊に攻撃してくる信長軍、その信長軍に立ち向かう馬廻り衆が、荷駄隊に足を引っ張られた。

「どけッ、どけッ！」

「馬鹿者ッ、逃げるなッ、戻れッ！」

雨上がりの道はたちまち泥田のようになり、戦おうとする者と逃げようとする者、攻撃しようとする信長軍が入り乱れる。

大激戦で両軍が泥だらけ血みどろの壮絶な戦いになった。

そんな中で義元は大高城に逃げようとする。

馬に乗ろうとしても太った体では思うようにいかない。馬も戦いの中ではおとなしくしていない。

輿に乗って逃げるわけにもいかず、ついに信長の馬廻りに義元は取りつかれた。

義元は名刀左文字を振るい、信長の家臣服部一忠を返り討ちにした。だが、逃げる間もなく毛利良勝に後ろから組みつかれた。

義元に組みついた良勝の指が義元の口に入る。

その指をガリガリと嚙み切って、敵を振り落として逃げようとしたが、指を嚙み取られ怒った良勝に押し倒される。良勝の刀が義元の首に落ちてどろどろの中で御大将今川義元は討ち取られた。

「討ち取ったりッ！」

「義元の首ッ、討ち取ったぞッ！」

こうなると戦いは急に停止する。

今川軍が引き潮のように戦場から姿を消し始める。信長軍は追い討ちをかけるが深追いはしない。

泥だらけ血まみれの信長軍に追撃する余力は残っていなかった。

泥田のように壊れた道に立って、兵たちは槍を杖にハアハアいってもう限界だ。こうなるともうなにもしたくない。

逃げる今川軍を追いたくても体が動かない。足が前に出ない。

これでは戦いも急に終わりだ。

何か食わないと腹が減って清洲城にも戻れないだろう。

義元の討死は風に乗って戦場に広がり、元康がいた大高城にもその知らせが届いた。すべてを捨てて逃げるしかない。

義元だけでなく今川軍の有力武将が何人も討死した。

負け戦になれば兎に角、戦場からいち早く逃げるしかない。もたもたしていれば討ち取られる。

元康は大高城を出て家臣たちと逃げた。

それを織田軍が追い駆けてきた。元康が命からがらなんとか三河の大樹寺まで逃げてきた時、従う家臣はわずか十八人だけになっていた。

もう兵力とはいえない。織田軍に見つかれば全滅するしかない。

元康を逃がすために織田軍に突っ込んで行った者、戦いの中ではぐれてしまった者など生死もはっきりしない。

泣き虫元康は絶望的な状況になった。

急に弱気になると義元の後を追って死にたくなる。

戦いに負けるということはこういうことなのだ。わずか十八人では戦うにも戦えないしどうにもならない。

織田軍に大樹寺は包囲された。元康はもう逃げられない。

この大樹寺は安祥松平家の先祖が眠る菩提寺である。ここまで逃げてこられたのも先祖が導いてくれたと思う。

「ここで討死にするくらいなら、墓前で腹を切りたいと思う……」

弱気の虫に憑りつかれて、元康は死ぬ覚悟を決めて家臣たちと先祖の墓前に向かった。泥だらけの落ち武者たちだ。

武運もここまでかと元康は泣いていた。やはり信長は強かったと思う。

元康と十八人の家臣は墓前に座って腹を切る支度を始めた。寺から出られず絶望的な主従に最早生きる道はない。だが、元康がこの世に生まれてきた使命はまだ残っていた。天は元康に生きることを命じる。

するとそこに大樹寺の住職登誉天室和尚が姿を見せた。

「若殿……」

「和尚さま……」

「負けましたか？」

「はい……」

「それで？」

「ここまで逃げ切れたのもご先祖さまのお導きかと思います」

「うむ……」

「墓前にて潔く腹を切りたいと思います」

「死にますか？」

「はい……」

元康はすべてをあきらめていた。

「若殿はこのようなところで死ぬために生まれてきたのではございませんよ」

天室和尚が雪斎と同じようなことをいう。

「和尚さま……」

「寺部城攻めの折にお見せした厭離穢土欣求浄土の旗をお忘れか？」

「いいえ、覚えております……」

「それなら、あの旗をお出しした訳をお話いたしましょう。若殿は汚れた穢土であるこの世を、誰でもが楽しく暮らせる浄土にするために生まれてこられたのです。このようなところで死んではなりません」

「和尚さま……」

切々と元康を諭す登誉天室の言葉に泣き虫元康は泣いた。

「厭離穢土欣求浄土の旗と、この小さな阿弥陀仏を差し上げましょう。印籠に入れて肌身離さず念持仏にしてください。きっと守られます」

その阿弥陀仏は木造の一寸ほどしかない小さな仏像だった。それを見て元康は生きられるかもしれないと思った。

地獄に現れた仏さまだ。その仏を守る菩薩たちがいる。

元康を守るために、厭離穢土欣求浄土の旗を立てた大樹寺の僧が、地面から湧き出るように続々と現れた。

その僧たちは二百人ほどで長刀や槍で武装している。

泣き虫元康を助ける仏の使いともいえる大樹寺の僧たちだ。その僧たちと岡崎城に入れば元康は易々と敵に追われることはない。

その頃、岡崎城にいた今川軍も城を捨てていち早く逃げ出していた。

元康がその空になった岡崎城に入るのだから何の問題もない。弱気の虫が逃げていくのが見える。

元康はすぐ死にたくなるのだから困ったものだ。

登誉天室和尚はそんな元康に厭離穢土欣求浄土の教えを説いた。敗軍の将にはかけがえのない励ましである。生きられる道が見えてきた。

今川軍を元康が追い出したわけではない。

岡崎城は本来、松平家の城だから元康が入るのに遠慮することはないということだ。

「では城にまいりましょう。鳥居さまがお待ちでしょうから……」

「はい……」

腹を切る寸前で元康は死の淵から蘇った。

泣き虫元康は兎に角邂逅する人に恵まれる。これこそ元康が背負って生まれた大きな星だったのかもしれない。

この日以来、元康はいつどこにでも白い源氏の旗に、厭離穢土欣求浄土と墨書された旗を馬印と一緒に立てるようになる。

当初は流旗（ながればた）だったがほどなく幟旗（のぼりばた）になった。

小さな念持仏は生涯にわたって元康を守り続ける。大軍師太原崇孚雪斎についで元康が出会ったのが、浄土僧の大樹寺十三世登誉天室和尚であった。

厭離穢土欣求浄土が元康の生きる道しるべになった。

一人にあらず

大樹寺の武装した僧たちは強かった。

僧たちは織田軍を蹴散らし、堂々と元康を岡崎城に入れ、隊列を組んで大樹寺に戻って行った。

岡崎城からは城番以下今川軍がすべて逃げ去っている。

空になった城に元康の帰還を待ち続ける鳥居忠吉たちが残っていた。わずか二十人余で織田軍が攻めてきたら、全員討死する覚悟で城を守っていた。

なんとも良い家臣を元康は持ったものだ。

祖父清康を始め先祖代々の功徳というしかない。戦いで生き残った元康の家臣たちが、城を頼って戻ってくる。

よく戦ったぼろぼろの家臣たちだ。

織田軍はそんな情けない城に攻めて来なかった。

「若殿ッ！」

大手門に鳥居忠吉たちが出ている。

「爺ッ！」

「ご無事のご帰還、まことにおめでとうございまする」

「うむ……」

元康は大樹寺で登誉天室に助けられたことを言わなかった。

面目ない上に恥ずかしくて、死のうとしたことなど話せない。敗軍の将は沈黙するしかない。

このまま岡崎城を守り切れるかまだわからない。

眼と鼻の先に虎視眈々と三河を狙う織田軍がいる。だが、その織田軍も疲弊していて戦いを継続する余力は残っていない。

岡崎城にはそんな織田軍の目をかいくぐって、松平軍がポツポツと帰ってくるが、どの顔もみな泥だらけの落ち武者だ。

「爺、みなが腹を空かして戻ってくる。粥を頼む……」

「畏まりました」

「腹の膨らんだ者から城の守りにつけ！」

元康は大樹寺で拾った命を、大切に生きてみようと考えている。それにはまずこの岡崎城を守り切れるかだ。雪斎が笑いながら見ているように思う。

鳥居忠吉は万一を考え、わずかばかりの兵糧米を隠し蔵に残しておいた。

「蔵の米を一粒残らず運び出せ！」

兵糧米をすべて食い尽くしても、ここはなんとか生き延びなければならない。収穫ができる秋まで、牛馬と同じ草や藁を食ってでも生き延びれば、もう今川家に米を奪われることはない。

すべて岡崎城のものだ。元康の米だ。

鳥居忠吉は生き残るために、これまでに倍する苦労をすることになる。

兵が集まれば貧乏はつらい。

だがやがて、その鳥居忠吉の苦労を見かねて、密かに助けの手を差し伸べてくれた人たちがいる。

それは元康の母於大の嫁いだ久松家であり、於大の実家で信長の味方でもある水野家だった。元康は多くの人々に守られていた。

それも大きな星の一つだろう。

その頃、義元の家臣で尾張領内にある鳴海城を、百人ばかりで守備していた岡部元信だけは引き上げようとしない。

負け戦なのに逃げずに敵の中に残った。

信長が田楽狭間で討ち取った義元の首を、返してほしいと元信は信長に強情な交渉を始めた。義元の首を返さなければ、鳴海城から撤退しないと強硬な構えを取る。

なかなか骨のある男だ。

信長はこういう少し変わった男が好きだ。

義元の首など何の役にも立たない。腐るだけだ。信長は討ち取った敵将の首をあっさり元信に返還した。

首を返せという元信もしたたかだが、それをあっさり返す信長もなかなかだ。

元信は輿に首の入った棺を乗せると織田軍の見ている中を、悠々と鳴海城から出て引き上げた。

だが、駿河に向かう途中、なんの戦功もないことがたまらなく悔しかった。

強情な男はやることも強情だ。

わずか百余人の手勢で刈谷城に襲い掛かり、水野信元の弟信近を討ち取ると、城を焼き払ってから駿河に引き上げて行った。

この桶狭間の戦いで今川軍と織田軍の払った犠牲は甚大だった。

今川軍の死者は二千七百余人、織田軍は七百二十余人で織田軍を支援した六角軍が二百七十余である。

両軍で三千五百人を超える死者と、数えきれないほどの負傷者が出ていた。

この敗北でやがて今川家は滅亡への道をたどることになる。

義元の嫡男氏真には、残念ながら広大な今川家の領土を守り切る力量はなかった。こういう大きな戦いに負けると滅びの神に取りつかれる。

元康が六歳で織田家に人質になってから、十九歳にしてようやくその軛(くびき)から離れられそうだ。

戦いに敗れたおかげで人質から解放されるとはなんとも皮肉だ。

その元康がすぐしなければならないことは、戦いに敗れて戻ってくる松平軍を立て直すことだ。

どこから攻撃されるかわからない岡崎城を守り抜くことだった。

一国一城の大将になればすべてに責任がある。

織田軍は数日で姿を消した。信長が岡崎城に元康が入ったことを知り、織田軍をあっさり引き上げさせたのかもしれない。だが、その元康が今川から自立するとなれば、三河の中に元康を攻撃する敵がいるだろう。

こういうどさくさの時が危ない。誰がどんな動きをするか。

油断すれば兵も兵糧も少ない岡崎城を、今こそ潰す時と考える者がいてもおかしくなかった。

元康は四方八方に警戒しなければならない。

服部半蔵や千賀が三河中を飛び回って、危険な火が燃えていないか探し回る。

発見したら大火になる前にいち早く消さなければならない。三河から今川軍がいなくなって勢力争いに火が付きかねないと元康は思う。

わずか一日の戦いで今川軍が消えてしまったのだから、不思議で信じられないことだ。

元康は野戦の恐ろしさを知った。

大高城で義元の討死を聞いた時、二万五千人と聞いていた大軍の御大将が、そんな簡単に死ぬはずがないと思った。

だが、その知らせは夢ではなく事実だった。

なぜこんなことが起きるのか元康には考えもつかないが、野戦で大軍と大軍が衝突するとこういうことが起きる。

それを知っただけでも参戦した意味があったと思う。

徐々に戦いの噂が聞こえてくると、義元を討ち取った信長軍がわずか二千足らずだったとわかって驚愕した。

信長は本当に強いと思う。戦いは兵力の差ではないこともわかった。

おそらくあの信長だからすべてを考え尽くして、義元の首を取るにはどうすればいいか罠を仕掛けたのだ。

この戦いは偶然こうなったのではない。

あの賢い信長の頭の中で作り出した作戦に、太原雪斎と朝比奈泰能のいない今川軍がまんまとやられた。

考えてみれば恐ろしい戦いだった。

元康は「天王坊ッ、戦とはこうやるものだッ、見たかッ！」といって、睨みつけている信長を意識する。

「吉法師は恐ろしい……」

あの吉法師がこんな恐ろしい戦いをしたんだと思う。

まさか、義元の首を取るなど、大うつけの吉法師以外誰が考えるだろうか、その時、元康はフッと雪斎がいった沢彦宗恩という僧侶のことを思い出した。

「信長を育てた僧がいる」

太原の言葉がよみがえる。

「どんな人だろう……」

元康は会ってみたいと思った。

岡崎城に帰還して半月が過ぎた頃、元康に駿河からうれしい知らせが入った。駿府にいる正室の瀬名が六月四日に長女を産んだ。

元康はその娘に亀というめでたい名をつけた。

この亀姫は後に信長の命令で奥平信昌の正室になる。

そんなめでたい岡崎城に登誉天室和尚がひょっこりあらわれた。あだやおろそかにできない元康の命の恩人だ。

「少しは落ち着かれましたかな?」

「はい、兵糧だけが心配にございます」

「なるほど、それだけ兵が集まったということですかな?」

「兵たちは百姓をしておりますから何んとかなりましょう……」

「すると家臣団かな?」

「はい、秋の収穫までが苦しくなりそうです」

「なるほど、だが、若殿、ここは草を食っても耐える時ですぞ」

「はい、そうします」

　籠城したと思えば半月や一ヶ月は耐えられる。元康はそう考えていた。

「今日伺ったのはほかでもない。若殿のこれから先のことじゃ。それを少し話そうと思いましてな。雪斎さまがおられたらどうなさるか……」

「はい……」

「拙僧の考えをいいましょう。若殿はこの三河を守るため、まずはどなたかと手を組む必要があります」

　元康は登誉天室和尚の話を黙って聞いた。

「周辺の国と手を組むこと。雪斎さまの三国同盟のように、その相手は駿河の今川氏真、相模の北条氏康、甲斐の武田信玄、美濃の斎藤義龍、それに尾張の織田信長などがよろしいかと思います」

「信長……」

「はい、この五人の中では武田信玄と、織田信長のいずれかが良いと思われます。信玄は信濃に領地を広げ戦いが強い、信長は若く知恵があり勢いがある」

「氏真さまは？」

「残念ながら義元さまほどの器量はない。義龍は病弱、氏康は箱根の向こうで少々遠い」

「信玄と信長……」

「さよう。若殿は尾張で大うつけの吉法師とお会いしていると聞きましたが？」

「はい……」

「どのような男でしたかな？」

「大うつけなどではありません」

元康はきっぱり言った。信長は決して大うつけなどではない。むしろ賢い大将だと思う。

「なるほど、いずれにしてもよく考えて誰かと手を組むことです。それもできれば五分の同盟がよろしいと思います」

「五分……」

「お互いが助け合うのですから……」

登誉天室和尚は信長を推しているような口ぶりだった。

この頃、駿河の今川氏真は尾張の織田信長を異常に恐れていた。

織田軍が三河から遠江、駿河へと東進してくるのではないか、父の義元を討たれた氏真には当然の恐怖だ。

その信長に対する楯として、元康が岡崎城に自立することを氏真は暗黙に認める。

だが、その泣き虫元康は駿府で人質になっていた頃とはまるで違う。

戦いに敗れたことが元康をまた成長させた。それに一国一城の主として、どのように振る舞うべきかを考える武将になった。

その根本には厭離穢土欣求浄土がある。

登誉天室和尚のお陰だ。この世を極楽にしなさいという仏の教えである。

壮絶な負け戦が一夜にして泣き虫元康を戦う大将に変えた。油断をすれば義元のような武将でも首を取られる。

登誉天室和尚が近隣の大名と手を組めという。

確かにそうだ。一人では身動きができない。

岡崎城に帰還して国持ち大名になった元康が、すぐに考え手を付けようとしたのが軍制と家臣たちの職制であった。

岡崎城をいかにして守るか、戦いの時には誰がどのように戦うかである。

それと同時に平時には誰がどのような仕事をするか、仕事を決めて俸禄の石高を決めなければならない。だが今はそんな米はない。

そんな時、元康の部屋に鳥居忠吉が一人で現れた。

「殿、お人払いを願いまする……」

「うむ、みな……」

元康は部屋にいた近習たちをすべて下がらせて忠吉と二人だけになった。

「この爺が死ぬ前に、どうしても殿にお話ししておかなければならないことがございます」

「どこか具合でも悪いのか？」

「そういうことではございません。実は……」

忠吉は元康の傍に膝を進めて声を落とした。

「この忠吉に罪があると仰せであれば腹を切りまする」

「何のことだ？」

「恐れながら申し上げます。殿には同じ日にお生まれになられた双子の弟さまがおらせます」

「なにッ！」

「このことは亡きお父上さまとそれがししか知らないことにございます」

「双子の弟が？」

「はい、爺は殺すべきと申し上げましたが、お父上さまはそうは致しませんでした。それであるところに隠しましてございます」

「それはどこだ？」

「お会いになられますか？」

「会いたい……」

「それでは申し上げますが、その前に実は、殿の母上さまの於大の方さまが嫁がれる前、お父上さまには於久という侍女に子が生まれておりました」

「兄ということか？」

「はい、その於久がお二人を育てまして、今は尼僧になりお父上さまの菩提を弔っておられます」

「三人とも健在なのだな？」

「お元気にございます。於久は大給松平家の者にございます」

元康は突然、兄と弟がいると聞かされて驚いたが、この乱世ではそういうことがあっても不思議ではないとも思う。

「母上はご存じなのか？」

「兄上さまの存在はお聞きになっていますかどうか、若殿の弟さまのことはご自分がお産みになりましたので、ただ死産と……」

「そういうことか、だが、生まれた弟がどうなったか母上も知らないのだな?」

「はい、お父上さまが話しておられれば別ですが……」

「なるほど、双子では仕方あるまいな……」

「そのように仰せいただければ、この皺腹を切らずにすみまする」

「よし、会いに行こう!」

「承知いたしました」

鳥居忠吉は酒井忠次を呼んで供を命じた。あの日、於久を大給松平家に送り届けた一人が忠次だった。

三人は三河加茂の大給に向かった。

三河の加茂は京の賀茂神社の神領地だったことから加茂という。

その加茂は松平家の発祥の地であり、松平家は賀茂神社の氏子でその神紋の葵を家紋にしている。

大給までは岡崎城から花沢街道を北に三、四里ほど行く。

巴川や霞川が近く景勝で大給の里などといわれる。人質だった元康に兄弟のことは源応尼も話していない。

兄と弟がいるとはふしぎな気持ちだ。

元康の安祥松平家と大給松平家は、曽祖父同士が兄弟で親しい関係にあった。

三人が大給松平家に着くと於久の妙琳(みょうりん)と、元康の一つ年上の兄忠政と双子の弟の恵新が出迎えた。

元康は大玄関で立ちすくんだ。

僧衣の恵新はまるで元康そのものだった。双子は似るというが瓜二つというより生き写しの鏡だ。

「兄上、よくお出で下さいました……」

恵新の傍には元康の来訪を告げた内藤正成が立っている。

元康は何んとも奇妙な気持ちだ。武将にはよく似た影武者などを使う者がいると聞いたことがある。

兄の忠政はそれほど似てはいなかった。

「よくお出で下さいました。勘六にございます」

忠政がそう名乗った。その足元の敷台に尼僧がうずくまっている。

「殿、お話いたしました於久にございます」

忠吉が元康に妙琳を紹介した。

「於久殿、竹千代でござる。お顔を見せて下され……」

元康にいわれてあげた妙琳の泣き顔は年老いていた。

「ご苦労をおかけしました」

「若殿こそ長い間ご苦労にございました。ご無事のご帰還、慶賀にございます」

そういうと優しい元康の言葉に、妙琳は両手で顔を覆って泣いた。

元康は兄の勘六に案内され、広座敷に入ると三人が改めて挨拶。初めてとは思えない懐かしさがある。

血は争えない。

「於久殿は桑谷村におられると聞きましたが？」

「はい、小さな庵にてお父上さまの菩提を弔わせていただいております……」

「そうでしたか、知らぬこととはいえ長い間失礼しました」

「於久殿、ようやく今日、仔細を殿に申し上げたところでな、すぐに会いたいと仰せられたのじゃ、急なことであったな……」

「有り難く存じます」

妙琳は忠吉から駿河の元康のことは時々聞いていた。

その日、元康は父広忠の菩提を弔う寺を建立すると三人に約束する。

やがてその寺は桑谷村に建立され瑞雲山広忠寺となり、恵新が樵臆恵最の法名で初代住職となる。

夜になって元康たちは岡崎城に戻ってきた。

何んとも狐につままれたような不思議な一日だった。だが、元康はこれまで一人ぽっちと思ってきただけにうれしかった。

あとは久松家に嫁いだ母に会い、その母の産んだ弟妹たちに会うだけだ。駿河から瀬名と竹千代と亀を岡崎城に迎えれば、夢に見てきた大きな家族ができると元康は考えた。

元康は岡崎城の城主として日々忙しくなった。

義元討死の余波はいつまでも続いた。ことに駿府がどうなっているのか、源応尼や瀬名が無事なのか心配な元康だ。

迂闊に駿府に使いを出すと氏真に駿河へ戻れと命じられそうである。

瀬名のことは実家の関口家に任せるしかない。粗略な扱いを受けるはずはないと元康は思う。

そんな心配の一方で早く軍制と職制を決めなければならない。

いつ尾張の織田信長が勢いに乗って、三河に姿を現すかわからないと思うと急がれることだ。

信長が三河に攻めてこないとはいえない。

その軍制と職制を考えに考え抜いた元康は、十一月二十七日になってそれを家臣に披露し命じた。

単純明快でわかりやすい軍制と職制だ。

当然総大将は元康、その下に譜代の家臣から惣先手侍大将を二人、酒井忠次と石川数正を置き、酒井忠次には厄介な西三河をまとめさせる。

その中には十八松平といわれる武将が多かった。

酒井家は元康の松平家より古く、その酒井忠次に指図ができるのは本家筋の元康しかいない。

十八松平ににらみを利かせるには忠次しかいないと見た。

もう一人の惣先手侍大将の石川数正には、東三河をまとめさせる。その二人の下にそれぞれ多くの兵が配された。

元康の傍には御旗本先手侍大将を置いた。

鳥居元忠や本多忠勝、榊原康政などの豪傑たち六、七人である。

その下にも兵が配された。

この忠次の先手大将と数正の先手大将、それに旗本先手大将の構えを、三備えの軍と呼んで元康が動かす。

極めて明快でわかりやすい軍制である。

他には酒井正親や鳥居忠吉のような留守居役、足軽物見役、小荷駄奉行、祐筆（ゆうひつ）から台所奉行など、諸奉行を決めて職制とした。

軍制とか職制と大袈裟にいうよりは、家臣の役割分担といった方がわかりやすい。

このようにして元康は自分の立場を、誰もが見える形ではっきりさせた。三河の総大将は自分であると示したのである。

その上で三河の石高で養える兵を集める。

岡崎城に入る米が何万石あるのか、三河全体でも三十万石はないといわれていた。いいところで二十四、五万石ぐらい。

そのうち岡崎城に入る米が十万石として、戦いの時に養える兵は二千五百人から三千人ぐらいだろう。

常日頃、城で働くのは二百五十人から三百人ぐらいである。

元康はそんな胸算用だが三河の実情はもっと厳しかった。今川家の支配下にいて三河は荒廃していた。

それを一日も早く立て直さないと城の蔵に米が入らない。

妻女山

永禄四年（一五六一）の年が明けた。

前の年は何がなんだかわからない大嵐に翻弄された半年だった。

元康はいまだにあの義元が討死した戦いが信じられない。元康が冷静に考えてもあんな戦いがあるのかと思う。

それが現実にあるのだから怖い。

敗れた今川軍は一瞬の油断で、その隙間を見逃さず信長は突撃してきたというだろう。だが、勝った織田軍はその油断や隙間を作ったのは信長だというに違いない。

元康はやはり信長が仕掛けた罠のように思う。

偶然を当てにして、信長があんな危険な戦いをするはずがない。大うつけといわれた頭が間違いなく考えた策であり罠なのだ。

そうに違いない。幼い時に竹千代が見た信長は荒ぶる神のようだった。

賢く勇気や自信に満ちている大将だったと思う。

それを考えれば偶然ではなく、確実に義元の首を取ると、何年もかけて仕掛けた罠としか思えない。

その信長がいつまでも三河に攻めてこなかった。

そのうち暮れには岡崎城の蔵に新米が入って飢える心配がなくなった。

まだまだ貧乏な岡崎城だが、久々に蔵が米で満杯になり、ことのほか鳥居忠吉は機嫌がいい。米を見てニッと気持ち悪く笑う。

もう腹いっぱい食っていいのだ。

「爺、例の献上馬のことだが……」

「はい、嵐鹿毛で良いかと思います。確かに将軍さまが良馬を探しておられるそうですから……」

「織田家に命じられたというのは真か？」

「そのようです。織田家には良い馬が何頭もいるそうです」

「そうか……」

「あの嵐鹿毛を京の誓願寺の泰翁さまを通じて、将軍さまに献上されるのがよろしいかと思いまする」

「そうだな……」

元康は将軍義輝が信長に献上馬を命じたのが気になる。

鳥居忠吉がいう嵐鹿毛という馬は、馬体も大きく駿足で十年に一頭生まれるかという名馬だった。

柳原刑部という者が数年前に駿河で元康に献上してきた。

その馬を以前三河の大林寺の住職で、今は京の誓願寺にいる泰翁を仲介にして、将軍義輝に献上しようという。

元康は乗る馬にこだわりはないから献上に反対はしない。

二月になって嵐鹿毛は三河から京に向かった。元康が将軍義輝と初めて接触することになった。三河には今川から自立した松平次郎三郎元康という大名がいると宣言する使者を出した。

その嵐鹿毛が出立した翌日、岡崎城に元康の母於大の方の兄である水野信元が現れた。

この頃、祖父清康が拡大した安祥松平家の三河支配を、元康が復活できるかその力量が試される段階にきていた。

岡崎城で守りを固めているだけでは駄目だ。

そんな元康の考えで京の将軍義輝にも接近しようと決断した。一方では駿河の今川氏真からは駿府への復帰と帰順を求めてくる。

元康は氏真を義元のようには信頼していない。

大樹寺の登誉天室和尚がいうように、義元のような大きな器量があるとは考えていなかった。

そんなところに母の兄が現れた。

もちろん元康には、信長と深い関係のある水野信元の用向きはわかっている。

「伯父上……」

「この度は難儀なことであったな」

「はい……」

桶狭間の戦いでは織田軍に味方した水野一族は大活躍していた。

桶狭間という場所は、水野家の家臣中山勝時の領地で、その詳細を信長に伝えていたのが勝時だった。

そのお陰で信長は桶狭間周辺を知り尽くしていた。

織田方の中嶋砦を守っていた梶川平左衛門は、信元の父水野忠政の配下で、忠政亡き後は信元軍に属している。

つまり信長は義元との戦いで、天の時、地の利、人の和が揃っていた。

丹下砦を守っていたのは水野帯刀(たてわき)忠光であり、織田軍で一番に敵の首をあげたのは水野清重の息子水野清久である。

信長は水野信元と同盟していたことが実に大きかった。

大高城から元康たちが撤退した後に城へ入ったのが水野元氏で、岡部元信に攻められ刈谷城で戦死したのが水野信近だ。

実は、大高城から逃げた元康が池鯉鮒(ちりゅう)まできた時、落ち武者狩りの大将上田半六に邪魔され逃げられなくなった。

わずか十八人での逃亡は無理だった。

その時、元康の退却を上田半六に掛け合ったのが、水野家の家臣浅井六之助忠久で半六は道を譲ったのである。

元康は池鯉鮒で落ち武者狩りに殺されていたかもしれなかった。

水野信元はそれらもろもろのことをすべて知っている。まさに、最前線にいる信長を支えていたのが信元の水野一族だった。

「母上はお元気でしょうか？」

「うむ、そなたに会いたいと言っておるぞ……」

「はい、申し訳ございません」

「このままでは会いにも行けぬな？」

元康には信元のいわんとすることはわかっていた。

母の於大がいる久松家は知多阿古居にあり、実は大高城からすぐ近くで元康は密かに母に会いに行った。

だが、戦いの最中で長居はできず於大、久松俊勝、三人の弟と対面しただけだ。

この時、久松俊勝は信長に味方していた。本来であれば元康が顔を出せる場所ではなかった。

その織田方の阿古居城に乗り込んでも、元康は母に会いたかった。

だが、すぐ陣に戻らなければならず、元康は三人の弟に松平一族である証の葵紋を授けて母と別れた。

この後、久松家は久松松平と呼ばれる。

もちろん、そんな元康の禁じ手の隠密行動も信元は知っている。こっそり母に会うなど泣き虫元康が治らない。

一軍の将のすることではない。

つまり信元が言いたいのは母に会いたければ織田に味方しろということだ。

信元の考えは単純明快で実にわかりやすい。だが、そう易々と動けないのも元康の立場である。

駿府には瀬名と竹千代とお亀が残っていた。三人が氏真に殺される。

久松家は本来、名門の菅原道真の一族なのだ。

道真が九州大宰府に配流になった時、道真の長孫の久松麿こと雅規が尾張知多阿古居に流された。長孫とは長男の長男である。

室町期になって足利将軍から、阿古居に七千貫の領地を認められ、尾張守護の斯波家の配下を命じられた。久松家は同じ知多の佐治家と争うが、その斯波家が滅ぶと両家は揃って織田信長に属した。

乱世では一人でも多く兄弟などの一族が欲しい。

一人ぽっちの元康は母の産んだ三人の弟を欲しかった。その三人は康元、康俊、定勝という。

久松俊勝には嫡男で前妻の産んだ信俊がいた。

三人はやがて元康の弟として、久松ではなく松平を名乗るようになる。元康に次々と兄弟ができた。

そんなことから水野、久松、松平は強い絆で結ばれた。

水野信元はなんとか甥の元康を信長の味方にしようと考えている。信長と手を組んで元康には三河から遠江、駿河へと、義元のいない今川領を東に奪ってもらいたい。

そうすれば西に向かいたい信長の後方が安全になるという理屈だ。

そういう意味では信長にとって元康は重要な場所にいる。三河が敵になるか味方になるかによって信長の動きが左右されると信元は考えた。

織田信長に味方する水野信元は、元康が今川に近づくことを心配している。もちろん信元は元康とは戦いたくない。

妹の於大が泣くのを見たくないのは当然だ。

自分の手で育てられなかった元康に対する於大の愛情は強く格別だ。元康と戦えば信元は妹に殺されかねない。

その元康も幼い頃の信長の感触を忘れていなかった。

あの暑い真夏の川干しで、信長と一緒に遊んだ竹千代が肌で感じたのは、天才信長の息づかいであり輝きであり匂いだ。

やがて元康は自ら感じた信長の才能を信じることになる。

北の甲斐の信玄や東の相模の氏康と同盟しようとは考えず、まだ尾張の統一もできていない信長と同盟を決意する。

この人を見る元康の眼は確かなものだった。

それは大軍師太原雪斎の薫陶の賜物（たまもの）でもある。雪斎は元康に人を見る目が大切だと繰り返し教えた。

雪斎は元康に孫子の兵法を語ったことがある。

その時、「彼を知り己を知れば、百戦して殆うからずとは人じゃ。人を見ることだ」と説いた。

「人を見誤るな……」

雪斎は元康にそう教えた。それは兵法の中でも最も難しいことだ。人は利害を求めてたくみに近づいてくる。そういう狡猾な者を見損じるなということだ。逆にいえば元康にそういう男になれと言っているようでもある。

水野信元は元康と話し合い、母の於大を裏切ることは、決してないと確信して帰って行った。

三歳で別れ、六歳で人質になった竹千代を物心両面で支え続けたのが母だ。

親子の別離は乱世のならいで仕方がない。だが実は、泣き虫元康は親子の縁の薄い子ではなかった。

確かに父親を幼くして失ったが、母の於大はいつも見守ってくれていた。

それに元康を大切にしてくれた源応尼がいたのだ。

元康は幼い自分を支え続けた母の愛情を忘れていない。だからこそ、戦いの最中にこっそりと母に会いに行った。

その母は大きな目に涙を浮かべてよろこんでくれた。

何があってもあの母だけは大切にしたい。

元康はそう心に誓っている。

三月になると京の将軍義輝から名馬嵐鹿毛の返礼に、義輝のよろこびを伝える書状と褒美の短刀が届けられた。

このことで将軍家に三河に松平元康という大名がいることを伝えた。

こういう付き合いが先々重要になる。元康は大名としてはまだおぼつかないが、天下への道を半歩進めたことになる。

おそらくこういう振る舞いを信長が見ているだろう。

元康は馬を養い兵が増えると松平軍の体制を整え、祖父清康が拡大した三河の領地を復活させたいと思う。

そのためには東三河、西三河に残る今川家の城を一掃したい。

三河には今川家に味方している勢力が少なくない。得体の知れない元康より義元がいなくても今川家がいいという。寄らば大樹ということだ。

まだそんな気分が三河には広がっている。

周辺の情勢を読み切って、元康は四月になると、今川の拠点である東三河牛久保城に攻撃を仕掛けた。

まさか元康が今川家に刃向かうとは誰も考えていない。

これに驚いた今川軍は「松平蔵人逆心ッ！」とか、「三州錯乱だッ！」と叫んで大混乱する。

元康は今川軍を攻撃することで、今川家から松平家は自立すると明確にした。

西三河でも元康は今川軍との戦いを始める。だが、こういう元康の動きは、駿府にいる瀬名や竹千代や亀の命にかかわることでもあった。

この頃の元康は蔵の米に余裕ができて、服部半蔵や千賀たちを周辺国に派遣して情勢を探っていた。

こういうことができるようになるから蔵の米は実に有り難い。

相模から戻ってきた千賀が、元康に「間もなく長尾景虎が小田原城を攻撃する模様です」と告げた。

「越後軍が？」

「はい、越後軍は関東管領の上杉憲政を擁し、宇都宮、佐竹、小山、那須、里見、成田軍など十万ほどの大軍ということです」

「十万だと？」

「はい、少し多すぎます」

「少しか？」

「だいぶ……」

千賀がニッと微笑むと仏頂面の元康も引きずられてニッと笑った。

尾張の天王坊から一緒の二人は、好き合っているのだがまだ手を握ったこともない。千賀は美人の娘になっている。

だが、双方が好きだといえない臆病者だ。

「もう行くのか？」

「うん……」

「いつ戻る？」

「来月……」

「気をつけろよ……」

「うん……」

千賀が小さく頷いて座を立った。

この頃の服部半蔵たちは猛烈に忙しかった。

というのも関東は義元が死んだことで大荒れの状況になっている。

千賀が復命したように越後の長尾景虎こと上杉謙信が、関東管領の上杉憲政と組んで大軍を集め、北条家の小田原城を包囲。

関東管領のいうことを聞かない北条氏康に、関東を勝手にはさせないということだ。

この小田原城攻撃に対応しなければならず、今川軍は元康の動きに兵を動かすなどの対処をできないでいる。

義元は死んだが太原雪斎の三国同盟はまだ生きていた。

北条家の危機に同盟している甲斐の武田信玄が、上杉謙信の背後を脅かすため信濃で動き始めている。

今川と武田が北条を援護していた。

信玄は川中島に海津城を築いて信濃攻略の基地とし、その勢力を善光寺平まで拡大して北信濃を呑み込もうとした。

こうなるとさすがの大軍も、猛烈に後方を攪乱（かくらん）されて戦いに集中できない。

そのうち包囲戦が長引くと、小田原城攻撃に参加した宇都宮や佐竹や成田軍が、あれこれ故障を言い立てて戦場から勝手に離脱し始める。

一ヶ月も小田原城を包囲しながら、攻め落とせないばかりか、兵が腐って逃げ出してしまった。

こうなっては軍神毘沙門天でも如何ともしがたい。

大軍が小田原城の包囲を解いて姿を消す。

この時、長尾景虎は鎌倉の鶴岡八幡宮を参拝し、上杉憲政から関東管領職と上杉の姓を譲られたという。

そんな忙しい中で今川氏真は元康の動きに構ってはいられない。

武田と北条の動きに呼応できなければ雪斎の三国同盟から脱落する。そんな今川軍の動きを元康は見て動けないと読んでいた。

五月になると美濃の斎藤義龍が死去した。

後継者の龍興はまだ十四歳で、勢いのある信長に攻められるとひとたまりもないと思われた。

ところがその美濃には弱冠十八歳の天才軍師竹中半兵衛がいた。この半兵衛に織田軍が翻弄されるのだから戦いというのは実に難しい。

信長が何度美濃を攻めても失敗が続き、やがて西美濃からの攻撃をあきらめて中美濃からの攻撃に切り替える。

そのため、小牧山城を築いて清洲城から信長は移転することになった。

そんな織田家でおかしな男が頭角を現しつつあった。

村木城攻撃の時に拾った元吉という猿顔の男で、この機転の利く男が短気な信長に気に入られトントンと出世した。

兎に角、よく働く男でまるで独楽鼠のようだ。

人の嫌がることであれ何であれ「有り難き幸せ！」と、さっさと仕事を片付けるのだから重宝だ。こういう男はどこでも大将にかわいがられる。

信長は働く者が好きだ。口数が多く手足の動かない者を嫌う。

その信長に「猿！」と呼ばれている男が、足軽大将の可愛い娘お寧と結婚するところまできた。

その猿の世話をしているのが前田利家とまつ夫婦だ。

猿の元吉はひどい男で、人たらし女たらしの名人、女の尻をなめて歩くような眼鼻の利いた男だった。針売りの行商をしながら身につけたものであろう。

この猿は妙に愛嬌があり度胸がある。親兄弟の反対するお寧をまんまと手に入れた。

前田利家の仲人で藁筵（わらむしろ）を敷いて結婚式をする。可愛いお寧が猿に惚れているのだからどうにもならない。ところが案の定、そのお寧さんが女たらしの猿に泣かされることになる。

八月で尾張の残暑がきつい頃だった。

その頃、北国は風が冷たくなってきていた。

小田原攻めの後ろを攪乱された上杉謙信は、甲斐の武田信玄の領地拡大を放置してはおけない。

これまで三度も対峙したが本格的な決戦には一度も至っていなかった。

四度目は雌雄を決する覚悟で、八月十五日に上杉謙信の越後軍一万八千が信濃善光寺に着陣した。

「越後軍現る！」

急報が甲斐の武田信玄に飛んだ。

翌十六日に越後軍は善光寺に荷駄隊や兵など五千を残して、一万三千が南に向かい犀川を渡河。

信玄が築いた海津城を左に見ながらなお南下する。

武田領に深く入り千曲川を渡河して、海津城や川中島などを見下ろせる妻女山に陣を敷いた。

海津城の南の妻女山に謙信がなぜ入り込んだのかわからない。

武田信玄は海津城の高坂昌信から、知らせを受けると十六日に急いで甲斐を進発した。武田軍は二万の大軍で素早い動きだった。

風林火山の武田軍は信玄が整備した棒道を一気に北進してくる。

こうなると武田領に深く入り込んだ上杉軍との激突は必至だ。越後の毘沙門天か甲斐の龍か。これまでは互角だった。

二十四日に武田軍は妻女山と対峙する塩崎城に入り布陣する。

信玄は上杉軍がなぜ武田領深くまで入ってきたのかを考えた。謙信が覚悟の上で武田領に踏み込んできたとしか思えない。

信玄の結論はおそらく前の三回と違い、今回は本気で決戦するつもりだということだ。敵がそのつもりなら受けて立つしかない。妻女山の上杉軍を海津城と塩崎城で挟んでいる格好だ。

だが、挟まれている妻女山は静まり返ってまったく動きがない。

なんとも嫌な戦いになりそうだ。上杉軍が布陣したまま何を待っているのかわからず膠着状態になる。

それを嫌ったのは武田信玄の方だった。

二十九日に武田軍が動き、川中島の八幡原を横切って海津城に向かう。

武田軍は妻女山の上杉軍に横腹を見せて、攻めるなら攻めて見ろと風林火山の旗を立てた行軍で海津城に入った。

それでも妻女山の上杉謙信は動かず武田軍の入城を許す。

「毘沙門天は何を考えているんだ？」

武田軍の武将たちには見当もつかない。何かを待つように上杉軍は妻女山に布陣して動かない。

薄気味悪い状況だ。

こういう睨み合いは士気が低下し兵が腐ってしまうのが怖い。

戦機を見て戦いに出ないと戦にならなくなる。

信玄に家臣たちは妻女山に向かい、決戦するべきだというが信玄は謙信の強さを知っている。

戦場に充満する両軍の殺気は尋常ではない。

上杉軍独特の静かな緊張感が広がっていた。妻女山から流れてくる。

信玄はそういう殺気を敏感に感じ取っている。先に戦いを仕掛けるとやられるのではないかという恐怖だ。

十六日に妻女山に入ったまま動きを止めてこっちを見ている。

なんとも不気味な上杉軍だ。夜には煌々(こうこう)と篝火(かがりび)を焚いて、一万三千の軍勢が海津城の明かりを見つめている。

そんな夜が何日も続いた。

そこで信玄は妻女山の上杉謙信が動かないなら、こちらから戦いを仕掛けてやろうと考える。危険だが兵が腐るよりはいい。

海津城に籠っていても敵が動かないのだから、戦いを仕掛ける策を考えるしかない。武田領に深く侵入しているのが気にいらない。

そこで重臣の馬場信春と軍師の山本勘助を呼んだ。

「勘助、妻女山の上杉軍を山から引きずり下ろす策を考えろ！」

「はッ、それでは決戦を？」

「うむ、毘沙門天の首を見たい！」

「はッ、畏まって候！」

信玄が上杉謙信の首を所望であれば策は立てやすい。

勝たない程度、負けない程度の策を考えろ、などといわれると実に厄介で難しいことになる。

その夜、信春と勘助は奇妙な策を考え出した。

それを啄木鳥戦法という。

海津城の武田軍を二分して一万二千を妻女山に向かわせ、啄木鳥のように妻女山を突っついて上杉軍を山から追い出す。

残りの八千が密かに川中島の八幡原に出て、妻女山から下りた上杉軍を待ち伏せして討ち取るという策だ。

こういう策は成功すれば美しいが、しくじると軍を二分しているだけに危険なのだ。

そんなことくらい信玄はわかり切っている。

だが、多少の危険をおかさなければ、上杉軍のような大きな獲物は仕留められないと思う。

「決戦は八幡原か?」

「はい、敵を八幡原で挟み撃ちにします」

「妻女山に向かう一万二千が八幡原に出てくるには一刻ぐらいか?」

「そのように考えております。遅くとも一刻半までには……」

信玄の頭脳はその戦いのために猛烈に回転して展開を計算する。妻女山の上杉軍一万三千が山を下りてきたとき、待ち伏せの武田軍八千がどこまで戦えるかだ。妻女山からくる援軍の一万二千が間に合えば、上杉軍を挟撃して毘沙門天の首を取れると思う。

だが、間に合わなかった時には八千の武田軍が危険になる公算が高い。

それを分けるのは一刻から一刻半の八幡原での戦いをどう戦うかだ。

信玄には自信がある。

千変万化する戦場の情勢に対応して軍配を振り、武田軍を自在に動かせるという確信があった。武田の騎馬軍団は無敵といわれている。どんな敵に対しても怯むことはない。

事実、そのようにしてこれまで戦いに勝ってきた。

敵の上杉謙信も策を考えているはずだ。

酒好きの毘沙門天が馬上杯を傾けながらどんな戦いをしてくるか、これまで白い頭巾姿の毘沙門天を遠目に見たことがあった。

それは一度だけだが毘沙門天の旗印と共に強く印象に残っている。

「来るか毘沙門天……」

甲斐の風林火山の旗印が倒されるか、越後の毘沙門天の旗印を倒せるか、信玄はこの戦いこそが前世で約束された戦いだと思う。

「よし、その策でやろう。妻女山に行くのは誰だ？」

「はッ、それがしがまいります！」

立案者の馬場信春が妻女山攻撃に行くと名乗り出た。

武田四天王馬場信春、海津城主高坂昌信、甲山の猛虎飯富虎昌、家老の甘利昌忠、六文銭の真田幸綱、小山田昌辰などの優将たちが、一万二千の別動隊を率いて啄木鳥になる戦法である。

本隊の八千は武田信玄、信玄の弟武田典厩信繁、信玄の息子武田義信、信玄の弟武田逍遥軒信廉、信繁の息子武田義勝、一門の穴山信君、虎昌の弟山県昌景、猛将諸角虎定、跡部勝資、浅利信種、今福虎孝、軍師山本勘助など武田一門と重臣たちだ。

その日、信玄の決断が下ると海津城では密かに出撃の支度が始まった。妻女山から上杉軍に見られている。

「動きを悟られるなッ!」

「静かにやれッ!」

「騒ぐんじゃねえぞ……」

武田軍は上杉軍を気にしながら支度をする。

だが、妻女山から海津城の動きを見ている上杉謙信は微かな変化も見逃さない。

見晴らしの良い場所に床几(しょうぎ)を据えて飽きもせず海津城を見ていた。

その隣に同じ姿で床几を並べているのは影武者の秀である。

秀は直江景綱の娘で、妹の船と長く長尾景虎の世話をしてきた。その船は直江兼続に嫁ぎ秀だけが残った。

その秀は長尾景虎こと謙信を愛してきた。

だが、景虎は自らを毘沙門天の化身と信じ、不犯の誓いを立て秀の手さえ握ったことがない。

愛しているから一緒になれるという時代ではなかった。

景虎が関東管領になり上杉政虎と名乗りやがて謙信となる。その傍で秀は影武者をしている。

酒好きで琵琶を弾きながら独酌する謙信の傍にいつも秀がいた。

月を見ながら琵琶を弾き独酌する。その酒は肴が味噌と梅干という質素で悪い酒だから、秀は何度も体に悪いと注意した。

「わかっている……」

そういうだけで謙信は改めない。

端正で美しい謙信ににらまれると秀は沈黙してしまう。

その秀の後ろには床几が並んで、重臣の柿崎景家、老臣の本庄実乃、家臣筆頭の中条藤資、軍師の宇佐美定満、もう一人の影武者荒川長実、北信の村上義清、色部勝長、高梨政頼などが控えている。

「秀……」

「はい！」

「そなた、昼から海津城を見ているが、何かいつもと違うことに気づかぬか？」

「いつもと違うこと……」

謙信に聞かれた秀が身を乗り出して海津城を覗くように見る。後ろの家臣たちも海津城をにらんだ。

「何が違う？」

「馬の数が少し多くなったかと……」

「うむ、そうだな。他には？」

秀はまた身を乗り出したがこれといって気づかない。

「鍾馗（しょうき）さまなら見破るぞ……」

「はい……」

謙信が鍾馗さまと言ったのは斎藤朝信のことだ。謙信が最も信頼する戦術家であり軍師だが、この妻女山には連れてきていない。

謙信の後ろになる越中で一向一揆が騒いで、謙信の動きを激しく牽制しているのだが、それには理由があって、石山本願寺の一向一揆の総師顕如光佐は武田信玄の義弟なのだ。

信玄の正室三条の方と顕如の正室如春尼が姉妹だった。

そのため、上杉謙信が武田信玄と戦うことになると、越中方面の一向一揆軍が信玄を支援して動き出した。

後方攪乱である。

一揆軍を押さえ込むため謙信は鍾馗さまを越中に差し向けた。

そのため妻女山には朝信を連れてこられなかった。その鍾馗さまなら海津城の変化に気づくだろうと謙信が言う。

そんなことを言われても困る秀が謙信をにらんだ。

その秀に謙信がニッと微笑んだ。途端に秀はとろけてしまう。謙信を大好きなのだから仕方がない。

その秀の父直江景綱は荷駄隊と兵など五千を預かって善光寺にいる。

「煙だ。海津城から立ち上る煙がいつもより少し多い。どうしてだ？」

「兵糧の支度を？」

「そうだ。敵は今夜動くつもりで兵糧を使うのだ」

「それでは殿、下山を？」

柿崎景家が聞いた。謙信はこの数日、武田軍がどう動くか考えてきた。

「うむ、敵はこの山に戦いを仕掛けてくるが、おそらく戦うのはここではないだろう。この山に大軍がいるよう何もかも置いたままにして山を下りる」

「もぬけの殻に？」

「そうだ。近江守、そなたは殿（しんがり）に回って敵が千曲川を渡河して八幡原に出るのを邪魔しろ、半刻、いや四半刻でもいいから足止めしろ。その間にわしが信玄の首を取る。あの男はわしを挟むつもりで必ず八幡原に出てくる……」

謙信は信春と勘助の作戦を見事に見破っていた。近江守とは無双の豪傑上杉四天王の甘粕景持だ。

殿には村上義清と高梨政頼の北信濃軍千人が残ることになった。

「暗くなったら煌々と篝火を焚いて秘かに山を下りる。動きを敵に悟られるな!」

決戦を前に虚々実々のかけ引きだ。

謙信が海津城の様子を見破ったことで戦いは有利になるはずだ。だが、それすらも信玄は読み込んでいるかもしれない。

第三章　上杉謙信

長蛇を逸す

鞭声粛々(べんせいしゆくしゆく)　夜河(よるかわ)を過(わた)る　暁に見る　千兵の大牙を擁するを
遺恨なり十年　一剣を磨き　流星光底に　長蛇を逸(いつ)す
後に頼山陽が軍神上杉謙信のこの時の心境をこのように詠(うた)った。
山に篝火を焚いたまま上杉軍は、馬には枚(ばい)を銜(ふく)ませて声もなく、静かにひっそりと下山を開始する。
その頃、海津城からは高坂昌信、馬場信春、真田幸綱などの一万二千の大軍が、夜陰を隠れ蓑にして煌々(こうこう)と山が燃えているような妻女山に急行していた。
この啄木鳥戦法はすでに破れていた。
妻女山を下りた上杉軍は粛々と音もなく、雨宮の渡しから夜の千曲川を渡河する。馬草鞋（うまわらじ）を履いた馬のひずめの音もしない。

枚を銜んだ馬は嘶かない。

途中で殿（しんがり）にいた甘粕景持、村上義清、高梨政頼ら千人が姿を消した。

武田信玄も海津城を出て千曲川を渡河すると、川中島の八幡原に風林火山の旗を立て鶴翼に開いた陣形で布陣する。

夜半から川中島一帯に霧が発生して、信玄のいる八幡原は濃い霧の中に沈んだ。

「邪魔な霧だが大軍を隠すには手ごろだな？」

「はい、土地の者の話では夜明けには消えるとのことにございます」

信玄の弟典厩信繁がそう言って笑った。

「そろそろ妻女山で戦いが始まるころだが何か聞こえるか？」

「いまだに……」

信玄の弟逍遥軒信廉が答えた。

いつもは戦いの前にはバタバタと騒ぐ風林火山の旗が、風のない霧の中で戸惑ったように静かにしている。

この霧ではどこから上杉謙信が現れるかわからない。

武田軍の鶴翼の陣は霧と緊張に包まれていた。信玄がそろそろ聞こえてきてもいいといった妻女山からは何の音もしない。

攻撃に失敗したのかと信玄の後ろに立っている山本勘助が思った。だが、まさか上杉謙信に啄木鳥戦法を見破られたとは考えていない。ところが、信玄は戦場の勘で毘沙門天が急襲に気づいた可能性が高いと思い始めた。謙信はのろまな大将ではない。

事実この時、妻女山に向かった別働の啄木鳥軍一万二千は、篝火に騙されて上杉軍がいると思って突撃したが誰もいない。

「しまったッ！」

馬場信春は悔しがったが後の祭り、上杉軍の影も形もないまま篝火だけが燻ぶっている。全軍で消えた上杉軍を追うしかない。

「追えッ！」

「敵は山を下りたッ、八幡原だッ！」

「追い掛けろッ！」

大慌ての武田軍が向きを変えて千曲川に向かった。いつの間にかその先陣にいたのは六文銭の真田幸綱、信綱親子だった。

「川を渡れッ！」

「八幡原に向かえッ！」

幸綱は八幡原で待ち伏せしているお館さまの信玄が危ないと感じた。こういう失敗をした時は御大将の命が危ない。

「押し渡れッ！」

六文銭の旗が千曲川に足を入れた途端、対岸の霧の中から雨あられと矢が飛んできた。とても川に入れない。

「くそッ、敵の待ち伏せだッ！」

後ろから続々と後続の武田軍が押してくる。

千曲川を渡れない武田軍が大混乱になった。そこに上杉軍が容赦なく矢を打ち込んで、河原は渡河できない武田軍で埋め尽くされる。

「渡れッ！」

「押し渡れッ！」

その頃、上杉謙信は武田軍の鶴翼の陣形の正面に姿を現した。夜が明け始め風が出てくると急速に霧が八幡原から消えた。

信玄の風林火山がバタバタと騒ぎ始める。

一町半ほどしか離れていない小高い段丘の上に毘沙門天の旗が立った。睨み合う間もなく上杉謙信が戦いを仕掛けてきた。

妻女山からくる武田軍に挟まれる前に信玄と決着をつける。

「来たな毘沙門天……」

信玄は全軍が見えるよう風林火山の旗の下に床几(しょうぎ)を置いて座っていた。

その旗が倒れない限り御大将の武田信玄はそこにいて戦いの指揮を執っている。

兵たちは戦いながらも風林火山の旗を見ている。

「風林火山の旗は見えるかッ！」

「はいッ、御大将は無事だッ。まだ戦えるぞッ！」

いつも風林火山の旗は武田軍の心の支えだ。

上杉軍の先鋒柿崎景家がまず武田軍に突撃してきた。信玄は軍配を振り左翼から山県軍を出して対応する。

謙信は信玄の鶴翼に対して車懸(くるまがか)りの戦法で次々と突撃させた。

波状攻撃で武田軍と激突するとサッと引き上げ、次の新手の一団が武田軍に襲い掛かってくる。

グルグルと回るように戦いを仕掛けてくるのに武田軍が対応した。

何段にも組んだ鶴翼の陣形が徐々に崩される。

信玄は妻女山に向かった攻撃隊が失敗したと思う。その証拠に上杉謙信が大軍を率いて目の前にいる。

持ちこたえている間に妻女山から味方の一万二千が戻ってくるかだ。

上杉軍の数が多いのは一目でわかる。

信玄の傍にいる山本勘助は作戦を見破られたとわかった。

「これからだな勘助！」

「はいッ！」

信玄も作戦の失敗をわかっているが勘助を咎めない。

霧が晴れて上杉軍がはっきり見えてきた。信玄は戦場を見渡して味方が劣勢だとわかる。

「敵は一万を超えているな？」

「はい！」

信玄の本陣にいた典厩信繁や逍遥軒信廉、義信や義勝が出陣のため自陣に戻って信玄の軍配を待っている。数の少ない武田軍が押されているのが見えた。

北国の越後から関東の武蔵、上野、上総などにまで出てきて戦う上杉軍は猛烈に強い。本庄軍、五十公野軍、山吉軍、鮎川軍、井上軍、志駄軍、大河軍、安田軍、加地軍、色部軍などが次々と武田軍に襲い掛かってくる。

苦戦を覚悟するしかない。

信玄は冷静に軍配を振って劣勢ながら戦いを進めて行く。そのうち妻女山から味方が戻ってくるはずだ。

その味方は千曲川で甘粕軍に足止めされていた。

「浅利軍苦戦ッ！」

伝令が飛んで来て信玄の前で馬から飛び下りると復命する。

「典厩軍苦戦にございますッ！」

武田軍が車懸りの戦法に疲労して行くのがわかる。信玄は細かく援軍を出したり、新手の上杉軍に対応したり忙しい。

「穴山軍苦戦ッ！」

「諸角豊後守さまッ、討死ッ！」

「おのれ……」

「逍遥軒軍が苦戦しておりますッ！」

「初鹿野(はじかの)源五郎さま討死ッ！」

刻々と武田軍の状況が悪くなった。だが、軍は崩れずに戦い続けている。総崩れになれば信玄でも立て直せなくなる。

「山県軍が柿崎軍を突き崩しましたッ！」

「よしッ、源四郎が柿崎を蹴散らしたか……」

だが、武田軍の圧倒的不利は変わらない。あちこちで押されている。

「典厩信繁さま討死にございます……」

「なにッ！」

信玄の顔色が変わった。信繁は信玄のすぐ下の弟だ。後に典厩が生きていれば武田家は滅ばなかったといわれる名将だ。

「お館さまッ、それがしがまいりますッ！」

信玄の傍にいた勘助が一礼し槍を握ると馬に乗った。従う足軽は三十人ほどしかいない。

武田軍が負けるかもしれない形勢なのだ。

山本勘助は馬上から一度本陣の風林火山の旗を振り向いた。その旗の下には諏訪法性（すわほっしょう）の白毛獅子の兜をかぶった信玄がいる。

「お館さま、策を誤りましてございます。今生のお別れを……」

そうつぶやいて勘助が上杉軍の中に突撃して行った。その姿が武田軍の本陣に戻ってくることはなかった。

その直後だった。信玄のいる武田軍の本陣から武将や近習、小姓までが一瞬消えた。目の前まで敵が押し寄せてきたのだ。

その間隙(かんげき)に三騎の上杉謙信が藪の裏から現れた。一瞬の油断だった。

「おのれッ、謙信……」

信玄は床几に座ったまま軍配を構える。風林火山の山は動かない。風林火山の不動の山とは信玄のことだ。山が動けば武田軍は負ける。

一騎が刀を振り上げて信玄に突進してきた。

その謙信は影武者の秀だった。秀が振り下ろした太刀を信玄は軍配で払った。

そのまま秀は信玄の本陣から離れる。そこへ突進してきたのは影武者の荒川伊豆守長実だった。

伊豆守の馬が信玄にのしかかるように近づいてきた。

それでも信玄は床几から動かない。

振り下ろされる太刀を軍配で二度三度と払った。信玄には二人とも謙信ではないとわかった。

三騎目は放生月毛の美しい馬で馬体も大きい。

「来たな毘沙門天、名乗れやッ！」

信玄が叫んだ。頭巾に包まれた顔がまるで女のようだ。

三騎とも女ではないかと信玄は思った。謙信は名刀小豆長光（あずきながみつ）を振り上げて信玄に振り下ろす。

放生月毛のひずめが信玄に覆いかぶさるようだ。

小豆長光を受け止めた鉄の軍配を、ザクッと切り裂き謙信の刀が信玄の鎧（よろい）の上から肩に当たった。激痛を感じて信玄の顔が歪んだ。

それを見た謙信がニッと笑う。

「おのれッ！」

謙信は一度馬を引くと馬首を返して、再び信玄に突進して太刀を振り下ろした。

信玄はついに床几から立ち上がって小豆長光を払いのけた。

ついに山が動きそうになった。

そこに信玄の家臣小者頭の原大隅守虎吉が槍を担いで戻ってきた。

「お館さまッ！」

信玄が襲われているのを見て謙信の放生月毛の馬の尻を刺した。

すると影武者を引き連れ謙信が立ち去って、信玄が崩れるように床几に腰を下ろした時、妻女山の武田軍がようやく戦場に突撃してきた。

「引けッ！」

「引き上げだッ！」

追撃を恐れた上杉軍が一斉に八幡原から姿を消し、善光寺に向かい直江景綱の荷駄隊と合流して越後に引き上げた。

謙信は信玄の本陣まで押し込んだことは大いに満足だ。

武田信玄も信濃の領地を守り抜き、大きな損害を出したが勝鬨をあげさせて勝ったことを主張する。

両軍の激突でその死者は上杉軍が三千人、武田軍が四千人と数えられた。

結局、この二人の勝負はつかなかった。乱世における優将として二人の事績は語り継がれることになった。

その武田信玄と元康がやがて戦うことになる。

水野信元が間に入った織田信長との和睦がまとまることになった。

永禄五年（一五六二）の年が明けるとすぐ元康が信長と会うことが決まる。そこで元康は義元の元の字を捨てて家康と名乗ることにする。

それが信長に対する礼儀でもあった。

正月早々、家康は岡崎城から尾張の清洲城に向かう。

信長は上機嫌で家康を迎える。二人が一緒に遊んだのは十五年も前のことである。だが、蘇ってくる楽しい思い出は鮮明だ。

家康は二十一歳になり、信長は二十九歳になる。

二人の間で盃が交わされ尾張織田家と三河松平家の同盟が成立した。これを清洲同盟という。この同盟が二人の将来を保障することになる。

家康はどんなに苦しくても、信長に不満があっても、信長が生きている間はこの同盟を破ることはなかった。

お互いの背後を保障する重要な同盟で、この同盟のお陰で家康は三河から遠江、駿河へと領土を広げることができた。

信長も美濃、伊勢、近江、京へと勢力を拡大することになる。

当面は家康が三河を統一、信長は尾張を統一することになった。信長はほぼ統一しかけているが、三河は今川に支配されていただけに統一が遅れている。

だが、信長と同盟したことで、家康に刃向かう三河勢は少なくなるはずだ。三河の情勢は今川から大きく織田に動いた。

清洲から戻ると、家康は二月四日に東三河の宝飯(ほい)上之郷(かみのごう)城を攻める。

この城は今川氏真の従兄弟鵜殿長照の城で父親の長持と守っていた。

家康が攻撃しても駿河の今川家から、援軍がないまま長照と父の長持が討死。長照の子の氏長と氏次が捕らえられる。

そこで駿河にいる家康の正室瀬名と二人の子と人質交換をすることになった。

家康は正室の瀬名と二人の子を岡崎に呼び寄せた。

ところがここで故障が入った。

瀬名を今川家の人間として嫌う家康の母於大が、瀬名が岡崎城に入ることを許さないのである。於大は義元の姪という十二歳も年上の瀬名を嫌ったのだ。二人の年が近いことも理由だったかもしれない。

どうしても納得しない母にさすがの家康も往生する。

母には決して逆らわない家康だ。水野家の人である於大は今川家が嫌いなのだ。

桶狭間の戦いで於大は三つ年上の兄水野信近を、今川軍の岡部元信に殺されている。

だが、それをいうなら瀬名にも言いたいことがある。織田軍と水野軍で伯父の今川義元を殺したではないか。瀬名の一族も殺されている。

於大は兎に角、家康の岡崎城に瀬名親子を入れたくない。そこで瀬名は岡崎城下の外れの尼寺、西岸寺で幽閉同然の生活をすることになった。

その幽閉場所が築山と呼ばれていたため築山殿と呼ばれるようになる。

瀬名は松平家と三河の武士団を苦しめ続けた今川家の人で、竹千代こと長男信康の生母ではあるが岡崎では歓迎されなかった。それに嫁と姑の問題がからまっている。

だが、家康は瀬名を嫌いではないのだから少々厄介だ。

女同士というのは、嫌いになるとどうしても受け入れがたいようで、理屈抜きで嫌いになるようなのだ。信長とはうまく行ったがこっちの方はにっちもさっちもいかない。

母の於大と嫁の瀬名の間に板挟みになった家康は辛い立場だ。

どんな時でも家康は母於大の愛を感じ、生きていれば必ず会えると信じてきた。

瀬名は義元の姪で威張ることもあったが、今川の人質だった家康を慰め長男と長女と産んでくれた。

その母と嫁がうまくいかない。

それだけでとどまらずその上に、母の於大が家康の側室を探し始めたから話が厄介だ。

家康には有り難いような迷惑なような困ったものだ。

そんな中で正室なのに扱いが良くないと、名門今川家の一族だと自負のある瀬名はかたくなになる。

尼寺に押込められて瀬名の心境は穏やかではない。

そんな母を見ていれば、長男の信康や長女の亀姫も穏やかではいられないだろう。これは家康の大問題になってきた。

於大が家康のために探している側室は、どこかで自分と血のつながりのある娘がいいと思っている。薄くても家康と血がつながっていれば安心だ。

やがて、その於大が探し出したのは鵜殿長持の娘だった。

この子は長持と奥平貞勝の娘との間に生まれた子で、貞勝の娘は水野忠政の娘が産んだ子だった。

つまり長持の娘は家康の又従妹ということになる。

鵜殿長持は今川の血縁だが、母方は紛れもなく於大と家康の血筋だ。人を信じられない乱世では血縁を信じてこういうことが起こる。

一方では戦い、一方では生き残るための婚姻ということだ。

だが、その子はまだ十二歳と幼かった。家康の側室になってもまだ雛遊びをしたい歳ごろである。

西郡の方と呼ばれる姫だが、幼過ぎて家康はどう扱ってよいかわからない。何かすれば壊れてしまいそうな儚さなのだ。何とも可愛いのだがどう扱えばいいのだと狼狽する。

家康の正室瀬名はずいぶん年上で十二歳違いだからもう三十三歳になる。女に不器用な家康は、こんな可愛い姫と二十一歳になる今日まで、会ったことも口をきいたこともない。

唯一、千賀ぐらいなものだ。

駿府にいたとき傍にいるのは祖母の源応尼だった。

家康は困った。一緒に遊ぶわけにもいかず少し離れて見ている。

そんな調子に困ったのは家康だけではない。於大は二人の様子に姫の方がまだ育っていなかったかと思う。家康の方が晩熟なのかと思ったりもする。

すると次の娘を探し始めた。

ところがどうして、母の於大が心配するほど家康は晩熟でも女嫌いでもなかった。むしろ、後に後家好きの家康といわれるほど、徐々に女には造詣が深くなる。

なかなかのものできっちり見るべきところを見ている。

その家康が眼をつけていたのは、三河の池鯉鮒大明神の社家、永見吉英の娘だった。名は万だが、人々はなぜか「おこちゃ、おこちゃ」と呼んでいた。

ただ、このお万にも大きな問題があった。

実はおこちゃは家康の苦手な十五歳だったのだ。どっちかといえば家康は年上が好きなのだ。

西郡の方が十二歳でおこちゃが十五歳では絶望的だ。

だが、家康より年上となると二十一歳より年上で、結構な年増で子連れの出戻りぐらいしかいない。

この頃は信長の姉の鞍姫のように十歳ほどで嫁ぐことも少なくない。

家康が探したおこちゃのいいところは、母於大の外姪という血縁だということである。於大が聞いたら大喜びする娘だ。

女のことでは家康の悩みが深い。

それでも、男と女というものは何とかなるもので、いつのまに家康の手がついたのか、西郡の方は北条氏直に嫁ぐことになる次女督姫を産み、おこちゃは秀吉の養子になる次男結城秀康を産むことになる。

案ずるより産むが易しだろう。

家康は若い側室を手に入れて忙しいが、三河から遠江に向かう戦いも忙しい。

将軍足利義輝や北条氏康は今川を攻撃し続ける松平軍に対して、今川軍との和睦を図ろうとするが実現しない。

信長と同盟して背後に心配のない松平軍と、その松平軍に背後で動かれたくない北条軍では話がまとまるはずがない。

家康は弱体化した今川の領地を確実に手に入れたかった。

西の信長と同盟したのだから、家康が勢力を拡大できるのは東の今川領しかなかった。北には甲斐の武田信玄がいてとても侵入できる状況にはない。南は海だ。

その武田信玄が上杉謙信との戦いに、川中島の八幡原で苦戦を強いられ負けに近い引き分けに終わった。

この戦いの意味は家康にも重大だった。

というのは海の欲しい信玄は越後を突破して、北の海に出る夢をあきらめ、義元のいなくなった駿河、遠江、三河の海に出る策に転じたからだ。

やがてそれがはっきりする。

武田信玄と家康が戦って勝てるはずがない。

そんなことはやってみるまでもない。家康は木っ端微塵(こっぱみじん)にされるだけだ。

万一ということがあるなどというのは戦いを知らない素人だ。信玄とか謙信という武将は義元のような不用意な油断はしない。

その武田軍が南下してきたらとても家康では止めようがない。

家康は川中島の戦いにそんな意味があったとはまだ気づいていなかった。力量のない今川氏真と三河に復帰したばかりの家康は、信玄にしてみれば子どもの手をひねるより容易いことだ。

氏真の方は三国同盟があり、北条氏康が後ろ盾で手を出しにくい。

だが、三河の家康は織田信長と同盟しているだけだ。武田軍は南信濃から南下すれば隣が奥三河なのだ。

家康は態勢を整えれば六、七千人まで兵力を増強できるまでになっている。

最も怖いのは甲斐の武田信玄だとわかっていた。今川義元がいなくなったことで東海方面が急に不安定になってきた。

その真っただ中に家康が独立した勢力としている。

周辺の状況は大きく変化しそうになってその激動が始まった。家康はそんな不穏をひしひしと感じている。

一向一揆

その頃、尾張では統一の最後の戦いが始まっていた。

犬山城の織田信清が信長に反旗を翻して楽田城を奪ったのである。

こうなると姉のいる城でも放置できない。信長は小牧山城を築き始め、尾張統一に絶対の自信を持っている。尾張だけでなく美濃も呑み込もうとしていた。

信長軍によって犬山城周辺の支城が次々と落とされる。

それでも信長は犬山城の信清に姉が嫁いでいることから、いきなり城を落としたり焼き払ったりはしなかった。

周辺をすべて潰して犬山城を孤立させる。

信清の父で叔父の信康は大うつけの吉法師の理解者で可愛がってくれた。

その息子の信清は岩倉織田を落とした時、領地の分け前が少ないと怒って信長に反旗を翻した。

二年後に信長は犬山城を包囲し信清に姉を返せと要求、信清がそれに応じると信長は信清を殺さず逃亡を許す。

信清は甲斐の武田家に逃げて犬山鉄斎と名乗った。この犬山城の落城によって信長が尾張を統一したことになる。

家康も着々と三河から今川軍を一掃しようと戦っていた。西三河から奥三河、東三河へと家康軍は戦いを進めている。信長と同盟したことで三河での戦いは順調だった。

京では永禄六年（一五六三）の年が明けると、細川晴元が死去し三好長慶が幕府の実権を握った。

その長慶と和睦して京に戻った将軍義輝は、幕府の権威を取り戻そうと、各地に御内書を発して戦いの仲裁をしている。

関東では里見家と北条氏康、信濃では上杉謙信と武田信玄、九州では島津家と大友家、西国では毛利元就と尼子晴久、美濃では斎藤龍興と織田信長、東海では今川家と松平家などの間で戦いが起きていた。

それを将軍義輝が仲介して和睦させようというのだが、それぞれの大名家には事情と意地があってなかなかそう簡単に話はまとまらない。

その頃、三河に不気味な風雲が湧きつつあった。

というのは悪党が野寺村の本證寺(ほんしょうじ)に逃げ込んだのを、西尾城主の酒井正親(さかいまさちか)が捕縛したのだが寺側が騒ぎ出した。

　悪党を捕まえるのは当然のことだが、そういう悪党でも寺に逃げ込んだら助けるのが仏法の教えなのだ。それだけでなく、寺は寺内不入権の侵害だという。

　話が厄介な方向に広がった。

　永禄六年の年が明けるといきなり一揆が起きた。

　これが三河大混乱という重大なことになるのだが、家康はまだそこまで深刻には考えなかった。

　その一揆を鎮めるため家康は家臣の菅沼定顕に命じて、騒ぎの起きている上宮寺の傍に砦を築いて見張らせた。三河国内には問題はないと見られた。

　織田家と松平家の同盟をより強固にするため、三月になって松平家の命運を左右する清洲同盟の証として、信長の娘五徳と家康の嫡男竹千代が婚約する。二人はなんとも可愛らしい五歳同士だった。

　もちろん結婚はまだ先のことだ。

　信長に義元を殺された瀬名がこの話を聞き婚約に猛反対する。

　自分を可愛がってくれた伯父の義元を殺した信長の娘と、自分が産んだ息子とを結婚させることなど受け入れられない。

だが、瀬名一人が反対でもどうもならないことだ。

この清洲同盟には織田と松平双方の将来がかかっている。松平家が再び今川家に従うことはもうない。

瀬名は松平家の後継者を産んだが、三河の人々に受け入れられず孤立している。家康の母於大がどうしても納得せず、家康のいる岡崎城に入れてもらえないのだからどうしようもなかった。

その頃、信長は美濃攻略の作戦を変更して、小牧山城を築き清洲城から移転する。この小牧山城は石垣作りの頑丈な山城だった。

信長と父親の信秀は稲葉山城を落とそうと、尾張から真っ直ぐ西美濃に攻め込んだが、何度攻めても稲葉山城は落ちなかった。

そこで信長は西美濃からの攻撃をあきらめ、中美濃からの攻撃に切り替えて美濃を攻め取ろうと考える。そのための小牧山城だった。

美濃は東西に西美濃、中美濃、東美濃と広がり、西美濃は近江や越前に接し東美濃は南信濃や木曽、中美濃は三河や尾張と接していた。

それに木曽三川といわれる木曽川、長良川、揖斐(いび)川という大河が流れて、伊勢と尾張の海に流れ込んでいる。

戦略の上でも人、物、銭の流れの上でも、関東と関西の境であり美濃は重要な場所にあった。その美濃は蝮の道三が信長に譲った国でもある。

信長が京に出るだけなら、有力武将のいない伊勢から、鈴鹿を越えればすぐである。

事実、信長は将軍義輝に会うため八風峠を越えて上洛したことがあった。

だが、それは信長の上洛とはいえない。威風堂々と大軍を率いて上洛したい信長である。

信長は美濃や伊勢、近江などを制圧して京への道を開きたい。

三河、尾張、美濃、伊勢、近江を併合すれば、二百万石を超える超巨大大名が京の隣に出現する。

常時、十万人の兵力を擁する大名など想像もできない。

だが、それぐらいなことは考えるのが信長で、そういう途轍もないことを考える恐ろしさが信長にはあった。

そのためにはどうしても美濃を攻略しなければならない。

清洲城から小牧山城に城を移してでも、美濃攻めは続けなければならなかった。

美濃を奪えば信長はその途端に百万石を超える大大名だ。

小牧山城は石垣で山を覆った堅牢な城で威容を誇っている。

信長という武将の想像力は乱世を突き抜けて、先の先まで見つめているような恐ろしさがあった。

その信長と五分の同盟をした家康もなかなかのものだ。

秋の十月になって家康は今川家の軛から脱して、三河での独立を鮮明にするため元の字を返上、元康から正式に家康と改名した。

家の字を使ったことには意味があって、母於大が嫁いだ久松俊勝が長家と名乗っていたことがある。

その義父である久松俊勝を父親代わりとして家の字を拝借。また同時に、源氏の御大将で家康が家祖と信じる八幡太郎義家の家だともいう。

家康は自分の出自である本姓を気にしていて、今川家の人質だった頃から強い執着があった。

駿河にいた頃から使っていたが、この年の五月九日発給の書状には、「岡蔵」岡崎の蔵人佐を略し、源家康と正式な名として署名する。

家康は自分の血統は源氏であると若い頃から信じていた。

伝承で根拠はないのだが他の書状にも同様に源家康と署名している。

それは家康が家祖は清和源氏の新田源氏で、新田流の得川源氏だと信じていたからだ。

だが、そんな証拠はどこにもない。このことがやがて大きな問題となる。

この頃の家康は、西三河の騒ぎを押さえ込んだつもりで、それほど重大とは思っていなかったが、その騒ぎの様相が思わぬ方向に急変してきた。

それは後に三河の一向一揆といわれ、誰が決めたのか家康の生涯における三大危難といわれる。

家康が命を失いかけた危機ともいう。

三河一向一揆、三方ヶ原の戦い、伊賀越えの三事件をいうが、どうも後世の創作の匂いがする。

例の完全無欠の大権現さまを作るためだ。

この一揆の一向宗とは鎌倉時代に親鸞（しんらん）が創始した浄土真宗のうち、本願寺派と呼ばれる宗派のことである。

この宗派は蓮如によって室町期末に広く布教された。

一向とはひたすらという意味で、ひたすらに念仏を唱えることで、誰でも極楽往生できると説く教えである。

家康が支配しようとする西三河には土呂本宗寺、野寺本證寺、佐々木上宮寺、針崎勝鬘寺などを中心にして強固な本願寺教団が根付いていた。

東三河には曹洞宗が多く一向宗とは関係がなかった。

これら西三河の一向宗寺院は寺内不入を主張し、武家の領地支配を強情に拒否した。

一向一揆の力は非常に強く、蓮如が住んでいたことのある越前を始め、加賀や越中などに広く根を張っている。

やがて加賀などは百姓の持つ国とか一揆の持つ国などといわれ、大和の国を支配していた興福寺のような大きな力を持つようになる。

その一向宗の総本山石山本願寺の門跡は、永禄二年（一五五九）の正親町天皇の綸旨により顕如光佐になっていた。

この顕如が武田信玄の義弟ということで、甲斐に一向一揆は起きなかったが、信玄に敵対する上杉謙信などは一向一揆に悩まされた。

やがて織田信長も伊勢長島の願証寺に集まった、十万人ともいう一向一揆軍と戦うことになる。

そんな一向一揆と家康が衝突を避けられない状況になってきた。

直接の原因は家康の家臣による、野寺本證寺の寺内不入権の侵害という事件が起きたこと、それに上宮寺の傍の砦の者が上宮寺の兵糧を奪ったというのである。

こういう騒ぎになると必ずといっていいほど誰か扇動する者が現れるものだ。三河碧海（へきかい）野寺村の本證寺には蓮如の孫だという空誓（くうせい）がいた。空の誓いとは奇妙な名前ではある。

蓮如は五人の夫人に十三男十四女と子沢山で、その孫は数えきれないほどであった。それがまた一向宗の繁栄にもつながった。

空誓は他の一向宗寺院に檄を飛ばし、反家康勢力の桜井松平家、大草松平家、吉良家、荒川家などにも呼びかけて一揆に及んだのである。

その一揆軍は急激に膨らんだ。

一向一揆でありながら西三河の支配を強める家康との抗争でもあった。

困ったことに、家康の安祥松平家の譜代家臣には、一向宗の門徒が少なくなかったのである。そのため家康の足元に火がついた。

寺内不入の権利は家康の父広忠が、本證寺、上宮寺、勝鬘寺に守護使不入の特権を与えたからだった。その三ヶ寺が反家康と手を組んだ。

家康の安祥松平家は、もともと一向宗の門徒たちを譜代家臣にしたのである。

そのため、本證寺の門徒だった石川家などは、一揆方と家康方に真っ二つに割れた。そういう家が少なくなかった。

一揆のようでありながら西三河の勢力を争う内紛でもある。

こうなっては家康も厳しく考えなければならない。寺内不入権の侵害などという生易しいものではない。

一向一揆を利用した家康討伐反乱軍と見るべきだ。

もし、家康が教団と妥協すれば、西三河の支配や、三河統一を断念しなければならなくなるという切羽詰まった内容である。

安易な妥協はできない。

家康は武力を行使してこれらの寺院や一向一揆軍を抑え込もうとする。そうしたいところだが家康の家臣の中にも一向宗の門徒が少なくない。

鷹匠の本多正信と弟の正重、のちに十六神将になる蜂屋貞次、漱石の祖夏目吉信、源氏の渡辺守綱、内藤清長は子の家長と分裂、秀吉に仕えることになる加藤教明、一揆方と強い絆の酒井忠尚、門徒総代の石川清兼は妻が於大の妹でその子の康正、康正の嫡男石川数正は改宗して家康方になった。

こうなると何がなんだかわからず家が四分五裂になる。

困ったことに家康に忠誠は尽くしたいが、信心は別だと考える家臣が少なくない。実は、これが宗教の本当の恐ろしいところなのだ。家も人も四分五裂になって互いに正しいと主張して戦う。

この頃は乱世で人々は頼れるものを探していた。平安期の絢爛豪華な貴族たちの宗教は力を失い、鎌倉期には次々と新興の宗教が現世利益を謳って登場した。

一向に念仏を唱えれば極楽往生できる。

こんな有り難い教えはなかった。先々に不安な武家も百姓も念仏にすがりついた。それを咎めることは誰にもできない。

松平軍から次々と離反する者が現れた。

こうなると家康は途端に苦しくなる。三河武士の強さも鉄の団結があっての話で、松平軍は内部崩壊の危機に見舞われた。

何がどうなっているのか訳がわからなくなる。家康の家臣が一向門徒の味方に入ったり、一向門徒の武士が家康の味方になったり、傍にいた家臣が一向門徒に味方するなど、敵味方が大混乱状況になった。

永禄七年（一五六四）の年が明けたが正月も慶賀もあったものではない。

互いに顔見知りの戦いだから悲惨だ。哀れというしかなかった。西三河の武士が大分裂しての戦いに突入。

「殿ッ、ご免ッ！」

「弥八郎ッ、そなたもか？」

「殿にお恨みはございませぬッ、ご容赦を！」

信仰心か忠誠心かを迫られた家臣も辛いのである。

本多弥八郎正信二十六歳は弟の正重と一緒に家康のもとを去り、門徒を率いる武将として松平軍と戦った。

この本多正信は後に家康の参謀になるのだが、桶狭間の戦いの折には家康に従い丸根砦の攻撃に参加するも、戦いの最中に膝に怪我をして生涯足を引きずるようになる。

「てめえ、二股者がッ！」

「不信心者がッ！」

「おれは日蓮宗だッ、覚悟しやがれッ！」

「法華の馬鹿野郎ッ！」

「念仏無間地獄だぞッ！」

「うるさいッ！」

「さっさとこっちに来いッ！」

「嫌だッ！」

「助けるからこっちに来いよッ！」

「助ける？」

「そうだ。織田軍が援軍に来る。お前たちは勝てねえッ、殺されるだけだ！」

「織田軍？」

「おう、鉄砲で撃ち抜かれるぞ！」

大嘘をついて顔見知りを仲間に引きずり込もうとする。

「阿弥陀さまを裏切れねえよ……」

「馬鹿、死んだら阿弥陀さまもあったもんじゃねえだろが！」

「極楽には阿弥陀さまがいるから……」

「阿呆が、おぬしの阿弥陀さまは竹千代さまだろが、そのため生きてきてんじゃねえのか？」

「そうだけど……」

敵味方混然となった戦いで家康の苦戦が続いた。

尾張からの援軍などくるはずもなく、何んとかしようとする顔見知りも、いつしか本気の戦いになると血で血を洗うことになる。

何んともつらいことになった。

一揆軍が岡崎城に迫ってきたが、一揆方の吉良や小笠原の武将は、自領を離れず岡崎城には向かわなかった。

さすがに家康に槍はむけられない。一揆軍も不統一だ。

当初は一揆方に加担したが忠誠心と信仰心の板挟みになり、苦しんだ末に一揆軍から離脱してくる者も少なくなかった。

家康は一月十五日に一揆方との決戦に出た。

両軍は馬頭原で激突する。

家康が三河に復帰して最大の危機である。

この危機を自力で切り抜けられるか、一揆に負けるようでは同盟した信長に笑われそうだった。

数の少ない松平軍は崩壊しそうになりながらも、一揆軍に何度も突撃して押し返して行った。家康は陣頭にいて自ら槍を振るう。

その周りに一揆軍が群がって家康が危険になる。

だが、その傍には家康を守る十六歳の本多平八郎がついて離れない。

「寄るなッ、寄るなッ！」

「突き殺すぞッ！」

「てめえッ、この野郎ッ！」

唸(うな)りを生じて槍が頭上で回転する。このところ伸び盛りの平八郎だ。眼が覚めると強くなっている若き武将だ。

一族が続々と一揆方に味方する中で、平八郎は一向宗から浄土宗に改宗して家康の傍に駆けつけた。生涯家康を守り通す大豪傑になる。

平八郎は十三歳で元服すると家康と共に桶狭間の戦いに参戦、大高城に兵糧を入れる家康の荷駄隊の尻についていた。

それが平八郎の初陣だった。

馬頭原の戦いは熾烈(しれつ)で、家康は何度も一揆軍に囲まれ討ち取られそうになるが、平八郎の槍が家康の傍でブルンブルン唸っている。

その槍に当たると鮮血が飛び散って首が落ちた。劣勢だった松平軍が徐々に優勢に転じると「もう、殺すなッ！」と家康が叫んだ。

「平八郎、無駄に人を殺すな！」

「はいッ！」

大槍を立てて家康に一礼する。

「おーいッ、戦いはもう終いだぞッ！」

「終わりだッ、終わりだッ！」

叫びながら平八郎が戦場を走り回っている。

一揆軍が鎮圧されると本多正信は加賀に逃亡する。加賀では一向一揆の将として信長軍と戦ったともいう。

いつまでも戦いを止めない吉良義昭と酒井忠尚は家康に叱られ追放された。後に義昭の兄の義安が家康の祖父清康の娘を妻に迎えていた縁で、江戸幕府から三千石を拝領し吉良家は名門高家として復帰する。

家康は一揆方より優位に立つと和議に持ち込んで一揆軍を解体した。その和議の仲介に立ったのが、家康が危ないと見て、援軍を出してくれた伯父の水野信元だった。

信元は織田家でも松平家でも重きをなすようになっている。

だが、後に家康はこの大恩ある伯父を、殺さなければならない窮地に陥ってしまう。乱世は非情である。

何んとも切ない壮絶な戦いだったが、二月二十八日に一揆軍は降伏し家康が三河一向一揆を完全に鎮圧した。

その家康が幸運だったのは、東三河では曹洞宗の勢力が強く、一向宗は大きな勢力は持っていなかったことだ。

西三河と東三河が一緒であれば家康は生きていなかっただろう。

加賀に逃げた本多正信は、後年、大久保忠世が家康に取り成して、鷹狩りの好きな家康の鷹匠として復帰する。

家康は一向宗に厳しかった。

この一揆軍との戦いに勝利した家康は改宗命令を発するが、応じない寺院は追放され、天正十一年（一五八三）になってこれらの寺院はようやく帰国が許される。

岡崎城周辺に不安がなくなると、家康は三河の戸田、西郷などの土豪たちを抱き込みながら、軍勢を拡大、整備しながら東三河や奥三河から、今川勢力を一掃する戦いを繰り広げていった。

家康の勢力拡大と三河統一の作戦である。

五月になると信長が猛烈に鉄砲を撃ちかけて、犬山城を陥落させ織田信清が甲斐に逃亡、武田信玄の許で犬山鉄斎と名乗り生涯を終わる。信長の姉は信清と一緒に舟に乗って木曽川を上流に向かったともいう。

この犬山城には後に尾張徳川家の家老になる平岩親吉が入る。

将軍暗殺

秋になって、十月には尾張を統一した織田信長に、正親町天皇が勅使を派遣してきた。その勅使は信長の尾張統一をよろこびながら、天皇領の復活や朝廷への支援を要請して帰京した。

正親町天皇も信長の威勢に注目している。

幕府が頼りないのだから織田家のように裕福な家が頼みだ。信長の父信秀は禁裏修繕の費用を四千貫文も献上したことがあった。

そういう勤皇の志のある大名に朝廷は頼りたい。天皇家の困窮はいつまでも解消しなかった。

尾張は京にも近く援助の見込みがある。だが、この時、信長は勅使の言葉を承っただけで返答は控えた。

裕福な織田家でも無尽蔵に米や銭があるわけではない。

暮れの十二月も押し詰まった二十六日に、一向宗の本山である石山本願寺が燃え上がり焼失した。

この頃、地方を中心に一向一揆が起きていたが、京には新しい異国の宗教であるキリスト教が入ってきていた。

キリスト教はフランシスコ・ザビエルが薩摩の弥次郎という男に案内されて、天文十八年（一五四九）に薩摩坊津に上陸して以来、九州方面で布教活動をしながら、天文二十年（一五五一）一月には京に到着し小西隆佐(こにしりゅうさ)らに歓迎される。

そのザビエルの目的は天皇か将軍に拝謁して、キリスト教布教の許可を得ることだったが、日本の風習を知らないザビエルは、身の回りのものや荷物などはすべて九州に置いて上洛してきた。

ところが京に来てから、上位の者に面会を求める時に、この国では相手に差し上げる贈り物が必要であることを知る。

何も持たないザビエルは困った。

結局、京では誰にも会うことができず、数日滞在しただけで贈り物を取りに九州に引き返す。

だが、再上洛の時に豊後の大友宗麟と出会い贈り物をすべて差し出してしまう。大失敗してしまったザビエルは、豊後からインドのゴアに帰ってしまい、再び日本に来ようと明の上川島(じょうせんとう)まで戻って来るが、そこで布教の最中に死去してしまう。四十六歳だったという。

そのザビエルを慕うように、宣教師たちが続々と日本に向かうことになった。その一人が後に日本史を書くことになるルイス・フロイスである。

フロイスは上洛すると将軍義輝との会見を望んだ。その望みが叶い、永禄八年(一五六五)の年が明けた一月一日に謁見が実現、布教の許可を得ることに成功する。

この時フロイスは三十三歳だった。

二年前に念願の日本に向かい、九州の横瀬浦に上陸すると、フロイスは日本語と日本の風習を猛勉強して京に出てきたのだ。

スペインやポルトガルのカトリック教は、そのキリスト教の布教によって国を支配し、その国を植民地にしてしまう政策を世界で展開していた。

その隠されていた野心が発覚すると、秀吉や家康はキリスト教を嫌い、猛烈な弾圧が始まる。

この弾圧は幕末まで数百年間も続くことになる。

その頃、家康は三河の統一と今川勢力の一掃のため戦っていた。

猛攻を加えていたのは三河渥美馬見塚の吉田城で、義元が家臣の小原鎮実を派遣して城代としていた城だ。

東三河制圧のためにはどうしても落とさなければならない城である。

松平軍の攻撃が始まると小原鎮実は城から退避する。一揆を鎮圧し勢いに乗る松平軍と戦える力はなかった。

もちろん駿河から今川軍の支援も当てにはできない。

落城すると家康は酒井忠次を入れて、戸田家、牧野家、西郷家など東三河の有力豪族を忠次に統率させた。

吉田城の南の田原城には本多広孝をいれて東三河を守らせる。

この吉田城と田原城を失い今川軍は三河支配の足場をすべて失った。ようやく家康は三河から遠江に軍を進められるようになる。

三河から遠江に軍を進めることになると、気をつけなければならないのが甲斐の武田信玄の動向だ。家康の遠江侵入を見逃すはずがない。

越後の毘沙門天が猛烈に強く、八幡原の戦いの後の昨年、二人は五度目の対陣をした。

これを塩崎の対陣という。

上杉謙信は再度の決戦を望んで、川中島に布陣すると「信玄、出て来い！」という構えを取る。

だがこの時、信玄は戦う気がなく塩崎城に入ると、布陣したままいつまでも戦う意思を見せない。

結局、二人は戦いをあきらめるが、信玄がおもしろい提案をしたという。

それは八月十五日のことだった。

信玄はこの勝負は組討ちで決め、勝った方が川中島の領有権を取るというものだった。にわかには信じがたい話だ。

この信玄の申し出が上杉謙信に伝えられると「いいだろう！」と了承した。

信玄には安馬彦六という組討ちの滅法強い豪傑がいた。ところが謙信の方にも長谷川与五左衛門基連（もとつら）という組討ちの名人がいる。

双方が川中島の領有権をめぐって負けられない戦いだ。

組討ちは相撲とは違う。

負ければ首を取られる戦いなのだ。翌十六日の正午に双方から一人ずつが出て戦うと決まった。

翌十六日に予定通り武田方から安馬彦六、上杉方からは長谷川与五郎左衛門基連が出た。

双方は名の知られた大男の豪傑である。

自信満々で二人が相対するといきなり、「ウオーッ！」吠えかかり凄まじい組討ちが始まった。

負ければ首を取られるのだから死に物狂いの戦いだ。

嚙みつこうが引きちぎろうが、投げ飛ばそうが蹴飛ばそうが、武器さえ使わなければ何をしてもいい。

猛獣と猛獣の戦いのようだ。

背丈も年恰好もほぼ互角で戦い方も甲乙つけがたい。

双方が豪傑だから戦場のように、千切っては投げ、千切っては投げという塩梅(あんばい)にはいかない。

組み合ったまま動かなくなる。

下手にバタバタすれば投げ飛ばされて下敷きになり、首をあげられて一巻の終わりということだ。

二人の強さは尋常ではない。

戦場で何人がその槍の餌食になったか知れない。さすがの豪傑も四半刻近くになると肩で息をする。

何んとも壮絶な戦いだ。

ところが油断したわけではなかったが、安馬彦六が与五左衛門に投げられ引っ繰り返された。

その上に圧し掛かってきた与五左衛門と彦六の目が合った。

「殺せ!」

「いや……」

「いいから殺せ、わしに恥をかかせる気か……」

「彦六……」

「与五郎、悔いはない。首を取れ……」

「うん……」

長谷川与五左衛門基連が泣く泣く安馬彦六の首をあげて戦いが終わった。

このようにして、両雄が五度までも相見え、係争地の川中島は越後領となったのだと伝わる。

一年前のことだ。

以後、この地で二人が戦うことはなかった。

上杉謙信は越中や加賀方面の一向一揆に忙殺され、武田信玄は北の海をあきらめて南の海に出る作戦に切り替える。

ところがその南には太原雪斎に育てられた家康がいた。

そう遠くない日に信玄と激突するにちがいないと家康は思い始めている。

その武田信玄が三月二十七日に、石山本願寺の顕如光佐と同盟を結んだ。妻が姉妹の義兄弟が同盟したのだからこれは強い。

この同盟によって多くの大名が、一向一揆によって迷惑、苦労することになるが、最も苦しむことになるのは織田信長だ。

その壮絶さは尋常ではなく、筆舌に尽くしがたいもので伊勢長島や越前などでは、根絶やしや皆殺しなど大量虐殺が行われ、信長の天下統一が十年以上遅れてしまい秀吉に譲ることになる。

この後、石山本願寺は包囲され、信長との間で十年戦争が起きることになる。

そんな混乱が全国のあちこちで起きている時、京でいっそう乱世を狂わせる重大事件が勃発した。

大きな武力を持たない足利将軍家には妙な風習ができている。

それは足利尊氏の頃からであった。

将軍家に不満がある大名は軍勢を引き連れて、将軍御所を包囲して自分の考えや異議を強訴するもので、御所巻などという珍妙な習慣だった。

五月十九日に三好義継、松永久秀の息子久通、三好三人衆などが清水寺参詣という名目で集結すると、一万余の軍勢で将軍義輝の二条御所に押しかけて包囲する。

その要求は将軍の側近である進士晴舎らを処刑しろという強引なものだった。

もちろん将軍義輝はそんな要求は受け入れず拒絶した。

するとたちまち戦いに発展する。

御所にはわずかな幕臣や奉公衆しかいない。端から圧倒的不利な戦いだった。

だが、将軍義輝は剣豪塚原土佐守卜伝や、上泉伊勢守信綱に剣を学んだ相当に強い剣士だった。

一万余の大軍を相手にわずか数百の寡兵で戦った。

壮絶な戦いの末に将軍義輝、生母慶寿院、側室小侍従など六十数人が自刃、殉死する事件となった。二条御所には火をかけて焼き払う。上杉謙信は「三好・松永の首をことごとく刎ねるべし」といったという。

　正室だけは近衛家に送り届けられた。

　表向きはそういう事件だが、前年の七月四日に実力者の三好長慶が死去したことがこの事件に大きく関係している。

　将軍義輝は以前から将軍親政が願望であった。

　将軍親政とは将軍自らが政治を行うことである。だが、それは京で権力を握った有力大名には受け入れがたい。

　将軍はお飾りでいいということだ。

　三好長慶が生きている間は将軍も有力大名も、勝手な振る舞いは慎んでいたが長慶がいなくなれば話は違う。

　将軍に親政など勝手なことをやられては困る。

　それに、足利将軍家には義輝の父義晴の弟で、何かと将軍になりたがる足利義冬という厄介な男が、阿波公方と呼ばれて淡路島にいた。

　中風で体が不自由なため、もう自分は将軍にはなれないのだが、息子の義栄を将軍にしたいと考えている。

　阿波は三好長慶の領地で、足利義冬は三好一族とは近い関係にあった。

当然のごとく、将軍義輝を殺した者たちは十四代将軍に足利義栄を担いだ。義輝の唯一の後継者嫡男輝若丸は生後三ヶ月で夭折している。だが、義輝には僧籍に入った覚慶と周嵩という二人の弟がいた。

この二人が将軍になれる有資格者だった。

将軍職が義輝系に引き継がれるか、それとも阿波公方の義冬系に移るかは、京の周辺の有力大名たちには重大なことだ。

周嵩は相国寺鹿苑院の院主だったが兄義輝と同じ日に殺害される。

もう一人の覚慶は奈良興福寺一乗院の門跡で、やがては大和一国を支配し絶大な力を持つ南都興福寺の別当になろうという人だ。

さすがにそんな覚慶を殺害することはできなかった。殺せば興福寺の僧兵たちと戦わなければならなくなる。

それは無理な話で、仕方なく殺さずに一乗院に幽閉した。

足利将軍でも油断すれば、権力闘争に巻き込まれて殺されるのが乱世である。この事件で将軍が不在となり京はますます混迷することになった。

そんな中で台頭してきたのが、蝮の道三と並び称される梟雄松永久秀だった。松永弾正ともいう。

久秀は三好長慶の家臣から身を起こした男である。

その出自がはっきりしない不思議な男で、蝮の道三と同郷だなどと言う噂まであるが定かではない。

細川家の家臣だった三好長慶の祐筆として仕えたのが始まりという。

この頃はどこの大名家でも実力を重視して人材を登用した。久秀も交渉力や行政力を長慶に認められて頭角を現す。

ことに長慶が阿波から京に出てから、久秀は将軍義輝の傍でも活躍した。

そんな松永久秀が急速に台頭して権力を握ると、七月五日には京からキリシタンを追放する。京には多くの宗派の寺院が混在していて、キリスト教の布教には反対が多かった。そういう噂に敏感な松永久秀は、正親町天皇がキリスト教に反対されていると知っていたようだ。

その頃、奈良の興福寺一乗院に幽閉されている覚慶を、殺される危険から救い出そうという計画が進んでいた。

もしその計画が発覚すれば覚慶は殺される。

計画の首謀者は殺された将軍義輝の近臣たちで、細川藤孝や一色藤長、和田惟（これ）政（まさ）や藤孝の兄の三淵藤英たちだった。

武将でありながら一乗院に医師として、出入りしている米田求政が覚慶に近づいて、その脱出計画の段取りをつけた。

「ご門跡さま、明日の夜にございます……」

「うむ、近江に行くのであったな？」

「御意にございます、お迎えに参上いたします。木津川にまいりますがおみ足は……」

「歩くのか？」

「はい、伊賀を通り甲賀までにございます」

「遠いのか？」

「いささか……」

覚慶はそんなに遠くまで歩く自信はない。だが、大丈夫だというように強気でうなずいた。

七月二十八日の夜、米田求政は家来と酒樽を下げて一乗院に現れる。

「お医師殿、その手にお持ちのものは何か？」

警備の者に誰何された。

一条院は数人の武士によって厳重に警戒されている。斬り殺して押し通るのは危険だ。そこで求政は策を考えた。

「これは薬湯と言いたいところだが、実は般若湯でござるよ……」

「般若湯？」

「いかにも……」

「そんなものを寺に持ち込まれては困るぞ！」

「それがしが飲むのではござらん」

「誰が飲むものでも、寺に酒を持ち込むなど許すことはできぬ！」

「酒ではござらん。般若湯でござるからして……」

「同じだ！」

「違いますぞ、酒は酒、般若湯は般若湯でござる！」

「いやいや、酒と般若湯は同じものだ。そういう誤魔化しをいうものはないぞ」

門番と求政が押し問答になったが、そこに酒を飲みたい門番の仲間が援軍に現れて、求政は門番に般若湯を取り上げられた。

警備の門番など暇で、退屈すぎて酒でも飲まないとやっていられない。

そんなところに都合のいい般若湯が現れては、とてもじゃないが喉が鳴り涎が出そうで我慢がならない。

「おい、般若湯だと、馬鹿者が般若湯は酒ではないなどと、子ども騙しのようなことをぬかしやがって……」

「うまいこと取り上げたな、一献やるか？」

「やろう、やろう！」

酒飲みは飲むことになると意地が汚い。舌なめずりをしながら警備を放り投げて酒盛りを始める。

「見張りは？」

「なに、構うことはない。誰も来やしない……」

誰かくるのではなく米田求政が覚慶を連れて出て行くのだ。

般若湯を飲んで見張りたちがいい加減酔っぱらい、寝腐れるのを待って覚慶が動き出した。一乗院はもう見張りの影も形もなく易々（やすやす）と脱出に成功する。般若湯の効き目は絶大で見張りが目を覚まさない。

待ち受ける求政の家臣が覚慶を背負って木津川まで走った。

足弱な覚慶にもたもた歩かれたのでは、追手に追いつかれる危険があった。兎に角逃げるしかない。

物陰から数人の武士が現れると合流し、夜陰に紛れて一乗院から離れた。

「この先の木津川には舟の支度をしてある。急ごう！」

「承知！」

覚慶一行は親しく言葉を交わすこともなく黙々と逃げた。

木津川を舟で遡り、伊賀に入り上柘植村に泊まり、翌日には甲賀に入りこの計画に加わっている和田惟政の城に入って落ち着いた。

その覚慶一行を和田城まで案内してきたのは細川藤孝だった。

この和田城で覚慶は足利将軍家の当主であると宣言、各地の大名にその旨を記した御内書を送った。

殺された将軍義輝の後継者だということである。

この呼びかけに覚慶の妹婿の若狭の武田義統が応じ、近江の京極高成、伊賀の仁木義広らも応じた。

幕臣の一色、三淵、大舘、上野、曽我などが続々と呼び掛けに応じる。

覚慶は各地の大名に広く御内書を発して救援を求めた。理不尽な将軍暗殺に同情的な大名が多かった。

その御内書には和田惟政の添状がついている。

安芸の毛利、肥後の相良、能登の畠山、越前の朝倉、河内の畠山、三河の家康などに、松永や三好など将軍を殺した者たちを討伐するため出兵を求める。

だが、覚慶に同情はするが兵を動かすとなると話は別だ。

鞍谷御所

家康は即刻、覚慶に協力する旨の返書を和田惟政に送った。

だが、協力するといっても覚慶の要望通り、兵を出せる状況にはなく家康は三河と遠江対策で手一杯だ。

将軍を暗殺した謀反人の松永や三好を討てといわれても難しい相談である。

十月になると信長の小牧山城に和田惟政が現れた。

信長に覚慶の支援をしてもらいたいという話だった。尾張は覚慶のいる湖南の甲賀の和田城とは伊勢から行けば近い。

惟政は信長の協力を取り付けるため、しばらく小牧山城に滞在することになった。信長は覚慶への協力はやぶさかではないと考えていた。

兄の将軍を殺され一乗院から脱出した覚慶も生きるか死ぬかで必死だ。義元を倒し勢いのある信長に助けてほしいと側近たちが考えても不思議はない。

尾張は甲賀にも京にも近い。将軍になりたい覚慶はどうしても信長を味方にしたい。

だが、信長は美濃攻略のため中美濃に兵を出して戦っている。将軍になりたいといわれてもすぐには動きがとれない。

そんな時、今度は甲斐で事件が勃発した。

信玄の長男義信を担ぐ飯富虎昌たちが信玄を暗殺しようと計画したのである。

原因は信玄親子の不仲だった。信長が桶狭間で義元を討ち取ると、その義元の娘を妻にしている義信を信玄が疎んじるようになった。

それに義信の傅役（もりやく）の飯富虎昌が激怒、信玄を殺して嫡男義信を甲斐のお館さまにしようという。

義元の死はあちこちに影響をおよぼしている。

その信玄も人の子で四男の勝頼を高遠城主にするなど可愛がっている。勝頼は信玄が強引に諏訪御寮人に産ませた子だ。

そういう子は格別に可愛いのだろう。

川中島の戦い後に信玄が北の海への侵攻をあきらめて、南の海を目指すことになると今川家との衝突は必至である。

義信は妻の実家との戦いは容認できない。

こういう信玄親子の齟齬は家臣たちにも波及した。

ことに甲山の猛虎こと飯富虎昌は義信の傅役であり、武田家の跡取りとして育ててきた自負がある。

信玄を殺してでも義信をお館さまにしたい。だが、それはかなり危険な考えだ。

この計画は虎昌の弟三郎兵衛こと山県昌景が、事態の重大さを考え信玄に密告したことで発覚する。

信玄はすぐ謀反の疑いで虎昌を捕縛。

間をおかずに十月十五日に赤備えの猛将虎昌に自害を命じた。

一方、義信は東光寺に幽閉され、義元の娘とは離縁の上、武田家の後継者としての立場を失った。

そんな事件を信長の間者が知らせてくる。

なんといっても信長の動きは素早い。

十一月になると信長の使いが甲斐に現れ、信長の養女を信玄の四男勝頼に嫁がせたいと申し入れる。

犬山城を落として尾張を統一した信長の領地が、勝頼の守る高遠城の南信濃と接することになったため、国境に悶着が起きれば戦いになりかねない。

もたもたしないのが信長の特徴だ。

美濃攻略とあわよくば近江、伊勢方面に進出したい信長は、後方の甲斐、信濃の武田信玄に動かれると計画が頓挫する。

今の力では家康が信玄の武田軍を止められるとはとても思えない。

京の将軍家が不安定で信玄が上洛するなどと言い出しかねない。義元を倒した信長でも信玄と戦って勝つ目算は立たなかった。

信長の頭脳は迷わない。

こういう時は和睦して同盟するのがよい。今川家とは離縁したことによって甲斐と駿河の同盟がはっきりと壊れている。

もう、今川家の時代ではない。

南の海に出たい信玄は信長の意図を読んで婚姻の申し出を受け入れた。

乱世はまさに千変万化、大激動の時を迎えている。

三河の家康もその大渦に巻き込まれているが、着々と三河を整備し実力をつけて遠江に手を出そうとしていた。

もう泣き虫家康ではいられない。

弱気の虫を追い払い、ここは強気で押しまくるしかない。

そんな時、あの於大の方が探してきた可愛いらしい西郡の方が、臨月を迎えて破裂しそうな腹を抱えていた。

もう十八歳になるのだが小柄でとてもそんな歳には見えない。

いいところ十四、五というところで、美人というものは歳よりもずいぶん若く見えるものらしい。

家康はそんな西郡の方が心配でならない。

瀬名はもう二十歳を遥かに超えていたから、心配はしたが何とかなるだろうと思った。だが、今回は子どもが子どもを産むような話で、懐妊したと聞いた時から大丈夫かと心配してきた。

あまりにも可愛らしい西郡の方に家康はつい手を出した結果だ。

だが、ずいぶん長く懐妊しなかった。

十一月十一日の深夜に陣痛が始まり、家康は寝ないで生まれるのを待っていたが、難産の末に女の子が生まれた。

次女で後に北条氏直の妻になる督姫である。

その頃、和田城にいる覚慶が活発に動き出していた。甲賀の和田城は近江の国境に近いが京には少し遠い。

将軍になりたい覚慶は少しでも京の近くに移りたいのである。

だが、今はまだ、覚慶が京に近づくことは危険だった。兄の将軍と弟の周嵩を暗殺した凶悪犯たちがいる。

そんな悪党たちに命を狙われているが、覚慶にはその深刻さがわかっていない。

そんな時、近江の六角義賢（よしかた）こと承禎（じょうてい）が覚慶に好意を見せ、京に近い湖東の野洲矢島村に住むことを許した。

大いによろこんだ覚慶は十一月二十一日に和田城から矢島村に移った。

このことを尾張に滞在中の和田惟政は知らなかった。後に、惟政は覚慶の勝手な振る舞いに激怒したという。

どうも、この覚慶という人は少々軽率なところのある人だった。

そんな覚慶の弱点がすぐ露呈する。

足利将軍家の決まりで嫡男以外の男子は僧籍に入る。

次男に生まれた千歳丸は近衛稙家の養子になり、名を覚慶と改めて六歳の時から、興福寺一乗院に入った。

そんな人がにわかに将軍になりたいといっても、すでに二十九歳になっていて武家のことを知らずに将軍などやって行けるのか。

端から危なっかしい話ではあった。

その覚慶が十二月二日に越後の上杉謙信に援助を依頼する。

謙信は以前、上洛した時に将軍義輝に拝謁し、足利幕府復興のために尽力すると約束していた。

当然、覚慶を支持し支援は惜しまない。それに越後は真冬の雪の中に埋もれている。

春にならなければ何んの話も進まない。それに謙信が上洛するには一向一揆という大きな障害があった。一揆軍を倒して上洛の道を開かなければならない。

それに後方の武田軍と北条軍の動きが気になる。

覚慶がどんなに御内書を乱発しても、各地の大名にはそれぞれ領国を離れられない事情があった。だが、将軍になりたい覚慶は上洛したくて焦っていた。こういうことはなかなかうまくいくものではない。

この年、正親町天皇はキリスト教の禁教令を発した。

後年、秀吉と家康が何度も禁教令を出すが、この正親町天皇の禁教令が最も早く出された令である。

逆に信長は全国にキリスト教の布教を許すことになる。

尾張から戻った和田惟政に、覚慶は勝手に移転した謝罪をする書状を送った。

その覚慶が永禄九年（一五六六）の年が明けた二月十七日に還俗(げんぞく)する。

将軍になりたい覚慶は矢島村に、二重の頑丈な堀に守られた御所を造り、矢島御所と呼び自らは還俗して義秋と名乗った。

京へ近いところに住みたい気持ちはわかるが、京に近いということは義秋にとっては危険だということでもある。もし、大軍に襲撃されたら堀で囲っただけの御所などひとたまりもない。

その頃、京の三好義継や三好三人衆は、阿波公方の義冬の長男義栄を将軍に据えようとしていた。だが、将軍殺しの悪党もまとまりがない。

厄介な松永久秀がいて権力に固執し、三好勢との間に確執が生じて徐々に内部分裂になってきた。権力亡者はこういうことになりかねない。

将軍を殺して権力を握ったからといってうまくいくものではなかった。

朝廷もそんな様子を見て将軍宣下を、義栄にするべきか義秋にするべきか迷って結論を出せないでいる。

将軍がいないということは、朝廷の面倒を見る権力がないということだ。

朝廷は三人衆の三好長逸を御所に呼んで、昇殿できない身分の長逸だから小御所の庭において、京の治安を命じ天皇が天盃を与えた。

朝廷は誰が正しいとかは関係がない。よほどの悪人なら別だが、誰が京を支配しているかが大切なのだ。

その者にまず洛内の治安が乱れないよう取り締まりを命じる。

その後、京をどうするかは別の話だ。より強い者が京を武力で制圧するかもしれないからだ。

そういう者が現れれば御所に呼んで心配な治安維持を命じる。

それを繰り返してきたのが京という王城の地なのだ。

京に将軍が不在なのはよくあったことだが、その将軍に代わる実力者たちが仲間割れをはじめている。

そんな混乱した中で、義秋は京の吉田神社の神主で従二位侍従の吉田兼右の周旋により、四月二十一日に従五位下に上階し左馬頭に任官した。

この左馬頭という官職は次期将軍になる人が、必ず、務めなければならない重要な官職だった。

本来であれば武家伝奏を通して朝廷に申請するのだが、同じ左馬頭を狙う足利義栄が摂津の普門寺まで来ていて猶予がなかった。

どちらが先に将軍になるか急ぐ時で、義秋は隠密裏に吉田兼右の周旋で先に左馬頭を手にした。

この時点では朝廷も義秋が正当な次期将軍と考えている。

義秋もそのつもりで矢島御所において、近江の六角承禎を始め各地の大名に御内書を発して、緊密に連絡を取りながら上洛の機会を狙っていた。

五畿内の大名たちも義栄なのか、それとも義秋を支持するのかで割れている。

河内の畠山高政は松永や三好と敵対していて義秋に期待していた。

六角承禎も義秋の上洛に積極的で、和田惟政に命じて信長と浅井長政の間で、婚姻を取りまとめようと働きかけている。

それは義秋が上洛するには三好軍と対抗する兵力が必要だからだ。

北近江の浅井、南近江の六角、美濃の斎藤、尾張の織田などの兵力を糾合すれば、三好軍を圧倒できるという考えだ。

一方の義秋は将軍のつもりになって、上杉と武田と北条に和睦を命じたり、交戦中の美濃の斎藤龍興と信長に上洛の出兵をするよう命じたりしている。

これらの大名たちに自分を支援させようというのである。なかなか良い考えだが実現は難しい。

和田惟政と細川藤孝の説得で龍興は信長との和解に応じる。

そこで信長が軍を連れて、美濃から六角の勢力内の北伊勢、南近江を通って上洛することが決まった。

八月二十二日に出陣すると約束した。

だが、そんなことを許す三好三人衆ではない。矢島御所から三好に通じる者がいて動きが筒抜けになっている。こういうときは内部に裏切り者がでるから気をつけなければならない。

八月三日に三好軍三千余騎が、湖東の野洲矢島御所を襲撃するべく坂本に集結した。湖東の野洲は京にあまりにも近すぎた。

この三好軍を矢島御所の幕府の奉公衆が迎え討ち、頑丈な二重の堀に守られていたこともあり撃退に成功する。

信長の上洛を阻止しようという三好軍の目論見(もくろみ)が失敗する。

だが、そんなことであきらめる三好三人衆ではない。信長に上洛されては困るのだからすぐ美濃の斎藤龍興に手を回した。

そんなこととは知らず、八月二十九日に信長は約束通り織田軍と共に美濃に向かった。

ところがその織田軍に斎藤龍興軍が襲いかかる。裏切りである。

「おのれッ、龍興ッ！」

信長は赤鬼になって烈火のごとく怒った。

「卑怯者がッ！」

「引けッ、引けッ！」

にわかに退却といっても殿軍（しんがりぐん）の支度もしていない。迂闊に龍興を信じ美濃を通過しようとしたことが、慎重で猜疑心の強い信長らしくなかった。

「逃げろッ！」

「引き上げだッ！」

織田軍は大混乱に陥り、前代未聞といわれる大敗北で信長は尾張に逃げ帰った。

それを見て美濃軍がゲラゲラと嘲笑したという。

斎藤龍興の裏切りによって信長の上洛はなくなり、義秋が切望した上洛計画も吹き飛んでしまう。

それればかりではなくこの日、龍興の裏切りと同時に六角承禎も義秋を裏切った。

三好三人衆の調略が見事に成功したのである。

こうなると再び三好軍が矢島御所を襲撃するとの風聞が飛び交い、将軍になろうと左馬頭に任官した義秋だが、その命を三好軍に狙われる。京に近い湖東の野洲矢島御所にいることが危険になった。

御所の中からも裏切り者が出たことも明らかになる。

とりあえずそんな危ない御所から出るしかない。御所の中で暗殺される可能性が出てきたのである。

義秋は信じられる近臣五人ばかりと、慌てて御所を飛び出すと北に向かった。湖北の先の若狭には義秋の妹が嫁いだ武田義統（よしずみ）がいる。その義統を頼って一行は逃げるしかない。京から遠くなるが仕方ない。

若狭武田家は甲斐武田家と祖先を同じくする一門である。

三好軍に捕まれば義秋は間違いなく殺される。兎に角、北へ北へと三好軍の手の届かない若狭に逃げる。

ところがこの時、若狭武田家は義統と息子の武田元明の間で、家督争いや家臣の謀反などで混乱していた。

情けないことに義秋を支援できる状況にない。

そんなところに三好三人衆が、何をいってくるかわからない。義秋は若狭にいても危ないと判断する。

その義秋は若狭からも逃げるしかない。

武田義統は兵を出すことはできず、弟の武田信景を義秋に仕えさせ、若狭より北の越前に向かうよう勧めた。

九月八日に義秋一行は若狭を出て越前敦賀に入る。

越前の朝倉義景は細川藤孝と親しく、義秋の一乗院からの脱出を支援していた。

その義景が朝倉景鏡（かげあきら）を使者として敦賀の義秋のもとに派遣、十一月二十一日に義秋一行を朝倉の本拠である一乗谷に迎え入れた。

ところがその一乗谷には鞍谷御所と呼ばれる怪しげな男がいた。

その名を足利嗣知（つぐとも）という。

遡る（さかのぼる）こと三代将軍足利義満の時、金閣寺を建立し絶大な権勢を誇った義満には、後継者の義持と弟の義嗣がいた。

よくあることだが義満は弟の義嗣を溺愛し、童殿上（わらべてんじょう）させるなど特別扱いで、トントン拍子に出世して若宮と呼ばれるようになる。

義満の狙いは溺愛する義嗣を親王とし皇太子に立てることにあった。つまり皇位簒奪（さんだつ）である。

この国ではどんな権力者であっても皇族以外、皇位を望むことはあってはならない禁忌なのだ。それを思い上がって傲慢にも義満は犯そうとした。

このようなことが起きると、賜死という天皇家を守る仕掛けが始動する。

賜死とはすなわち死を賜るということだが、天皇が死ねなどと下品なことを仰せになることはない。

そもそも朝廷には慣例として死罪というものはない。

天皇家を守るのが公家たちの役目で、皇位簒奪となれば密かに死んでもらうしかないということだ。

つまり暗殺ということである。皇位を奪おうなどという者には死んでもらう。

三代将軍義満に毒を差し上げたのは、秘すれば花なりの世阿弥だともいわれているが、その真相は不明だ。

この国で皇位簒奪は絶対に許されない。

将軍義満が亡くなると溺愛された義嗣は新御所などと呼ばれたが、鎌倉公方の事件に絡んで高尾山に出奔して出家する。

だが結局、兄の義持の命令で義嗣は殺害された。

鞍谷御所の足利嗣知はその義嗣の末裔だった。一方の足利義秋は殺害した四代将軍義持の家系である。

二人の祖先は義満で同じだが敵同士ということになる。

嗣知は義嗣の曽孫ともいう。

その嗣知の娘小宰相は朝倉義景の側室だった。何んとも厄介なことで義秋は鞍谷御所にいじめられる。

京の仇を越前でというような話だ。

そんな苦しい立場の義秋の前に現れたのが明智十兵衛光秀だった。

この頃、摂津富田普門寺にいる足利義栄は、左馬頭の任官を義秋に越されてしまい慌てている。

三好三人衆と連携しながら十二月二十四日に朝廷に対して、従五位下の階位と左馬頭への任官を求めた。すると朝廷は義秋が遠く越前に去ったことでもあり、あっさり二十八日には階位と任官を認めた。

このことによって次期将軍は、同じ左馬頭の義秋と義栄のどちらかということになる。

近江にいる頃は義秋有利とみられたが、こうなってしまうと三好三人衆に擁立されている義栄の方が有利だ。

この翌日、十二月二十九日に家康は改姓を認められ松平から徳川となった。

同時に家康も従五位下三河守に任官する。祖父の清康以来、安祥松平家が望んできた三河守の官位官職である。

この家康の改姓問題は難しかった。

家康は松平家の始祖伝承を信じていて、家系を清和源氏の新田義重の四男得川義季（よしすえ）の七代の末が家祖の親氏だと言いたい。

だが、それは伝承であって証拠がなく真偽は定かではなかった。

大毘盧遮那仏

この家康の改姓問題は、後年、関白近衛前久（さきひさ）が息子の信尹（のぶただ）に、その経緯と事情を書き記し残している。

姓を天皇から賜ることは珍しいことではない。

例えば明智光秀は惟任（これとう）光秀ともいうが、この惟任という姓は正親町天皇から賜ったものである。

丹羽長秀が惟住（これずみ）長秀というのも天皇から下賜された姓である。

当初、松平家康が徳川を称する問題について、先例がないとの理由から正親町天皇は許可を与えなかった。

本来、誰が何と名乗ろうが自由だ。

勝手に名乗る分には何と名乗ろうが勝手だが、朝廷が官位官職を授けるとなると家名の問題は簡単ではない。

つまり朝廷は氏素性の定かでないものに、官位官職は与えられないということだ。

だが、家康は自分が源氏であることを頑なに信じている。

朝廷からの褒美として名族の姓を賜ることはあるが、氏や姓を変えるというのはかなり厄介で天皇の許しが必要だった。

ことに氏の変更は証拠が必要で厄介なのだ。

つまり源氏から平氏に移ることは不可能である。先祖が平氏であればその子孫も平氏ということだ。硬い言い方をすれば、氏とは男系同族血縁集団ということになる。

もちろん昨日までは源氏だったが今日からは平氏だと、勝手に言う分にはなんら問題はない。少し変わった人ぐらいだろう。

そこで家系図というものがあると証明になる。

そういう系図でもあれば改姓も何ら問題はないが家康は持っていない。天皇が許可しないのだから家康は徳川を名乗れないし、源氏であることも認められないということになる。

朝廷の官位官職を受けたいなら家康とは何者なのか、どこの何という一族に属しているのか、はっきりさせなさいと天皇はいっている。

何んとも厄介なことだ。

だが、そんなことであきらめてしまう家康ではなかった。これからのことを考えれば家康はここを乗り切るしかない。

あきらめたら無位無官のままかもしれなかった。

そこで頼りにしたのが藤氏長者である摂関家の関白近衛前久だった。

どこかにその証拠となる書付があるはずだというのだが、そんなものを探すのは至難の業である。

だが、人は必ずどこかに根を持っている。

公家というのは不思議な一族で、どこにどんなことが書いてあるとか、誰がどんな歌を詠ったかなどを諳んじている。

それが仕事だといえばそれまでだが奇怪な藤原一族なのだ。

家康が近衛前久に依頼してしばらくすると、神祇官の吉田兼右が万里小路家で、旧記に先例があったと懐紙に書き取って、立派な系図に仕立てたのである。こういうふうに整えることが大切なのだ。

真実か否かではない。そういう書類が整っているかなのだ。

これは他には見られない珍しい系図で、徳川は本来源氏なのだが二流に分かれていて、その一つが藤原氏になったという珍しいものだった。

そこに関白のお墨付きがあれば鬼に金棒である。

この先例を奏上して天皇の勅許をえたという次第である。朝廷は何事も先例があるというと易々と認める癖があった。役人というものは責任を取りたくないからなんでも先例がありますという。

三河を統一しつつある家康は従五位下三河守が、喉から手が出るほどどうしても欲しい官位官職だった。

三河の周辺の大名は今川が源氏、武田が源氏、織田は平氏と名族ばかりである。

松平家は土着の土豪ではまことに具合がよくない。

ここは万金を積んでも徳川を勝ち取るしかなかった。

それは家康が幼い頃から源氏だと感じていたことだ。そこにどうしても始祖伝承を家康が信じる原点があった。

誰でもお前は源氏の末裔だとか、名門一族だなどといわれれば信じるものだ。家康にすれば何んとしても五位を賜り貴族身分に列したい。家臣の中には吉良家のように源氏の今川家の上に列している名門もある。

どうしても天皇に徳川姓を認めてもらいたい。

そこで、かねて親交のある京の誓願寺の僧慶深に、関白近衛前久を紹介してもらい朝廷への仲介を依頼したのだった。

それでも正親町天皇は血統に由緒がなければ許可はしないという。

そこで始祖伝承を持ち出しその系図作成に取り掛かり、ようやく得川義季の末裔を天皇に認めてもらった。

ところが氏が問題になった。

源氏であれば武家身分の源氏長者である足利将軍の許しが必要になる。ところが十三代将軍足利義輝が暗殺されて将軍がいなかった。

運悪く京に将軍が不在なのだから源氏の氏長者から許しはもらえない。

ここは苦肉の策だが藤氏長者である近衛前久が、家康の氏は藤原であると認めてくれたのだ。

この近衛前久の配慮は有り難かった。

以後、近衛前久と家康の交流が長く続くことになる。

つまり従五位下徳川三河守藤原家康ということになってしまった。家康は大いに不満だったが官位官職を得るには仕方がない。

家康の本心はどうしても清和源氏新田流得川なのだ。

この氏の問題は家康の心の中に張り付いて離れず、家康が清和源氏に改めるのは天正十六年（一五八八）になってからである。

それから十五年後の慶長八年（一六〇三）に征夷大将軍源家康になる。

家康が源氏の氏長者になってしまうのだから、これはとてつもなく凄いことで家康の執念が実ったことになる。

氏を藤原から源氏に改めた天正十六年頃から、家康が本気で天下を狙っていたとしても不思議ではない。いや、その野望は今川の人質でありながら、源元信と署名したころから育っていた可能性がある。

その野望を家康に根付かせたのが大軍師太原崇孚雪斎だった。

ちなみに源、平、藤原、橘、菅原、清原などは氏である。足利、新田、小笠原、佐竹、南部、今川、吉良、細川などは名字である。つまり氏と名字の両方を持っている日本人が少なくない。

ここで問題になるのが家康の「家」がどこから来た家かということだが、家康の松平の当主に家の字は見えない。つまり、家康が清和源氏新田流というからにはその本流は八幡太郎源義家となる。

家康の家は源義家の家なのだ。

まだ幼かったころから家康は八幡太郎源義家に憧れ、その血筋が自分なのだと信じていた。

幼い頃の憧れとはなかなか消えないものである。

その証拠が源元信、源元康などと元服後に署名したことでもわかる。家康は断固として源氏であり源氏でなければならないのだ。

家康は頑ななまでに源氏と得川にこだわった。

このように松平家から従五位下、三河守の徳川家康として形が整うと、家臣を集めたり軍の編成もしやすくなった。

なんといっても正式に天皇から三河守を賜ったのだから凄い。

信長のように勝手に上総介を名乗ったのとは違う。家臣に対する威厳も違ってくるし、その家臣の格付けにも迫力が出てくる。

家康の家臣は松平家の家臣になった時期によって、安祥譜代、山中譜代、岡崎譜代などと称し家格が少しずつ違っている。

最も古い安祥譜代は酒井、大久保、本多、阿部、石川、青山、植村の七家とされた。

その中でも酒井家は重要な家で、家康の家祖である親氏がまだ時宗僧徳阿弥のころ、三河坂井郷の村長の娘に情けをかけ広親が生まれたという。

家康の最も古い一族といえる。

広親には氏忠と家忠の二人の息子がいて、氏忠の系譜はやがて出羽庄内十四万石に、家忠の系譜は姫路十五万石の領主となる。

家康の家臣団の中心はこのような家代々の譜代の家臣が固めていた。

これが徳川軍の強みでもあった。信長や秀吉にはこのような家代々の譜代の家臣というものがいない。

ちなみに岡崎譜代は十六家という。

家康の代になってから取り立てた新参の家臣にも、榊原康政や井伊直政のような優将や猛将が少なくない。

家康が駿府に行ってから家臣になった者を駿河譜代という。江戸に移ってからの譜代もいる。

中でも家康は徳川家の領土が拡大するにつれて、他家の優秀な家臣を積極的に抱えるようになる。ここが家康の人材登用の優れたところであった。

同時に家康は子宝にも恵まれた。

ちなみに正室二人、側室二十人、子は男子十一人、女子五人、落胤といわれる人が九人、養子が三人、養女が二十二人である。

これが徳川家の繁栄の礎になったともいえるだろう。

ただし、家康が正親町天皇から許可された徳川という姓は、家康一人が許されたもので松平家がすべて徳川に変更されたのではない。

ここが微妙なところで、家祖の親氏が徳川と認められたわけではなかった。

家康一人が徳川と認められたのである。

それはつまり家康一人が徳川の使用を認められたといっていいだろう。従って松平家はそのままであった。

厳密には改姓というよりは、そこまでいうなら使いなさいというようなものだ。

徳川を名乗るのは家康とその後継者の秀忠、後に御三家になる尾張義直、紀伊頼宣（よりのぶ）、水戸頼房の四人だけである。

その後は八代将軍吉宗が勝手に三人の息子家重、宗武、宗尹（むねただ）の三人に、徳川を名乗らせて御三卿とした。

吉宗は家康を真似て自分の血筋で将軍をつなごうとする。

他は一族でもすべて松平を名乗った。

暮れも押し詰まって徳川を認められたことで、永禄十年（一五六七）の年明けは家康にとって格別なものになった。

源氏は認められなかったがそれはこれからのことだ。

この頃はまだ、京では将軍義輝暗殺の余波が残っていた。庶民の多くがこの暗殺事件を非難し容認していない。

それが二月十日にはっきりした。

京の真如堂、正しくは真正極楽寺というが、その真如堂で将軍義輝の追善六斎踊りが行われる。

すると、摂津や近江から続々と人々が集まり、二千八百人もが鉦鼓（しょうこ）を鳴らして念仏を唱え、貴賤を問わず老若男女など八万人の大群衆で、京の大路小路は埋め尽くされ将軍義輝の非業の死を悼んだ。

人々は聡明で剣豪の義輝を慕っていた。

暗殺という非道に対する憤怒だったのかもしれない。

また、この年の十月には西国安芸の国から来た六百人が、義輝の奉公衆や女房衆に扮して行列を組み風流踊りを行ったという。

このように庶民に慕われた足利将軍はこれまでにはいない。

もの言わぬ民ではあるが、ものごとの理非はわきまえていてよく見ている。そんな噂が三河の徳川家康にも聞こえてきた。

家康は民の怒りだと思った。

五月には家康の長男竹千代こと信康九歳と、信長の長女五徳九歳との結婚が実現した。徳川と織田の同盟が末長く続くようにである。

瀬名が反対してもどうにもならない。国と国が互いの安定と利益のために行う政略結婚である。

問題なのは相変わらずうまくいかない於大と瀬名である。

どこの家でも大なり小なり嫁姑の問題はあるが、今川風の瀬名を於大が嫌いで城にも入れず、家康に側室を探してきたのだから凄まじいというしかない。

ところがその今川風に長男竹千代が染まり、織田か今川かの問題に巻き込まれて竹千代は命を落とすことになる。

家康は翌六月には岡崎城を竹千代と瀬名に譲って、自分は遠江の曳馬城こと後の浜松城に引っ越して行った。

三河は統一され安定している。

家康が狙っているのは遠江であり朝比奈家の掛川城である。

翌七月に家康は竹千代を元服させて信康とした。信の字は織田信長から与えられた信である。

このまだ九歳という互いに幼い信康と、五徳の結婚はどうなるかわからない。雛遊びをしている間はまだいいのだが、やがて二人は自分の立場を理解するようになるだろう。そこに母親の瀬名がいるのだから、厄介なことになるのが見えている。

乱世は京の激震だけではなく、尾張も三河も駿河も甲斐も相模も激しく揺れ動いていた。京の混乱はすぐ地方にも伝播する。

八月になると信玄暗殺未遂事件の余波で、今川氏真が突然に甲斐への塩の輸送を停止してしまう。これには海を持たない信玄が激怒した。

氏真の振る舞いは信玄や武田軍だけでなく、甲斐の領民に死ねといっているようなものであった。逆に上杉謙信は信玄とどんな激しい戦いをしていても、北から甲斐に入る塩を止めなかった。

信玄はいつも三河や相模から塩を手に入れなければならない。

塩は領民だけでなく甲斐に多い金山でも多く使われた。金山の金堀衆は穴の中で塩をなめなめの仕事だ。

その塩を断たれては困る。

だが、信玄は暗殺事件の時、義信に嫁いでいた氏真の妹を駿河に返していた。

義信とうまくやりたい氏真だが暗殺事件で当てが外れてしまった。それだけでなく北の海に出られなくなった信玄が駿河の海を狙っている。

それは氏真には耐えられない。

結局、太原雪斎が築いた鉄壁の美しい三国同盟が、義元の死によって混乱が深まり崩れることになった。

このような同盟が結ばれることはもうないだろう。

海に面していない国はこういうことが起こる。海のない甲斐や上野や信濃や美濃などがそういう国である。

その美濃でも大事件が起きていた。

稲葉山城の斎藤龍興は二十歳になり酒色に溺れ乱行がひどかった。

その龍興の近習も質の良くないものばかりで、龍興の大叔父の西美濃三人衆の筆頭、稲葉良通が龍興を見放すと安藤守就と氏家直元までがそれに続いた。

この西美濃三人衆が信長に人質を差し出して内応すると申し出る。三人衆が龍興を見放したことで美濃の命運が決まった。

信長は全軍を率いると小牧山城から出撃、木曽川を渡河して稲葉山城に向かう。

いかにも信長らしく方々に火を放ちながら、稲葉山城も焼き払う勢いで城下をすべて丸焼けにした。

八月十四日に稲葉山城を包囲し鹿垣を巡らして龍興軍を閉じ込める。

それでも龍興は大叔父の稲葉良通たち三人衆が、助けに来てくれるはずだと自分の乱行を棚に上げて願う。

溺れる者は藁をもつかむという。龍興は遊び好きな近習に引きずられている愚か者だった。

「殿ッ、稲葉軍にございますッ！」

「来たかッ、遅かったな爺めが、心配したぞ！」

「殿ッ、氏家軍もッ！」

「そうか、そうか、今に安藤も来るだろう……」

龍興は一安心の顔だが、話はまったく違っていた。

「ん？」

「どうした。安藤軍か？」

「はい、そうなのですが、稲葉軍がこっちではなく織田軍の方へ行きます……」

「攻撃を仕掛けたか？」

「ち、違います！」

「何だッ！」

「う、裏切りだッ！」

「なにッ！」

龍興が座を立って家臣が見下ろしている城の窓に寄った。

「う、氏家軍も織田軍の中に、あれでございます！」

家臣が織田軍の中に氏家軍が入って行くのを指さした。その指が震えている。

「う、裏切り……」

龍興がその場に崩れ落ちそうになったが窓を摑んで踏ん張る。

「くそッ、爺の馬鹿野郎が……」

馬鹿は自分の方だ。

西美濃三人衆が信長の本陣に入って会見すると、以後は信長に従うと約束して美濃は信長のものになった。蝮の道三は信長の行く末を見定めていたのかもしれない。

その夜、龍興は数人の近臣を連れて稲葉山城を出ると、夜陰に紛れて舟に乗り長良川を下って伊勢長島に脱出した。

この後、斎藤龍興は伊勢長島一向一揆で信長と戦い、三好三人衆と組んで摂津野田、福島城でも信長と戦うが、最後は朝倉義景と一乗谷へ逃げようとして、越前刀根坂（とねざか）の戦いで討死にする。二十六歳だったという。

蝮の道三の孫である。

いきなり信長は尾張と美濃を合わせて百万石余の大大名になった。

天下への道が見えてきた。信長は焼き払った美濃の中心、井ノ口を新しく作り変えて名を岐阜と改め、自らは天下布武の朱印を使うようになる。

美濃の隣の近江を制すれば次は京だ。

ところがその近江は七十万石の大国で二分している。

南近江には鎌倉御家人の名門佐々木家を祖とする六角承禎がおり、北近江には越前朝倉家を後見人とする浅井長政がいた。

信長が立てる旗は軍師沢彦宗恩が与えた天下布武の旗である。

京のすぐ近くに百万石の大大名が出現したことは、諸国の大名はもちろん京の朝廷も越前の義秋も驚いた。

最も驚いたのは京を制圧している三好三人衆だった。

簡単に言えば一石で、人一人が一年間生きられる、この頃はそう考えられていたから百万石なら百万人を養える。

伊勢と近江を呑み込んだら信長は二百五十万石の巨大大名になるだろう。

その足掛かりを信長はつかんだ。

二百五十万石だと常時七万の大軍を養い、いざ出陣の時はその倍の十四万の大軍を揃えられる。脅威の大軍団である。

この国でこれまで最大の軍を動かしたのは、源頼朝の奥州合戦の二十八万人であった。

承久(じょうきゅう)の変の北条義時でも十九万人しか集められなかった。それに次ぐのが信長ということになる。

後に、秀吉が小田原征伐で二十一万人を集めるが、その時の秀吉の石高は二百二十万石だった。家康も大坂冬の陣で二十万人を集める。
だが、頼朝も秀吉も家康も各地の大名たちを集めての大軍だが、信長は信長の家臣とその兵であり自前の大軍ということだ。

こういう例は本朝にはない。

乱世の群雄割拠の中で、もし信長が十四万もの大軍を持ったら脅威だ。だが、その可能性が出てきたということである。

そんな中で、京は相変わらずもめにもめていた。

将軍義輝まで暗殺して手にした権力だがすぐ仲間割れが始まった。

松永久秀と三好三人衆の抗争が激しい。三好三人衆の方が優勢で松永久秀は大和の信貴山（しぎさん）城に引っ込んでいた。

三好三人衆とは三好長慶の死後に、三好政権を支えた三好長逸（ながやす）、三好政勝、岩成友通の三人をいう。そこに松永久秀、久通親子が加わって政権を維持していたのだがうまくいかない。

同床異夢というべきだろう。不仲で分裂したのである。

そこに三好三人衆から放り出された三好義継が、信貴山城の松永弾正久秀のもとに逃げ込んできた。

三好義継は三好長慶の養子になった男でまだ十九歳だった。

その義継を久秀は保護する。

この義継を保護したことで久秀は政権奪還の大義名分を得た。政権は長慶の後継者で三好家の当主である義継のものだと主張できる。

吉継の後見人だと松永久秀は言う。

こうなると激突必至だ。松永久秀、三好義継連合軍対、筒井順慶、三好三人衆連合軍の対決だ。

筒井順慶と松永久秀は、大和の主導権を争っている不倶戴天の敵だった。

ここで具合の悪いことが起きた。

兵力は筒井順慶、三好三人衆連合軍が有利で、戦いも有利に進めていたが松永久秀、三好義継連合軍も頑強に奮闘している。

そんな時、三好三人衆軍が奈良東大寺に本陣を置いた。

こういう戦いで大きな寺を使うことはよくあることだった。寺内が広く兵を収容しやすいからでもある。

だが、これまで兵火によってどれだけ貴重な寺が炎上したかわからない。

南都興福寺を討つという名目で、平重衡(しげひら)があちこちに火を放ち、興福寺だけでなく東大寺など多くの寺が炎上したことがある。

その時、東大寺の大仏も炎上し焦熱地獄だったという。

その大仏の再建に多くの僧たちが苦労した。

ところがその再現が起きたのだ。

十月十日子の刻、松永、三好連合軍が多聞(たもん)城から出撃、大仏のおられる三好の陣に討ち入り数度にわたって合戦になった。

最初に燃えたのが穀屋(こくや)だった。

兵糧を断とうとしたのか、その兵火が法華堂へ飛び火した。

その火が大仏殿の廻廊に延焼、丑の刻頃には巨大な大仏殿に火が入った。こうなっては誰も手を付けられない。

猛火が天に満ちて落雷の如しという。

聖武天皇が疫病多発を鎮め、国家鎮護のために発願されて建立された、大毘盧遮那仏がその劫火(ごうか)の中にじっと座っておられた。

三千世界を焼き尽くす罰当たりな猛火だ。

江戸期に再建されるまで、痛ましくも大火傷をされた仏のお顔は、鉄の板で支えられていたという。

何んとも愚かな者たちであることか。

十一月になると岐阜に正親町天皇の勅使が現れ、信長に朝廷の困窮を訴え援助を要請してくる。

この時も信長は承ったが何をどうするとは答えなかった。

つまり武家に奪われてしまった天皇領の復活は、信長でも手を出せないほど厄介なのだ。

天皇領を武家が奪った歴史は古く、鎌倉の承久の乱で敗北した後鳥羽上皇や天皇の領地、三千ヶ所から五千ヶ所という荘園を鎌倉政権は取り上げた。

承久の乱というのは貴族社会を武家社会に変える戦いで、それは貴族の土地をすべて武家が取り上げるという戦いだった。

それを蒸し返すと重大なことになる。

天皇家が南北に分裂した建武の中興なども、その根本にはこの土地問題があり、後醍醐天皇は武家から一時ではあるが、すべての土地を取り上げた。

だが、後醍醐天皇や朝廷が差配できるほど、やさしくないのが土地問題で後醍醐天皇は投げだしたのである。

その大事件で天皇家が南北朝に分裂してしまう。

信長はその難しさを知っていた。武家の土地には迂闊に手を出せないと。それゆえに天皇の困窮を助けてやりたいのだが、信長でもなかなか踏み込めない領域の問題なのである。

武家は一握りの土地でも奪われたとなると、血眼になって戦いを挑むものだ。いつの世でもこの土地の領有問題は難しい。乱世はその土地の奪い合いということもできる。

天皇領の復活はさすがの信長でも困難で、五十石、百石を増やすのに苦労し、公家などは信長に二十石、三十石をようやく増やしてもらう事態になる。どんな権力者でも簡単に土地を右や左に動かすことはできない。つまり、鎌倉の承久の変こそが強引にそれをやり、この国の形を根こそぎ変えたといえる重大事件だった。

足利義昭

永禄十一年（一五六八）の年が明けた正月十一日に、徳川家康は従五位下左京大夫に叙任する。

左京大夫は京職のことで左京職と右京職があり、その長官を大夫といい、右京大夫は管領細川家の世襲で唐名では京兆（けいちょう）といい細川京兆家という。

左京大夫は四識（しき）の一色家の武家官位だったが、一色家が没落すると左京大夫が売りに出される。

この左京大夫という官職は地方の大名に人気があった。

そのため本来は、右京大夫と左京大夫は各一名だけなのに、左京大夫だけは同時に何人も出現する。

従五位下左京大夫というのは地方大名の箔付（はくづ）けには最適ということだ。

武田家も北条家も今川家も左京大夫を名乗ったことがある。他にも数え切れないほどの大名が左京大夫を名乗った。

家康もそんな大名の一人になった。

徳川の名字を許され、従五位下三河守になり左京大夫になったことは、徳川家にとって重大事であった。

並みいる諸国の大名家と肩を並べたことになる。

家康は従一位太政大臣という位人臣（くらいじんしん）を極めるが、その第一歩が従五位下左京大夫と三河守だった。

ここから確実に実力をつけて行くことになる。

家康は二十七歳になっていた。

二月になると朝廷は摂津にいる足利義栄に十四代将軍を宣下する。

越前にいる足利義秋が先に左馬頭に就任したが、越前ではいかにも京に遠すぎたといえるだろう。

それに三好三人衆のような強力な後見人が義秋にはいない。

だがこの時、義栄は背中に大きな腫瘍（しゅよう）ができて上洛できなかった。

この義栄の将軍就任に義秋が慌てた。いつまでも指をくわえて越前に逼塞（ひっそく）しているわけにいかなくなったのである。

越前に滞在して、朝倉義景の家臣になっていた明智光秀が義秋の相談に乗った。

光秀も義秋と同じように朝倉家では軽く扱われている。聡明な明智光秀は鞍谷御所に嫌われていた。

義秋は越後の上杉謙信を頼りたいが、越前より北に行けばいつ上洛できるかわからなくなる。それが何よりも怖い。

むしろ、京に近づかないことには話にならない。

そこで義秋と光秀が考えたのは、美濃を呑み込んで百万石の大大名になった織田信長に再び接近することだった。以前、信長の出陣まで実現したが、斎藤龍興の裏切りで頓挫したことがある。

義秋はまず京から前の関白二条晴良を、越前に招いて四月十五日に元服式を行った。

僧籍に入っていたため義秋はすでに三十二歳になっての元服である。一乗谷の朝倉館で朝倉義景を烏帽子親にして盛大に行われた。

この時、物知りの二条晴良は義秋の秋の字は、不吉であるといって昭に改めるよう勧める。

ここに元服した将軍候補の足利義昭が誕生した。

朝倉義景は優柔不断で足利義昭を擁して上洛するとはいわない。それがいかに厄介なことか知っている。

京を支配する三好三人衆と戦う気などさらさらない。

義昭と光秀は越前朝倉家に長居をするべきではないと考える。そこでまず、義昭は義景から光秀を家臣としてもらい受けた。

二人が上洛に力を貸してくれるのは信長だと思う。

それに信長の正室帰蝶の方の母小見の方は光秀の叔母でもあった。

信長と明智光秀は近い関係にある。二人は相談の上で信長を頼ることを決めた。

「岐阜に行ってくれるか？」

「はい！」

「藤孝が来ればすぐに後を追わせる」

「畏まりました」

光秀は暑い盛りに一人で一乗谷から美濃に向かう。岐阜城の信長に会って義昭の上洛を手伝ってほしいと要請するためだ。

光秀は信長を見たことはあるが話をしたことはない。

帰蝶とは蝮の道三が生きている頃に二、三度あったことがある。

光秀が出立して間もなく京から細川藤孝がきて、休む間もなく光秀の後を追って美濃に向かった。

京の動きは風雲急を告げている。義栄に将軍を取られてしまった。

将軍になりたい男は信長という良いところに目をつけた。だが、この信長という汗馬はなかなか乗りこなせない馬なのだ。

逆に義昭の方が信長に乗り潰されてしまうことになる。

信長は上洛する時のことを考え、北近江の浅井長政と交渉し、妹のお市姫を嫁がせて同盟を結んでいた。

足利将軍の復活を考える義昭に対して、信長の狙いは天下布武だからややこしくなりそうだ。

すでに信長は伊勢にも軍を派遣して攻略に着手している。伊勢を手に入れれば百五十万石を超える大大名になる。

大きくなり始めるとその勢力はたちまち巨大化するものだ。

思うようにならないのが南近江の六角承禎である。信長が上洛する意思を見せても協力する気配がない。

桶狭間の戦いの時には支援したのにおかしな男だ。

矢島御所にいた義昭を京の三好と組んで追い出した六角だ。

信長と明智光秀や細川藤孝の話し合いが進められ、信長が義昭の上洛の手伝いをすることが決まった。

優柔不断な朝倉義景と違い、天下布武を狙う信長の決断は早い。

信長の家臣の村井貞勝、不破光治、島田秀満が、越前の義昭を迎えに行くことが決まって和田惟政も加わった。

上洛のため信長は大軍を集めることにした。

百万石の威力は凄まじいことを証明する。

七月十三日に上機嫌の将軍になりたい男が越前を出立した。信長が派遣した村井貞勝、不破光治、島田秀満、和田惟政などが同行。

百万石の信長が味方だから征夷大将軍はもう義昭のものだ。

十六日には信長と同盟している小谷城に入り浅井長政から饗応(きょうおう)される。信長だけでなく浅井長政が味方ならなおいっそう心強い。

二十五日には美濃立政寺で信長と会見することが決まった。

いくら百万石の大大名とはいえ信長は、足利義昭の上洛に供奉(ぐぶ)し手伝うという名目だけである。

将軍になりたい男を押し立てての上洛だ。

信長が京に出てすぐ何かしようというわけではない。

家康にも出兵の要請があったが、多くの兵を出すことはできない。家康も遠江に軍を入れて戦いを展開している。

そこで祖父清康の従兄弟の藤井松平の松平勘四郎信一を大将に、数は少ないが三河から精鋭の千人だけを織田軍に派遣した。

家康も信長の天下布武の戦いに一歩を踏み出すことになった。

義昭の上洛に反対する者は京やその周辺から退去してもらう。そのための大軍で主力は織田軍だ。

信長と対面した義昭はその大軍が五万人と聞いて仰天する。

そこに北近江の浅井長政が一万人の兵力で参陣してくるという。六万もの大軍に守られて上洛するとは考えていなかった。兎に角、百万石の威力は凄まじかった。

信長は義昭の乗る馬や鎧兜まで美々しく整えている。

この信長の心遣いに上機嫌で、二十八日から義昭は上洛の準備に入る。最早、気分は将軍になったようだ。

なんといっても六万の大軍は素晴らしい。

今、そんな大軍を京に入れられる大名は信長の他にいない。

それだけでなく、信長は三好軍と戦っている松永久秀や、近江の山岡家や大和の柳生(やぎゅう)家などにまで協力を要請している。

信長も天下布武を実現するため、義昭を将軍にしようと本気で考えていた。

自ら馬廻りの偵察隊を率いて、近江に入るなど積極的な信長だが、南近江の六角承禎だけは義昭に協力しようとしない。

六角承禎を京の天下所司代にするとまで妥協したが納得しない。

信長は六角軍と戦って押し通るしかない、そう考えて南近江の偵察から岐阜城に戻ってきた。

その六角は戦いになれば、京から三好三人衆が援軍にくると思っている。

六角軍は箕作城や観音寺城という堅城（けんじょう）を中心に、十七、八ヶ所に支城を築いて三好軍と同盟していた。

九月七日に信長は尾張、美濃、伊勢などの軍勢を率いて岐阜を出立する。

六角軍は湖東の道を塞いで織田軍を通さない。信長は佐和山城に入って六角と交渉したが応じなかった。

そこで信長は浅井長政と相談して大軍を三隊に分ける。

九月十二日早朝、織田軍、浅井軍、徳川軍は愛知（えち）川を渡河すると、稲葉良通の率いる第一軍の美濃軍は和田山城に向かい、柴田勝家と森可成（もりよしなり）と松平勘四郎の率いる第二軍が観音寺城に向かった。

第三軍の信長と滝川一益、丹羽長秀と木下秀吉の率いる本隊は、箕作城に進軍して丹羽軍三千人が東から、木下軍二千三百人が西から猛攻を仕掛けて戦端を開いた。

「かかれッ！」

「鉄砲を放てッ！」

いきなり猛攻が始まった。

だが、気の早い秀吉の攻撃は失敗して追い散らされる。箕作城を守る六角軍の吉田出雲守は強かった。

しくじった秀吉は態勢を立て直して、夜になってから夜襲をかける。

この時、六角承禎と義治親子は観音寺城に千人で籠城していた。

主力の六千人は和田山城で籠城、箕作城には三千人が籠城している。この戦いの主戦場は箕作城の攻防になった。

六角軍は京から三好の援軍が来ると信じていた。

だが、その三好軍は織田、浅井、徳川連合軍六万人と聞いて震え上がって逃げ腰になっている。

援軍を出そうなどと考えていなかった。

織田の大軍が上洛する前に京から逃げなければ危ない。

箕作城はまさか秀吉がその日のうちに、夜襲を仕掛けるとは思わず城内が大混乱する。こういう奇策が得意な秀吉だ。

数百本の松明（たいまつ）を焚いて山を登ってくる木下軍は恐怖だった。

鉄砲が撃ち込まれ、山が燃え上がっているような大騒ぎだ。猿顔の秀吉という男は戦いが好きで得意である。

防戦一方の箕作城は織田軍の猛攻を支えきれずに夜明け前に落城する。

三つの堅城のうち箕作城が落ちると、和田山城の兵たち六千人は戦わずに逃亡してしまった。

箕作城の落城が早過ぎて恐怖が六角軍に蔓延（まんえん）してしまう。

観音寺城には松平勘四郎が一番乗りで奮闘、六角承禎は守り切れないと判断すると、夜陰に紛れて甲賀方面に逃亡。

堅城が三つとも落ちてはどの支城も戦意喪失で降伏するしかない。

ただ一つだけ降伏しない支城があった。

それは蒲生賢秀（がもうかたひで）が兵千人と籠城する日野城である。

賢秀は賢い男で後に信長に信頼され、信長が戦いに出るたびに安土城へ呼ばれて留守居役を務めることになる。

信長は降伏しない蒲生賢秀を説得させようと、織田軍の武将で伊勢の神戸具盛（かんべとももり）を呼んだ。この具盛の妻が賢秀の妹だった。

神戸具盛は一人で日野城に乗り込んで賢秀の説得にかかる。

「義兄上、もう充分でござろう。六角殿は甲賀に落ちられたそうだ」

「そうか……」

「将軍になられる義昭さまを奉じての上洛だ。大義は織田さまと浅井殿にあると思うが、そうでござろう?」

「将軍は義栄さまだ……」

「義兄上はすでにご存じであろう。義栄さまは体調が優れず上洛もできていない」

「それでも将軍さまだ……」

「間もなく死にます」

「なんだと?」

「将軍の義栄さまは間もなく亡くなります。背中の腫れ物が悪化して身動きできないそうですから……」

「本当か?」

「三好殿も六角殿もこういう大切なことを隠しているのです」

この時、具盛が言うように十四代将軍足利義栄は、腫れ物が大きく腫れ上がり悪化して瀕死の床にいた。

余命いくばくもない状況に陥っていたのである。

「鶴千代を織田さまに人質として差し出し降伏なされ、それがしがこの命に代えて織田さまに助命をお願いしますから……」

「鶴千代を……」

この鶴千代とは後に信長の次女冬姫を妻に迎え、秀吉にも可愛がられ会津九十一万石の大大名になる蒲生氏郷である。

氏郷は冬姫を愛し側室を置かなかったという。

茶の湯や和歌、連歌などをよくする教養人であった。おおらかな武将で優れた知恵をもち万人に寛大であったといわれる。

そんなところを信長に愛されたのだろう。

「相分(あいわ)かった。そなたのいうようにしよう」

蒲生賢秀は潔く信長に降伏した。

その信長は本能寺に向かう時も賢秀を留守居にする。

信長は亡くなるまで日野城から賢秀を動かすことをしなかった。本能寺の時は信長の側室たちを賢秀が安土城から日野城に連れていって助ける。

六角承禎を追い払った信長は義昭と順調に軍を進め、九月二十六日には山科粟田口から京に入り東寺まで進軍、大軍を東福寺に入れて義昭だけは清水寺に入った。

慎重な信長は大軍を京に入れなかった。

織田軍の軍律はことのほか厳しかった。不心得者が出て洛内で乱暴狼藉を働かないようにするためである。

入洛して不評を買うと後々やりにくくなることを信長は知っていた。

何よりも大切な御所の警備は細川藤孝に任せる。すでに京やその周辺から三好軍は消えていた。

六万の大軍を恐れ戦わずに逃げた。これが百万石の威力というものだ。

山崎に三好軍が布陣しているとの噂があり、織田軍が急行するとすでに三好軍は撤退している。

九月三十日に足利義昭は将軍家の旗を立てて芥川城に入った。

ここを拠点にして摂津、河内、大和などの敵対勢力を一掃する構えを取る。白い源氏の旗は力強い。

この日、摂津富田の普門寺で十四代将軍足利義栄が病のため死去した。

二月八日に将軍宣下を受けたが一度も上洛できずに、わずか八ヶ月の在任で三好三人衆の傀儡ともいえないような状況で将軍義栄は亡くなった。

信長と義昭は畿内平定を終わらせて、十月十四日に京へ戻ると義昭は本圀寺に入った。

公家や僧などが集まりすでに次期将軍としての扱いだった。一方の信長はその次期将軍になる足利義昭の上洛に供奉した者ということだ。

その義昭に対して十月十八日になると、朝廷は十五代足利将軍として征夷大将軍の宣下を行った。

将軍になりたい男がついにその座にすわることになる。

義昭はそれが信長のお陰だといい、御父と呼んで副将軍になってほしいと要請するが信長はそれを辞退した。

十月二十六日に信長は京に長居をするのは無用とばかりに、本圀寺にわずかな兵だけを残して岐阜に引き上げてしまう。

九月二十六日に入洛してわずか一ヶ月の滞在で京を離れた。

こういうところは目的もなく長居をするとよいことがない。義昭が将軍になれば信長は用済みなのだ。

信長は京が攻めやすく守りにくいことも知っていた。

その上、織田軍は短期の上洛戦を想定していて、多くの兵糧を持ってきていなかったのである。

大軍は兵糧がなくなるとすぐ飢える。

六万もの兵が長期滞在するには莫大な兵糧が必要だった。

織田軍は略奪を厳しく禁じていた。

武田軍などは恩賞の一部として略奪を認めたが、信長は織田軍に対して略奪や乱暴狼藉は固く禁じている。

略奪をするような兵を好まない。

岐阜に戻ると全軍の任を解いて、それぞれの国に帰ることを許した。兵を休ませることは大切である。

松平勘四郎は信長から観音城一番乗りの感状をもらって三河に帰った。

その頃、甲斐の武田信玄は今川領への進攻に動き出している。

今川氏真に塩を止められたからでもあるが、北を謙信に塞がれ信玄の行き場はそこしかなかったといえる。

駿河か遠江の海に出たいと思う。

あとは南信濃から信長の東美濃か家康の奥三河だが、そこはかなり危険な戦いになりそうだった。

まだ信長の大軍と戦う時ではない。

十二月六日に武田信玄がついに、一万二千の武田軍を率いて駿河に侵攻した。

この大軍を今川氏真は一万五千の大軍で迎え討った。ところが今川軍は武田軍の進攻を知ると戦わずに退却してしまう。大将が信頼されていないと戦場ではこういうことが起きる。誰だって死にたくはないのだ。

義元亡き後、氏真は三河を家康に奪われ遠江に侵入されるなど、家臣たちは氏真を信頼できなくなっている。

それでは戦いようがない。信玄が南下してくると、今川軍の重臣二十一人が武田軍と内通したという。こんな状態では戦っても勝負にならないし、領地の駿河を守ることさえおぼつかない。

それでも氏真は今川軍一万五千を、薩埵峠に上げて武田軍を迎え討ったが、年を越して合戦が行われ当然ながら今川軍が敗北する。

北条の支援を受けても今川氏真には信玄と戦う力量はなかった。

もちろん小田原の北条もまともに信玄と激突はしたくない。それは家康も同じだった。信玄と戦えば戦いに未熟な徳川軍など破壊されるだろう。

そこで家康は酒井忠次を取次役にして、駿河と遠江の分割を条件に信玄と同盟を結ぶことにする。

こういう戦略は賢い。雪斎禅師に褒めてもらえそうだ。

武田軍との今川領の分割は、大井川を境にして東が武田領で、西が徳川領ということにした。

そんなことを勝手に決められても、無能な氏真は指をくわえて見ているしかない。それとほぼ同時に家康は十二月十三日、遠江の今川領に侵攻して曳馬城を攻略し、遠江に軍を留めて越年することにする。

素早い動きで家康は西遠江の拠点になりえる曳馬城を手に入れた。

なかなか強気の交渉で武田軍と徳川軍を考えれば、このような強気の交渉はできないのだが、家康の後ろには大軍を擁する信長がいた。

さすがの信玄も今すぐ家康や信長と戦うのは得策ではないと思う。

もし、戦うとしてもそれは武田軍がもっと充実した時でないと危ない。戦の名人である信玄は天の時、地の利、人の和を心得ている武将だ。

戦い方を知っている。

甲斐、信濃、上野、駿河を手に入れて兵力を整備したい。

この四ヶ国であれば信玄も八十万石から百万石近い大大名になる。

家康は大井川の西を手に入れても、まだ四十万石から四十五万石ぐらいの大名だ。それでも結構大きい。

双方が納得できる分割だと思える。

もちろん、信玄の狙いは遠江、三河と領土を拡大することだ。逆に家康は遠江を平定して駿河に軍を進めたい。

そういう戦略であれば家康は必ず信玄と激突する。

だが、信玄と戦うのは恐怖でもある。

しかし、家康の野心は当然東進することにある。今すぐ駿河に手を出すことはかなり難しい。

その駿河までの進出はまだ先のことだ。

遠江に留まって家康が越年しようとしている頃、十二月二十四日に大和の信貴山城にいる松永久秀が城を出て岐阜に向かった。

久秀は百万石の大大名になった信長に正月の挨拶をしようという。戦わずに降伏するということである。

一度は天下を手にした梟雄松永久秀が信長に膝を折るのだ。これこそ百万石の威力だ。だが、松永久秀が畿内から離れることは危険だ。久秀が危険というより京の本圀寺にいる将軍義昭である。

久秀がいなくなれば追い払われた三好軍が動き出す。

三好軍は信長と戦う前に逃げて無傷のまま残っているのだから、必ず京に戻ってきそうだった。その危惧が的中する。

やはり松永久秀が信貴山城を離れた途端、その隙を狙っていたように三好軍が動き出した。

まず先陣を切って動き出したのが、信長に美濃から追い出された斎藤義龍だった。三好義継の家臣が守る堺の南、和泉の家原城を十二月二十八日に攻め落とす。

本圀寺の変

そんな不穏な中で永禄十二年（一五六九）の年が明けた。

正月二日に三好三人衆が堺を立って京に向かい、四日には東福寺周辺に一万の兵を集めて陣を敷いた。将軍義栄が亡くなったのだから、阿波へ帰ればいいのに戻ってきた。

将軍の城である勝軍地蔵山城を始め、洛東や洛中など処々方々に火を放って、将軍義昭が京から逃げられないようにした。

義昭を殺すための出陣である。

本圀寺の義昭の傍には幕臣になった明智光秀がいた。織田軍は護衛程度でごく少数しか京には残っていない。

将軍の家臣も少なく、幕臣も奉公衆も数が揃っていない。まさか、本圀寺を攻められるとは誰も考えていなかった。

明らかに三好軍を甘く考えた信長の油断だ。

光秀は岐阜の信長に救援の早馬を出すと籠城の構えに入った。

数丁の鉄砲や槍、長刀(なぎなた)などの武器を集めて、表門と裏門に配置して攻撃軍を撃退する考えだ。

細川藤孝や池田勝正などにも援軍の要請を出している。

明智光秀はこういう軍略は得意だが、いかんせんあまりにも兵力が少ない。

援軍が来るまで戦えれば勝つがその前に落ちれば、義昭の兄将軍義輝と同じように殺されることは必至だ。

光秀が将軍義昭を守り切れるか厳しい。本圀寺は城ではなく六条堀川にある日蓮宗の寺である。一万からの三好軍に包囲されたら危ない。

翌一月五日にその三好、斎藤軍が押し寄せてきた。昼頃から激しい合戦に突入する。本圀寺を攻め落としたい三好軍、防戦する織田軍と奉公衆の若狭武田軍、それらを指揮しているのが明智光秀だった。

「鉄砲を表に回せッ！」

光秀は鉄砲の名手で飛ぶ鳥を落とすというほどの腕である。

自ら鉄砲を手にすると百発百中で敵を倒す。織田軍も若狭軍も必死の抵抗で、寺内に押し込んでくる三好軍を押し返した。

だが、敵は一万余、味方は二千ほどである。それでも二千の兵で守れば簡単には落ちない。

だが、戦いが長引けば寡兵の幕府軍が圧倒的に不利だ。

「十兵衛はどこだ？」

「ただいま裏門におります！」

「戦況はどうだ。十兵衛に聞いて来い！」

寺の奥に避難している義昭は兄と同じように殺されると思っている。僧侶から将軍になったばかりで腰が据わっていない。

鉄砲の音を聞いただけでビクビク、床几から立って部屋の中をウロウロする。

そんなところに光秀が現れる。

「ど、どうなっておるのだ光秀ッ！」

「表門、裏門ともよく戦っております！」

「そうか！」

「敵を何度も押し返しております。間もなく援軍がまいります。それまでのご辛抱を願いまする！」

「うん、わかった！」

光秀が表に走って行く、援軍が来るまで持ちこたえなければならない。明日まで持ちこたえれば何とかなる。それが光秀の見通しだ。

その理由は攻めてくる敵の士気があまり高くないことだ。二度目の将軍殺しで兵たちも嫌がっていると見た。

「境内に入れるなッ！」

「押し返せばいいぞッ、追うなッ！」

光秀は寺から討って出ることを禁じる。あくまでも籠城して援軍が来るまで将軍義昭を守り抜く。

「追うなッ、追うなッ！」

押し返されて逃げる敵を追いたくなる。それが危険だ。

寺から引きずり出されて討たれる。敵は数が多いのだから守りを固めるしかない。

その頃、山城勝竜寺城の細川藤孝、摂津の池田勝正や伊丹親興、河内若江城の三好義継などが、光秀の急報で出陣の支度を急いでいた。

三好軍の猛攻も夜になると止まった。

双方の兵が疲れている。

警戒を厳重にしてしばらくの休息に入った。本圀寺は包囲されていつまた猛攻に晒(さら)されるかわからない。

「十兵衛、援軍は間に合うか？」

「はいッ、援軍が来るまで必ず持ちこたえまするッ！」

「うむ、頼むぞッ！」

将軍義昭は生きた心地がしない。

物音にまでビクビクしている。戦場の緊迫は独特の緊張で、僧侶だった義昭が怯えても仕方のないことだ。

命が縮む思いで義昭は戦況を見ている。逃げ出すことはできない。六万もの大軍に守られて上洛してきたのに、今はわずか二千ほどの兵で城でもなく寺を守るのだから容易ではない。

夜が明ける前から再び戦いが始まった。

敵も援軍が来る前に義昭を殺してしまいたい。援軍が現れるのに二、三日はかかるだろうと見ていた。

寡兵なのはわかっていて、あと一押しで本圀寺は落ちると思っている。

その頃、夜も休まず行軍した援軍が京に近づいていた。兵たちは歩きながら腰兵糧を取っている。歩きながら水を飲む。

一月六日の夜が明けると七条の三好軍の前線に細川軍が見えてきた。

三好軍は七条で援軍を食い止めようとした。六条の本圀寺が落ちるか、七条の三好軍が崩壊するかギリギリの戦いになった。

七条に援軍の細川軍、池田軍、三好軍が集結、三方から三好軍に猛攻を仕掛けた。

ここを破れば本圀寺に雪崩れ込んで将軍を救出できる。

「押せ、押せ、押し潰せッ！」

援軍に伊丹軍が加わって凄まじい勢いになった。

こうなると守りの三好軍が不利だ。

援軍の猛攻に三好軍が怯んだ。その隙間に細川軍や池田軍がぎりぎり押し込んでいった。すると三好軍が一気に崩れて逃げ出す。

「ウワーッ！」

雄叫びを上げて援軍が本圀寺に雪崩れ込んだ。なんとか間に合った。

包囲していた三好軍が一斉に逃げ出す。形勢逆転だ。

「討って出ろッ！」

「追えッ、追えッ！」

「逃がすなッ！」

本圀寺から幕府軍が討って出ると三好軍を追い掛ける。三好軍は桂川で追いつかれ河畔で合戦になった。

だが、総崩れになった三好軍は敗北して逃げるしかない。

この戦いの犠牲は二千七百人とも三千人ともいう。

その頃、岐阜城に光秀の早馬が到着、信長は三好軍の本圀寺襲撃を聞き、松永久秀と飛び出すと馬を走らせて京に向かった。

油断したと思うが後の祭りだ。本圀寺が何日持ちこたえるかだ。すでに美濃で雪が降っていた。近江に入るとまずいことに湖東は猛吹雪になっていて、馬も道に迷いそうな凄まじさだった。

伊吹山から吹き下ろす湖東の嵐は易々と人を殺す。

信長を追う織田軍は冬の雪支度をせずに岐阜城を飛び出して、その兵たちが猛吹雪に捕まり凍死者が出る騒ぎになった。

松永久秀が信長に追いつけず吹雪の中に消える。

信長を追う精鋭の馬廻り衆も一人脱落、二人脱落で吹雪の中に消えて行った。こんなところを六角の残党に襲われたらひとたまりもない。信長を守る馬廻り衆も吹雪の中で気が気ではない。

その吹雪の中から敵が現れたら防御が難しい。

信長の行軍は遅れに遅れて、なんとか京に辿り着いたのは一月十日だった。馬廻りも数人しかついてきていない。

信長が本圀寺に入ると将軍義昭は、殺されるかと思ったと襲撃の怖さを信長に訴えた。

そこで信長はすぐ将軍御所の造営を決意する。

遅れて松永久秀が到着、織田軍が到着するとその後を追って、尾張、美濃、伊勢から続々と織田軍が集まりだした。

そればかりではなく山城はもちろん、近江、摂津、大和、和泉、河内、若狭などからも兵が集まり、総勢八万人もの援軍が上洛して京を埋め尽くす。将軍義昭は恐怖も忘れて大喜びだ。

なんとも無邪気な将軍ではある。

その義昭と相談し、信長は二条の烏丸中御門第（からすまなかみかどてい）を再興して将軍御所にすると決めた。本圀寺の一部をその御所に使うことにする。

新造する二条御所は二重の水堀で囲まれ、石垣に城郭がのった平城で二条城と呼ばれるようになる。

洛内に頑丈な城が出来上がるのは四月十四日だった。

仕事の早いのが信長の特徴でもある。

信長は自ら築城の指揮を執る力の入れようだった。その仕事場にコンフエイトウを持って現れたのがルイス・フロイスだった。

キリシタン宣教師たちは、信長が巨大な力を持った支配者になるとわかって接近してくる。その信長から布教の許可をもらいたい。

信長は既存の寺が僧兵を抱え、寺領を持って武家に対抗するという、巨大勢力になっていることに辟易（へきえき）していた。そういう寺はどこでも大きな力を持っている。ことに一向一揆の頻発には納得できない。口では成仏を語りあちこちの一揆で大勢を死なせる。そういうことを信長は嫌いだ。

そこでキリスト教に興味を持ち布教を許すようになる。

もちろんそれには裏がある。伴天連には弾薬の調達をさせたい。ことに日本では取れない硝石を手に入れたい。硫黄は大量に取れるが硝石がまったく取れなかった。その硝石がないと火薬を作れない。

一方、家康は軍と一緒に遠江で年を越したが、正月八日に武田信玄の家臣秋山虎繁が、大井川を境にするとの協定を破って遠江に侵攻してきたのである。

当然、家康と信玄は手切れになった。なんともはかない同盟だった。雪斎禅師の三国同盟とはまるで違う。

家康は遠江の西の拠点である曳馬城を、浜松城と名を変えて押さえている。東の拠点である掛川城を信玄に取られたくない。

正月早々、家康は軍を率いて掛川城に向かい攻撃を仕掛けた。

掛川城は朝比奈家が築城した城で、名将の朝比奈泰能が守っていた今川家の大切な城だった。

泰能が亡くなると息子の泰朝が守備している。

義元が亡くなり信玄が南下、家康が東進してくると今川氏真は薩埵峠の戦いで敗北し、駿府の今川館を放棄して掛川城に逃げ込んでいた。

氏真に今川家の領土を守る器量はない。

頼りにしたのが朝比奈泰朝と掛川城である。だが、その掛川城を家康と徳川軍に攻撃された。

名将の息子はよく戦った。徳川軍の攻撃に耐えて落城しない。

だが、さすがの朝比奈泰朝でも長く籠城することはできない。籠城というのはどこからか援軍が来るとか、攻撃軍が戦いを継続できずに撤退するとか、そういう見通しがないまま籠城しても兵糧が尽きて悲惨なことになる。

そこで泰朝は家康に氏真の身の安全を保障するなら開城すると申し入れた。

家康は東から来る信玄のこともあり、戦いが長引くのは得策ではないと判断、その泰朝の申し出を受け入れて掛川城を手に入れることにした。

話がまとまると一月二十三日に泰朝は城を開き、失意の氏真を連れて小田原城の北条家を頼って退去する。

北条家は氏真の正室早川殿の実家だった。

その掛川城に家康は城代として重臣の石川家成、康通親子を入れて守らせた。

この時、雪斎の三国同盟は破綻していた。そのため北条家は越後の上杉謙信と同盟して、武田信玄の後ろから圧力をかけている。

武田信玄を包囲する格好で周辺が複雑になってきた。

信玄は信長とは同盟しているが上杉謙信や北条氏康、今川氏真や徳川家康とは敵対していた。

そこで家康は五月になると氏真と和睦し、駿河へ侵攻することはしないが、一方で掛川城を高天神城で守るように防備を考える。

ところが武田軍が駿河から撤退すると、家康は素早く駿河に入って駿府を占拠した。実に素早く賢いやり方だった。信玄を一旦引かせて、その隙に駿府に入るというなかなかの知略を見せた。

信玄は掛川城に近い牧ノ原に、諏訪原城を築いて家康を威嚇（いかく）する。

だが、うまくいかなかった。城内に諏訪大明神を祀ったことから、城の名が諏訪原城となったのだが、家康は遠江を支配するために西の浜松城と、東の掛川城は守り抜く覚悟でいた。

もし、そのどちらかを武田軍に取られると遠江全体が危なくなる。

掛川城を狙い、南にある高天神城をめぐって信玄、勝頼と家康、信長が攻防を繰り広げることになる。

この後、家康は高天神城を勝頼に取られるが、どんなに苦しい時でも浜松城と掛川城だけは絶対手放すことはなかった。

この頃、氏真は北条家に匿(かくま)われていたが、北条氏政の嫡男国王丸こと氏直を猶子(ゆうし)にし、成長後は駿河を譲ると約束するなど事実上隠居同然となる。

無力な氏真はやがて家康の浜松城に滞在したり、京に滞在したり気ままに暮らしながら、慶長十九年(一六一四)十二月に江戸で死去する。七十七歳だったという。

乱世は非情であり一夜で人の人生を暗転させる。

今川氏真は名門に生まれながら、まさに、そんな悲運の武将の一人であったといえるだろう。

強い者が勝ち、それが正義なのが乱世である。

やがて、そんな強く恐ろしい武田信玄と、強くなろうとする徳川家康が激突することになる。

家康の戦いはまだ始まったばかりだった。

京ではフロイスがキリスト教の布教を始め、将軍義昭の二条御所も完成して平安な日々になりつつあった。

京というところは図抜けて強い支配者が現れると平穏になる。

逆に拮抗する力を持つ者が現れると途端に乱れるところだ。それは権力がこの京にあるということだ。

その権力を手にしたい者たちが集まってくる。

だが、朝廷も幕府も大きな武力を持たないのだから、乱や変が起きても仕方がないともいえる。

そこに六万から八万という圧倒的な兵力を擁する織田信長が突然に現れた。

朝廷も周辺の大名たちも信長とはどんな男かまだわかっていない。戦々恐々で信長の振る舞いを見ている段階だった。

三好軍などは戦わずに逃げてしまった。

この時、信長をよく知っていたのは、同盟者の徳川家康だけだったろうと思われる。

その家康は遠淡海(とおつおうみ)こと浜名湖に近い曳馬に、浜松城を完成させて遠江と三河の拠点とした。遠淡海は遠江の語源となったと伝わる。

近淡海（ちかつおうみ）は鳰（にお）の海ともいう琵琶湖のことで近江の語源になったという。

この年十月、武田信玄は三増（みませ）峠で北条軍と戦い撃破する。兎に角、信玄の育てた風林火山の武田軍は危険すぎるほど強かった。ことに騎馬軍団は無敵といわれるほど強い。

大軍を擁するさすがの信長でも、信玄と野戦で戦えば粉砕されるかも知れない。

その信長は軍を伊勢に入れて、有力武将のいない伊勢を制圧して、百五十万石を超える大名に成長した。

信長の巨大軍団の勢いは凄まじく、あっと言う間に二条城を造り上げた。

その信長軍団は放っておいても昨日より今日、今日より明日というように兵力が膨れ上がる。

最早、日々強くなる信長の勢いを誰も止められない。

まさに天龍が黒雲を得て天下を呑み込もうとしている。家康は信長の勢いをそのように見ていた。

家康の三河と遠江を合わせると信長の力は二百万石である。

遠からず近江も呑み込むだろう。山城、大和、河内、和泉など五畿内を制圧すれば、三百万石を超えて四百万石に近くなる。
兵力は十五万人を超えてしまう。途方もない巨大大名が出現するということだ。
そんな日が近いのではないかと家康は秘かに考えている。

家康の軍師①　青龍の巻　朝日文庫

2022年11月30日　第1刷発行

著　者　岩室　忍

発行者　三宮博信
発行所　朝日新聞出版
〒104-8011　東京都中央区築地5-3-2
電話　03-5541-8832(編集)
03-5540-7793(販売)

印刷製本　大日本印刷株式会社

Published in Japan by Asahi Shimbun Publications Inc.
定価はカバーに表示してあります

ISBN978-4-02-265071-9
落丁・乱丁の場合は弊社業務部(電話 03-5540-7800)へご連絡ください。
送料弊社負担にてお取り替えいたします。